به‌نام خداوند جان‌آفرین

Roof edge
Subject: Persian literature (modern fiction)
Author: Marzieh Zoghi (Mirsafa)
Copyright© 2025 By Marzieh Zoghi (Mirsafa)
All right reserved.
1st Edition by: Ketab Corporation

لبه‌ی بام
موضوع: داستان معاصر فارسی
نویسنده: مرضیه ذوقی (میرصفا)
چاپ شرکت کتاب: ۱۴۰۴ خورشیدی- ۲۵۸۴ ایرانی خورشیدی- ۲۰۲۵ میلادی

The Library of Congress Cataloging-in-publishing Data is available upon request.

ISBN: 978-1-59584-875-8
Ketab Corporation:
12701 Van Nuys Blvd., Suite H,
Pacoima, CA, 91331, USA

1 2 3 4 5 6 7 8 25

رمان

لبه‌ی بام

مرضیه ذوقی
(میرصفا)

۱

در اولین ساعات صبح که مردم شهر در خواب خوش و بستر گرم و نرم و راحتاند، رفتگران زحمتکش بیدارند و در هوای سرد کوچه و محلهها بر اثر جاروب، گرد و خاکی بهپا می کنند. صدای گریهی گربههای گرسنه که دنبال غذا به هر سطل آشغال و جوی آبی سرک می کشند، به گوش میرسید.

آقای بهادری کیسهی نایلونی در دست، از درِ خانه بیرون آمد و در کوچه با رفتگر محلّه سلام و احوالپرسی گرمی کرد و راهی خیابان شد.

به آسمان نگاه کرد. آسمان صاف و بدون لکهای ابر بود. هوا تازه و اعتدال صبحگاهی داشت. رانندگان اتوبوسهای همگانی، هنوز شروع به کار نکرده بودند. پس از نیم ساعت، اولین اتوبوس در ایستگاه ایستاد و او با شتاب سوار شد.

وقتی به مغازه رسید، بیتاب و سرگشته مینمود. مینشست و برمیخاست. از مغازه بیرون میآمد و پس از چند لحظه به درون بازمیگشت. تا ظهر

پریشان بود و اضطراب داشت. اذان ظهر را گفتند. او نمی‌توانست از ناهاری که با خودآورده بود، چیزی بخورد. اشتها نداشت. از کابوسی که نیمه شب دیده بود، هراسان شده و به‌خاطر همین، شب را خوب نخوابیده بود.

شاگردش-مشتی بابائی-پرسید:

-آقا شما چه‌تون شده؟ خیلی پریشون هستین!

«چیزیم نیست. فقط خواب پریشون دیدم، این خواب حالَمو گرفت. دلم شور می‌زنه.»

-ای‌شاالله که خیره.

بهادری در بازار مولوی فرش‌فروشی داشت. در مکانی شلوغ و پرتردد. بازار در این ساعت روز در آرامش و اعتدال بود. هوا هم گرم شده و خنکای صبحگاهی را نداشت. فروشندگان در پستوها یا پشت پیشخوان‌ها ناهار می‌خوردند و عده‌ای که عادت به چُرت بعد از غذا داشتند، کمی دراز می‌کشیدند.

از پنجره‌های نیمه باز خانه‌ها و موج پرده‌ها مشخص بود که پنکه روشن است و بوی غذا از خانه‌ها بیرون می‌زد.

با زنگ تلفن، بهادری از جا پرید و گوشی را برداشت. کسی آن‌سوی خط اسم او را پرسید و او جواب داد:

-بله، بله خودم هستم. چی شده؟ چه بلایی سرم اومده؟ باشه الان می‌آم. ولی می‌شه بگید چه اتفاقی افتاده؟

بعد، تلفن را روی میز انداخت و شاگردش را صدا کرد و گفت:

-مشتی من می‌رم. مغازه رو بعداً خودت ببند.

مشتی با تعجب پرسید:

ـچی شده آقا؟

جواب نداد، و فقط دسته کلیدش را به‌طرف میز پرتاب کرد و رفت.

***

وقتی آقای «کیوان بهادری» وارد خیابان نوذری شد، بعدازظهـر بـود. ساعت‌هـا بـود کـه از مغازه بیرون رفتـه بـود. به راننده گفت:

ـنگه دار، پیاده می‌شم.

مثل آدم‌هـای منگ، کـر و لال بـود. سـر بـه زیر انداخت و بـه اطراف هـم توجـهی نداشـت. به رهگـذران نـگاه نمی‌کـرد. سـر کـه بـالا می‌آورد، نگاهـش مـرده بـود. نـه چیزی می‌شنید و نـه چیزی می‌دید. مانند اسب‌هایی کـه چشم‌بند دارنـد، راه می‌رفت. او محصـول یـک ناباوری و یا حیرت و سرگشتگی پـس از وقـوع حادثـه‌ای دردنـاک بـود. بـه مسیرش ادامـه داد. سلام کـردن همسایه‌ها را نشنید. نـگاه ترحم‌آمیـز، زنـان و مـردان کوچـه را ندیـد.

در را بـاز کـرد و از حیاط گذشـت و از پنـج پلـه‌ی جلوی ایوان بـالا رفت و داخـل هـال شـد. بـدون آن‌کـه کـت را از تنش در آورد، بـه‌سـوی کاناپـه رفت و خـودش را روی مبل انداخت. می‌خواست پیـش از آن‌کـه خبـر ناگهـان چـون رگبـاری از راه برسـد و همسـرش را در شُـک فـرو ببـرد، خـودش این خبـر را بـه او بدهـد. بـا زنـگ تلفن، جمیله‌خانم ـهمسـرش ـاز آشـپزخانه بیـرون آمـد.

تلفن روی میـز کوچکی کـه رومیزی کـرم رنگ خامـه‌دوزی شـده رویـش پهـن و کنار تلویزیـون قرار داشـت، بـود. میـز هـم روبـه‌روی کاناپـه‌یی بود

که بهادری روی آن نشسته بود.
جمیله‌خانم دست دراز کرد و گوشی را برداشت، تا کلمه‌ی الو را گفت، چرخی زد و شوهرش را رنگ پریده روبه‌رویش نشسته دید. با دیدن او که با حال زار نشسته بود، یکه خورد. شخصی پای تلفن داد می‌زد:
-با آقای بهادری کار دارم، الو، الو...
جمیله‌خانم هاج و واج مانده بود. به‌جای جواب تلفن از شوهرش پرسید:
- کیوان چی شده؟ حالت خوب نیست؟ چرا خونه‌ای؟ یکی با تو کار داره.
بهادری پاسخ داد:
- جمیله‌جانم، جواب تلفن رو نده، بیا بشین قبل از این که کسی به تو بگه، من خودم خبرش رو به تو می‌دَم.
جمیله‌خانم تلفن را قطع کرد و سمت همسرش رفت. روی مبل کنار او نشست. پریده‌رنگ از او پرسید:
-تو رو خدا بگو چی شده؟ من دارم سکته می کنم.
تلفن دوباره زنگ زد، ولی بهادری گفت:
-جواب نده، بذار اوّل خودم بگم چی شده. من الان از پزشکی قانونی می‌آم. پسرمون اَوستا در یک نزاع شرکت کرد. بچه‌م می‌خواست دو نفر رو که دعوا می‌کردند از هم جدا کنه.
جمیله‌خانم با صدای بلند و با التهاب گفت:
-آخرش رو بگو. آخرش چه شد؟
«جمیله جان، گفتم که پزشک قانونی بودم.»
هر کلمه زخمه‌ای بود که ارتعاشی را در ژرفنای درون و ذهن و

احساس‌شان پدید می‌آورد و بازتاب ارتعاش را به چهره‌شان برمی‌گرداند. بهادری هق‌هق به گریه افتاد. دست و پایش می‌لرزید. بغض امانش را بریده بود. غریبانه گریست و زار زد.

همسرش بی‌حال روی مبل افتاد و قلبش را فشار داد و گفت:

-کشتنش؟! بگو! بچه‌م رو کشتن؟

سینه‌اش به‌شدت درد گرفته بود. بغض در گلویش جمع شده بود و بیرون نمی‌آمد. یک‌دفعه مثل سنگ شده بود. بغضش نمی‌ترکید. بهادری با چشم اشک‌آلود برخاست و به‌سوی تلفن رفت که مدام زنگ می‌خورد. گوشی را برداشت که برای آمبولانس زنگ بزند، ولی کسی پای خط بود و حاج‌آقا، حاج‌آقا می کرد. بهادری گفت:

-گوشی رو قطع کنید، می‌خوام به آمبولانس زنگ بزنم.

بعد، روی گوشی زد و خط آزاد شد، و او توانست با اوژانس تماس بگیرد. دستانش می‌لرزید، می‌ترسید هر لحظه تلفن از دستانش رها شده و بیفتد. کسی جواب داد:

-بفرمایید؟

«همسرم از حال رفت، سینه‌ش درد می‌کنه. آدرس ما «خیابان نوذری کوچه‌ی هدایت، پلاک ۱۲» خواهش می‌کنم آمبولانس بفرستین.»

تلفن را قطع کرد و سریع سمت همسرش برگشت و او را خواباند و پاهایش را روی مبل گذاشت و سرش را نوازش کرد و گفت:

-به‌خاطر خدا تحمّل کن، الان آمبولانس می‌آد. به‌خاطر من تحمّل کن.

چشم از همسرش برنمی‌داشت. نوازشش می‌کرد. دست و پایش را ماساژ

می داد.

دقایقی بعد صدای آژیر شنیده شد و آمبولانس توقف کرد. بهادری ناخودآگاه به سوی پنجره و پرده‌ی حریر سفید نگاهی انداخت. چند قاب عکس از پسرش اَوستا روی دیوار کنار پنجره آویخته بود. چشمش به عکس‌ها افتاد و دلش بیش‌تر شکسته شد.

با شنیدن صدای زنگ در از جا برخاست. به‌سوی در رفت و آن را باز کرد. پرستارهای اورژانس را به داخل خانه راهنمایی کرد و پرسش‌های‌شان را درباره‌ی وضعیت همسرش دقیق پاسخ داد. بعد، با مژه‌های مرطوب و چشم‌های قرمز شده و با بغض گفت:

–خبر بدی بهش دادم، خبری جان‌سوز!

بغضش ترکید. تا آن زمان کنار مبل ایستاده بود. ناگهان حالی به او دست داد. گویی بی‌تابی و تب در ماهیچه‌هایش می‌دوید. پاهایش سست و سنگین شد و روی مبل افتاد. کارکنان اورژانس او را معاینه کردند و تصمیم گرفتند هر دو را به بیمارستان ببرند.

در تمام مدتی که کارکنان آمبولانس در خانه‌شان بودند، تلفن زنگ می‌زد و کسی جواب نمی داد.

کوچه پر از آدم شده بود. امّا هیچ‌کس تکان نمی‌خورد. اهل کوچه، تک تک و دسته دسته جمع شده و بی‌حرکت مانده بودند.

وقتی درِ هال را گشودند، هیاهوی جمعیتی که در حیاط و کوچه بودند، با صدای گام‌های کارکنان اورژانس، هق هق فامیل و گریه و فریاد زنان و مردان در هم آمیخت.

زن و شوهر را به حیاط آوردند. وقتی بهادری تجمع همسایگان را دید،

روی لبش تبسم تلخی نشست. سرش را آهسته به چپ و راست تکان داد. گاهی دهانش را کاملا باز می کرد و زبانش را با نوسان‌های ضعیف نشان می‌داد. تند تند نم آب‌دهان را روی لبانش می کشید و دهانش را می‌بست و دوباره دهانش باز می‌شد.

به نظر می‌رسید هوا کافی نبود. فرمان مغز مجزا و مستقل از اراده‌ی او شده بود. مثل دهان یک صدف هنگام جزر، خودبه‌خود بدون اراده‌ی او باز و بسته می‌شد. صدای خِرخِر سینه‌اش به گوش می‌رسید.

به محض ورود به حیاط، همه احترامی خاص به‌جا آوردند. زن‌ها کمی عقب کشیدند و مردها کلاه از سر برداشتند و دست به سینه ایستادند. سپس از هم فاصله گرفتند. درِ ورودی خانه برای تسهیل برانکارد گشوده شد.

بهادری نتوانست به سلام همسایه‌ها و مردمی که آمده بودند، جواب دهد. چشمش را بست و زمانی که باز کرد، دختر و دامادش در بیمارستان کنار تخت او ایستاده بودند و گریه می کردند. وقتی چشمش به مهتاب افتاد، پرسید:

-مهتاب، دخترم، مادرت کجاست؟ حالش، حالش چطوره؟

مهتاب با بغض گفت:

-آقاجون، مامان خوبه. شما چطورید؟ به شما آمپول زده بودند که کمی آروم بگیرید. مامان هم هنوز خوابیده.

بهادری از جا بلند شد و گفت:

-بریم پیش مادرت. شاید الان بیدار شده باشه.

بهادری از جا بلند شد و همگی به‌سوی در رفتند. پرستار رسید و مانع

رفتن آن‌ها شد. مهرداد رو به پرستار کرد و گفت:

-خانم پرستار، ما نمی‌خوایم از بیمارستان بیرون بریم، اتاق ۲۰۳ خانم ایشون بستری هستند و ما اون‌جا منتظر دکتر می‌مونیم.

پرستار رو به بهادری کرد و گفت:

-لطفاً برگردید روی تخت خودتون، شما نمی‌تونید وارد بخش مراقبت‌های ویژه بشید. همین الان همسر شما رو به مراقبت‌های ویژه منتقل کردیم.

بهادری اشک‌ریزان کنار تخت خودش رفت و روی لبه‌ی تخت نشست. چهره‌ی معصوم همسرش را مجسم کرد که چگونه باید این مصیبت را تحمّل کند. از خودش پرسید:

-مگه من، ما، این زن معصوم و مظلوم چه کرده بودیم که این بلا سر ما اومد؟ کجا رو خطا کردم؟ چه خطایی می‌تونستم بکنم که این مکافاتش باشه؟

تمام تنش از هق هق گریه‌ای که آن را فرو می برد، تکان می‌خورد. تا جایی که می‌توانست، پایداری کرد، امّا ناگهان توانایی‌اش در هم شکست و اشکش سرازیر شد و بر گونه‌ها، لباس و دست‌هایش نشست. مهرداد، شوهر مهتاب صندلی‌ای را کشید و کنار او نشست. مهتاب در حالی که اشک‌هایش را پاک می‌کرد، از پدرش پرسید:

-آقاجون چه اتفاقی افتاده؟ شاید اشتباهی شده، من که باور نمی‌کنم.

پدر سرش پایین بود و جواب نمی‌داد و اشک می‌ریخت. اشک‌هایی که حرف‌هایی دارد که با زبان نمی‌توان گفت. اشکی که دنیایی غم، اندوه و مصیبت به همراه دارد. بهادری سرش را بلند کرد و گفت:

-خودم دیدمش. بچهٔم رو خودم دیدم.

مهرداد با اطمینان گفت:

-گرفتنش، پسره رو گرفتن. الان هم بازداشته!

بهادری گفت:

-گرفتن؟! خُب بگیرن. برای من که بچه نمی‌شه.

مهتاب صورتش را در چادر و روسری مچاله شده در دست‌هایش فشرده بود و صدای گریه‌اش را در آن خفه می‌کرد. در همین حین دکتر و پرستار وارد شدند. دکتر پرسید:

-آقای بهادری حال‌تون بهتره؟ بهتون تسلیت می‌گم.

بعد او را معاینه کرد، سپس روبه‌روی او ایستاد و گفت:

-شما مرخص هستید و می‌تونید برید خونه استراحت کنید.

«آقای دکتر بدون همسرم خونه نمی‌رم. خانمم حالش چطوره؟ اونم مرخص می کنید؟»

-همسرتون به مراقبت بیش‌تری نیاز دارن. در ضمن تا نتیجهٔ آزمایشات، ایشون باید تحت مراقبت ویژه باشند.

بهادری از اتاق بیرون رفت و روی صندلی نشست و غرق افکارش شد. هر چند لحظه یک‌بار تنش به رعشه می‌افتاد و تمام بدنش می‌لرزید.

پرستار بخش به‌سوی آن‌ها آمد و گفت:

-آقا؛ خانم شما در بخش ویژه بستری هستند، ایشون به مراقبت‌های ویژه نیاز دارن و ما نمی‌تونیم همسرتون رو به منزل بفرستیم. از شما خواهش می‌کنیم برید خونه، کمی استراحت کنید.

وقتی بهادری به خانه بازگشت، گوشه‌ی اتاق کز کرد و قطرات اشک مدام از چشمانش سرازیر می شد. هرازگاهی سرش را از روی زانوی غم‌زده‌اش بالا می‌آورد. از پشت بلورهای اشک، نیم‌نگاهی به در ورودی می‌انداخت و دوباره سر به زانو می‌گذاشت و هق هق گریه سر می‌داد. مهتاب و مهرداد هم تنهایش نگذاشته و به پدر پیوستند.
نیم ساعت بعد در خانه را کوبیدند. مهرداد در را باز کرد. برادر بهادری بود. کامران با همسرش اختر همراه مهرداد داخل خانه آمدند. و دو برادر یکدیگر را در آغوش گرفتند و گریستند.
بعد، همگی نشستند. بهادری سرش را با تأسف تکان داد و گفت:
-از بس این بچّه مهربون و دلسوز بود، نتونست جلوی خودش رو بگیره و توی دعوا دخالت نکنه. نمی‌تونست تماشا کنه دو نفر به جون هم بیفتن. آخر جون خودش را از دست داد.

همگی تا صبح بیدار بودند. خواب به چشم کسی نیامد و از خصلت‌های جمیله‌خانم و اَوستا حرف زدند. نزدیک سپیده‌ی صبح، مهتاب از جا برخاست و با بغض گفت:
-برم چای بیارم یه چیز بخوریم، بعد بریم بیمارستان پیش مامان.
بهادری با پریشان‌حالی گفت:
-آقا مهرداد؛ شما برو اداره‌ی پلیس، بعد برو پزشک قانونی ببین چه خبره. ما هم می‌ریم بیمارستان.

بهادری و مهتاب به بیمارستان رفتند. دکتر به آن‌ها گفت «بیمار شما

سکته کرده و چند روزی باید تحت درمان باشه.» بعد اجازه دادند خانواده یکی یکی به مدت پنج دقیقه با او ملاقات داشته باشند.

ابتدا بهادری به ملاقات جمیله‌خانم رفت. تلاش کرد تا جلوی همسرش گریه نکند و اشک نریزد، ولی چانه‌اش شروع کرد به لرزیدن و دندان‌هایش به هم می‌خورد و دست‌هایش کاملاً یخ کرد.

جمیله‌خانم با لکنت از شوهرش پرسید:

–ا...ا...ا... می‌شم خب...او...

بهادری گفت:

–تو فقط باید استراحت کنی. به هیچ چیز دیگه فکر نکن.

بعد، دست‌های جمیله را بوسید و سوگ‌مندانه نگاهش کرد. از اتاق بیرون آمد.

مهتاب نزد مادرش رفت. مادر با کلمات شکسته و بریده از او درباره‌ی قتل اَوستا پرسید، ولی جواب همان بود که بود.

«مواظب خودت باش و به هیچ چیز دیگه فکر نکن.»

بهادری به صندلی تکیه داده و منتظر نشسته بود و دیوار سفید مقابلش را نگاه می‌کرد. گویی زندگیش در مقابل چشمش بر روی دیوار در حال رژه رفتن بود. خاموش، ساکت و بی‌حرکت شبیه آدم‌های هیپنوتیزم شده بود. رنگ چهره‌اش شبیه جنازه‌ها شده بود. گاهی نفس کشیدن را هم فراموش می‌کرد.

هنگام بازگشت به خانه، مهتاب زیر بازوانش را چسبید و پدر را به‌نرمی مشایعت می‌کرد. بهادری هم مثل یک مجسمه بی‌اختیار در جهتی که دخترش می‌رفت، در حرکت بود.

مهرداد به اداره‌ی پلیس رفت. به او گفتند که قاتل اوستا در بازداشت است و بیش‌تر از آن نمی‌توانند اطلاعات بدهند. مهرداد از آن‌جا به پزشک قانونی رفت و برگه‌ی تدفین اوستا را گرفت و به خانه بازگشت. جمعیتی به دیدن‌شان آمدند. خانه کم کم پر از دوستان و آشنایان شد. اردشیر پسر بزرگ بهادری و برادر بزرگ‌تر اوستا از سوئد زنگ زد. مهتاب گوشی را برداشت و جواب داد:

-الو بفرمایید!

صدای بغض‌آلودی جواب داد:

-مهتاب تو هستی؟ منم اردشیر، اون‌جا چه خبره؟ دوستام زنگ زدن گفتن که اوستا چاقو خورده؟ این یه شوخیه، مگه نه؟

مهتاب سکوت کرد و نتوانست به برادرش جواب بدهد. مهرداد گوشی را گرفت و گفت:

-اردشیر می‌تونی بیای ایران؟

اردشیر با گریه گفت:

- معلومه که می‌آم. پدر و مادرم چطورن؟

مهرداد که در میان همهمه‌ی میهمانان، گوشش را تیز کرده و با کف دست درِ گوشی تلفن را گرفته بود، گفت:

- بیا خودت می‌بینی. من الان پای تلفن چی بگم!؟

مهرداد تلفن را قطع کرد و نزد کامران رفت و نشست. گفت:

-پزشک قانونی گفت که هر چه زودتر باید خاکسپاری انجام بشه، چون هم جا برای نگهداری میت ندارن و هم از نظر شرعی درست نیست منتظر بمونیم. حالا من نمی‌دونم چطور به بابای مهتاب بگم.

جمیله‌خانم هم که بیمارستانه.
«اصلاً صلاح نیست الان چیزی به برادرم بگی. کمی صبر کن.»

دوستان و فامیل با شنیدن موضوع قتل می‌آمدند تا به بهادری دلداری بدهند. حاج محمدی (یکی از همسایه‌ها) به بهادری گفت:
- مطمئن باشید، قاتل پسر شما اعدام می شه.
بهادری مغموم گفت:
- اگه تمام دنیا رو به من بدن، جای بچه‌م رو نمی گیره. کاری که نمی‌بایست می‌شد، شد. حالا اگه صد بار هم قاتل رو اعدام کنن، برام بچه نمی‌شه. بچه‌م نباید از دستم می‌رفت. اَوستای من مظلومانه از دستم رفت.
احساس بدی داشت. گیج و مبهوت بود و زمین و آسمان و طبیعت پیش چشمش بی‌ارزش شده بود. از گرفتگی چهره و اخم و چشم‌های مرطوبش مشهود بود که در آن لحظه شدیدا از درد درون رنج می‌برد.
«متاسفانه، بیماری و مرگ و از دست دادن موجودی که مورد علاقه و محبت ماست، بسیار سخت و دردآور است. ولی باید بیاموزیم که دنیایی تابناک‌تر از این جهان خاکی وجود دارد که همه به آن‌جا سفر خواهیم کرد. مرگ بخشی از زندگی ماست، چه باور داشته باشیم، چه نه. فقط در کلام متضاد هم هستند؛ ولی در معنا ادامه و کمال یکدیگرند.»

۲

وقتی کاپیتان هواپیما به مسافران خیرمقدم گفـت و اردشیر به ایـران رسید، بغـض داشـت خفـه‌اش می‌کـرد. بـه هـق هـق افتـاد. مسـافری کـه کنـارش نشسـته بـود، پرسید:

−بعد از چند سال به وطن برگشتین؟

«برای پدر و مادرم دلم تنگ شده.»

نمی‌خواسـت دربـاره‌ی مصیبـت پیـش آمـده توضیحـی بدهـد. تمـام مـدت تـا خروجـی سـالن دلـش گرفتـه بـود و گریـه می‌کـرد. آن‌هایـی کـه او را می‌دیدنـد، گمـان می‌کردنـد کـه او پـس از سال‌هـا بـه ایـران بازگشـته اسـت. اردشیر سال‌هـا پیـش ایـران را تـرک کـرده بـود و در سـوئد زنـدگی می‌کـرد، امـا هـر سـال بـرای دیـدار خانـواده‌اش بـه ایـران می‌آمـد. آخریـن بـار پنـج مـاه پیـش ایـران بـود و از اَوسـتا خواسـته بـود بـه سـربازی بـرود تـا بتوانـد پاسـپورت بگیـرد و از ایـران خـارج شـده و بـه او بپیونـدد.

بیـرون در سـالن انتظـار فـرودگاه، مهتـاب و مهـرداد منتظـر اردشیر بودنـد. وقتی

اردشیـر بـا یـک چمـدان کوچـک دسـتی از در خـارج شـد، تلفـن مهتـاب زنـگ خـورد. پرسـتار بیمارسـتان بـود. از او خواسـت بـه بیمارسـتان برونـد، چـون حـال مـادرش وخیـم شـده اسـت. بـا عجله تلفـن را قطع کـرد و پـس از در آغـوش کشیـدن اردشیـر و احوال‌پـرسی بـه‌سوی بیمارسـتان رفتنـد.

وقتـی بـه بیمارسـتان رسیدنـد، جمیله‌خانـم در قیـد حیـات نبـود. جمیله‌خانـم انگار دیگـر خیالـش جمـع شـده بـود کـه اردشیـر بـه ایـران بازگشـته و حـالا می‌توانسـت بـا اوسـتا هم‌سـفر شـود و دنیـای زمینـی را رهـا کنـد.

مـرگ، یـک ربـع سـاعت قبـل از این‌کـه پـای اردشیـر بـه خـاک وطـن برسـد، سـراغ جمیله‌خانـم رفتـه بـود. علـت مـرگ سـکته و ایسـت قلبـی اعلام شـد.

«چیـزی کـه مـا بایـد تمریـن کنیـم، ایـن اسـت کـه بیاموزیـم، حدود وابسـتگی و تحمّـل مصیبـت، مشـکلات و بحران‌هاسـت کـه چگونـه بـا آن‌هـا کنـار بیاییـم. تمرینـات صبـر و بخشـش و معرفـت را بیاموزیـم و ایـن سیـر تکاملـی انسـان اسـت.»

***

بهـادری، بـرادرش و چنـد تـن دیگـر از آشـنایان در خانـه بودنـد. صحبـت از اوسـتا و جـوان دیگـری بـه میـان آمـد کـه بهـادری از او بی‌خبـر بـود. آقـای قبـادی همسـایه‌ی بهـادری در میـان حرف‌هایـش گفـت:

-ایـن کوچـه چـه بداقبـال بـود. همـه‌ی مـا رو شـوکه کـرده. چنـد عـزا تـوی یـه روز!

بهادری با تعجب پرسید:

-یعنی چی چند عزا؟

«آخه ما جوون دیگری رو هم امروز از همین خیابون از دست دادیم.»

بهادری با حیرت به او نگاه کرد و پرسید:

-پسر دیگه؟ پسر چه کسی؟ اشتباه می‌کنی.

«نـه بهادری عزیـز، دیـروز پسـر آقـای اتابکـی رو کـه از پـادگان مرخصـی گرفتـه بـود، تـوی راه خونه زدن و کشتن. درسـت همـون موقعـی کـه پسـر شـما رو کشـتن، اون پسـر بیچـاره رو هـم بیـرون پـادگان کشـتن.»

چنـد ساعتی از شب گذشـته بـود کـه اردشیر همـراه مهتـاب و مهـرداد بـه خانـه آمدنـد. کامـران و چنـد تـن از فامیـل هنـوز نـزد بهـادری مانـده بودنـد. وقتـی اردشیر وارد شـد، بـه‌سـوی پـدرش رفـت و یکدیگـر را در آغـوش کشیدنـد و غریبانـه سـر بـر شـانه یکدیگـر گذاشـتند. مانـده بودنـد چگونـه مـرگ مـادر را بـه پـدر بگوینـد. وقتـی کـمی آرام گرفتنـد، اردشیر از پـدرش خواسـت آرام باشـد تـا مطلبـی را بـه او بگویـد. بهـادری بـا تعجـب نگاهـی بـه او کـرد و پرسـید:

-اردشیرجان، چـه مطلبـی مهم‌تـر از این کـه پسـرم رفـت و مـادرت بیمارسـتان خوابیده؟

اردشیر کـمی مکـث کـرد. سـپس بـا صـدای از بغـض دو رگـه شـده گفـت:

-پـدر مـا انتقـام خـون اوسـتا رُ از اون کثافـت می‌گیریـم. طبـق قانون بـه درک واصلـش می‌کنیـم. مـا کـه رضایـت نمی‌دیـم. خـودم چارپایـه‌ی زیـر پـاش رو می‌کشـم تـا انتقـام خـون بـرادر و مـادرم رو بگیـرم، تـا دلـم خنـک بشـه.

بهـادری نگاهـی بـا تعجـب بـه اردشیر انداخـت و پرسـید:

-اردشیـر، مگـه مـادرت رو دیـدی؟ اون خـوب می‌شـه و بـه‌زودی بـه خونـه

برمی‌گرده.

«متاسفم پدرجـان؛ اون لامصّب جونِ دو تـن از خونـوادهی مـا رو گرفتـه. مـادر چنـد سـاعت پیـش بـه اوسـتا پیوسـت.»

دنیـای مـرد بیچـاره بـه هـم ریخت. احسـاس کهولـت و ضعـف داشـت. گویـی در اعمـاق بدبختـی غـرق شـده بـود. بـا تمـام قـوا ایسـتادگی مـی کرد تـا بیهوش نشـود. تـاروپود قلبـش از هـم گسـیخت. سـرش درد مـی کـرد و گردبـادی از اصـوات آزارش مـیداد و بـه تهـوع و سـرگیجه دچـارش مـی کرد. نمـیدانسـت اشکـی کـه مـیریـزد بـرای کدامشـان اسـت. بـرای همسـر مهربـان و باوفایـش، یـا فرزنـد عزیـزی کـه بیـشتـر از جانـش دوسـت مـیداشت. بـر پیشـانی خـود مـی کوبیـد و ماننـد کـودکان گریـه و نالـه مـی کـرد و مـی گفت:

ـ خدایـا پـس مـن چـی؟ مـن رو هـم ببـر! یـا از کابـوس رهـام کن! اگـه خوابم بیـدارم کن.

هـوا کـه روشـن شـد. از جـا برخاسـت و از مهـرداد خواسـت کـه او را بـه بیمارسـتان ببـرد. وقتـی در سـردخانهی بیمارسـتان جمیله‌خانـم را بـه او نشـان دادنـد، بـر سـر و صورتـش کوبیـد و گفـت:

ـ دیشـب در نبـود تـو تـا صبـح گریـه کـردم. ایـن امـواج سـهمناک از کجـا اومـد کـه آشیونـهم رو این‌طـور ویـران کـرد؟

اردشیـر از دیـدن حـال پـدر چنـان تحت‌تأثیـر قـرار گرفـت کـه مجبور شـد بـا دسـت چهـرهاش را بـا کـف دو دسـت بپوشـاند. وقتـی دوبـاره سـرش را بلنـد کـرد و بـه چهـرهی تکیـده و گریـان پـدر نـگاه کـرد و نالـه‌هایـش را شـنید، خـودش را بـه او رسـانید و در آغوشـش گرفـت.

به خانه بازگشتند. کسی تا صبح نخوابید و بارها جریان چند روز گذشته را با هم مرور کردند. پس ازسوگواری خانواده برای از دست دادن دو عزیز، کامران رو به برادرش کرد و گفت:

-کیوان، دیروز صبح که مهرداد به پزشکی قانونی رفته بود، بهش گفتن باید هر چه زودتر مراسم خاکسپاری رو انجام بدیم. برادر شرمنده‌تم، ولی خوب نیست میت رو معطل کنیم. توی پزشک قانونی هم نمی‌تونن زیاد نگهش دارن، نمی‌دونیم چه کار کنیم!

«کدوم‌شون رو به خاک بسپرم؟ عصاره‌ی جونم رو، یا نفس زندگیم رو؟»

بعد، بهادری بی‌اختیار از جا بلند شد و به ایوان رفت. به آسمان نگاه کرد. همه‌ی اجرام، افلاک و زمین و هر چه در آن بود، در اطرافش به گردش درآمدند. احساس می‌کرد مانند دریایی متلاطم موج می‌زنند و بالا و پایین می‌روند. اَوستا را مانند نسیمی ملایم در کنارش احساس کرد. می‌شنید که در گوش او زمزمه می‌کند. اما چه می‌گفت؟! بهادری نمی‌فهمید.

کم کم حال عجیبی به او دست داد. سراپا می لرزید. نمی‌دانست چه می‌شنود. بهادری از حال و وضع خودش خبر نداشت. مغزش داشت از غم و خشم آتش می‌گرفت.

۳

اَوستا از پادگان مرخصی گرفته و به عشق دیدار با خانواده راهی خانه شده بود. آن روز هوا بسیار گرم بود و او که از عرق‌ریزان کلافه بود، دائم آه می‌کشید و نفس گرمش را با بازدَم به هوا می‌فرستاد.

وقتی از تاکسی پیاده شد، سرش را به‌سوی آسمان کرد و به آفتاب روی درختان نگاه انداخت که بی‌رحمانه از فراز آسمان و بالای بناهای روبه‌رو سر بر آورده بود. چشم‌انداز شهر پاکی و صفای خاصی داشت. آسمان یکسره آبی و شهر آرام بود، و پرندگان موسیقی موزون خود را می‌نواختند. ناگهان جوانی صدای سکوت را شکست و صدای خشنی بلند شد و وحشت بر اَوستا مستولی شد.

دو جوان در حال زد و خورد بودند. سرهای‌شان را جلو برده بودند و پیشانی‌های‌شان به یکدیگر چسبیده بود. رنگ‌شان پریده و خون به چشمان‌شان دویده بود. چنان خشمگین بودند که نمی‌توانستند خود را کنترل کنند. ناگهان تمام اندام‌شان در پیچ و تاب افتاد و با مردمی

که کمک می‌کردند تا آن‌ها را از هم جدا کنند، در آویخته و با خود می‌کشیدند.

زمانی که اَوستا برای جدا کردن آن‌ها پا پیش گذاشت دکمه و سگک‌های لباس طرفین دعوا یکی پس از دیگری کنده شده بود. پیراهن‌های‌شان پاره و بدن و شانه‌های برهنه‌ی آن‌ها آشکار شده بود. مردم فریاد می زدند «بس کنین. تمومش کنین. همدیگه رو ببخشین.» و در حالی که تلاش می‌کردند آن دو را از هم دور کنند، خودشان هم درگیر کشمکش می‌شدند.

ناگهان مرد جوان بی‌محابا به حریفش حمله‌ور شد و او را روی زمین انداخت. حمله سریع و بی‌هیچ هشداری بود. مانند حمله‌ی ببری به آهو. او خود را روی جوان دیگر انداخت و گردنش را گرفت و با همه قوا فشار داد. یکی در زیر و دیگری که چابک‌تر بود، روی او افتاده بود. آن‌که زیر بود، راه تنفسش بند آمده بود و دست و پا می‌زد.

مردم با شنیدن صدای داد و قال از سر سفره‌های‌شان بلند شده و به کوچه آمده بودند. در آن وقت روز و هوای گرم که آفتاب عمودی بر خیابان می‌تابید، صدای فریاد در کوچه‌ها طنین انداخت. صدای فریاد آن دو جوان در سر و صدای مردم که دخالت کرده بودند، محو شد. سربازی واسطه شد و خواست که با میانجی‌گری زد و خورد را به پایان برساند؛ امّا تیغ تیز برّان چاقویی به سینه‌ی سرباز فرو رفت. ناگهان دست‌ها خونین شد. یک به یک فریادی کشیدند و دست‌های خونین را به دیگران نشان دادند. وقتی از هم فاصله گرفتند، سرباز که برای جداکردن طرفین دعوا دخالت کرده بود، نقش زمین شد و در

خون خود غلتید و بر اثر خون‌ریزی و اصابت چاقو به قلب، در دم شمع وجودش خاموش شد. اَوستا از دنیای خاکی پرواز کرد.

با صدای آی کشتند، آی کشتند، مردمی که هنوز لقمه توی دهان داشتند، به خیابان ریختند. به قتلگاه آمده بودند.

سپهر؛ جوان شرور همچنان مانند گرگ خشمگین بود. ناگهان خود را با یک حرکت سریع، از دست‌هایی که او را گرفته تا پلیس برسد، رهانید و در میان مشت و لگد پا به فرار گذاشت.

همه در فکر جوانی بودند که روی زمین غرق در خون بود و چاقویی خونین روی زمین کنار او افتاده بود. ترس و هیجان چنان همه را شوکه کرده بود که گویی زمان ایستاده است. پاها همه سست و سنگین شده بود. جملگی مردم حاضر در صحنه فریاد می‌زدند. فریادها به صورت مهیبی در فضا پخش می‌شد. پنجره‌ها باز می‌شد و مردم به خیابان سرازیر می‌شدند.

-کشتن، یکی رو کشتن.

«آره کشتن، چاقو زدن. جوون مردم رو کشتن.»

ساکنین محل کار و زندگی را رها کرده و رهگذران به هم تنه می‌زدند، و به سوی محل جنایت می‌رفتند.

پس از چند دقیقه، مأموران سر رسیدند. جوان را به بیمارستان و از آن‌جا به پزشک قانونی فرستادند.

شهوت شکار قاتل به جان مردم افتاده بود، و به‌دنبال او می گشتند. در مدتی کوتاه، سپهر در قهوه‌خانه‌ای که پاتوق او بود و اکنون مخفی‌گاهش شده بود، شناسایی شد. ضربه‌های سختی توسط اهالی

بـر تـن و بـدن سـپهر وارد آمـد و او نقـش زمـین شـد. جمعیـت حریصانـه بـه دورش گـرد آمدنـد.

سـپهر بـا دهـانی خون‌آلـود و نیمه‌جـان، مـردمی را کـه احاطـه‌اش کـرده بودنـد، تماشـا مـی‌کـرد. مأمـوری سـر پرسـید:

ـ چرا به این وضع انداختینش؟

«حقش بود، باید می‌کشتیمش.»

مأمـور بـا نـگاهی تنفرآمیـز او را برانـداز کـرد و سـپس بـه دور و بـر خـود نـگاهی انداخـت. بـه آمبولانسـی کـه تـازه رسـیده بـود، اشـاره کـرد تـا بـه‌سـوی آنهـا بیایـد.

قاتـل را بـا دسـت بنـد بـه بیمارسـتان بردنـد. پـس از چنـد روز، سـپهر بـا بینـی شکسـته از بیمارسـتان مرخـص و روانـه‌ی زنـدان شـد.

سـپهر در بازجویـی، علـت دعـوا را مزاحمـت ناموسـی عنـوان کـرد. مزاحـم نامـوس احضـار شـده و پـس از بازجویـی بـه خانـه رفـت و داسـتان او در همان‌جـا خاتمـه پیـدا کـرد.

***

اَوسـتا را بـرای مراسـم تدفیـن آمـاده کردنـد. هنگام حمـل جنـازه‌ی اوسـتا، بهـادری قـدرت روی پـا ایسـتادن نداشـت. تـب داشـت. کمـرش خمیـده شـده بـود.

بسـتگان نزدیـک میـت نزدیـک‌تـر آمدنـد و اطـراف تابـوت را گرفتنـد و آن را برداشـته و روی شانه‌شـان گذاشـتند. عـده‌ای منتظـر، بـر خـاک و بـر سـنگ ایسـتاده و گروهـی نشسـته بودنـد و غـم و انـدوه بر روح و جان‌شـان آوار شـده بـود و بـر پیکـر بی‌جـان اَوسـتا اشـک می‌ریختنـد و وداع می‌کردنـد. مهتـاب

غـش کـرده بـود و خانم‌هـا تلاش می‌کردنـد کـه او را به‌هـوش بیاورنـد و بهـادری نیـز بـر سـر و پیشـانی خـود می‌کوبیـد.

جمیله‌خانـم هنـوز در سـردخانه‌ی بیمارسـتان بـود. گویـی بـا اَوسـتا قول و قـراری گذاشـته و هنـگام خاک‌سـپاری اَوسـتا، مـادر در آسـمان بـه او پیوسـته تـا سـفر آسـمانی‌شـان را بـا هـم ادامـه دهنـد. اردشـیر هـم از شـدت حـزن، بـا خـود می‌نالیـد و از زمیـن و آسـمان از خالـق و مخلوقـش شِـکوه می‌کـرد.

قبـل از رسـیدن بـه مـزار، بهـادری لحظـه‌ای توقـف کـرد تـا دانه‌هـای درشـت عـرق کـه سراسـر چهـره‌اش را پوشـانده بـود، خشـک کنـد. هـر چنـد دقیقـه یک‌بـار، لـرزش دسـتان او، اردشـیر را متوجـه تشـنج سـراپای پـدر می‌کـرد.

روی خـاک جـوان تـازه درگذشـته، از طـرف فامیـل پـر از تـاج گُل شـده بـود. از طـرف دوسـتانش و از طـرف دکانـداران بـازار و آشـنایان، گلـزاری شـده بـود؛ امّـا بهـادری احسـاس بـدی داشـت. گیـج و گنـگ شـده بـود. قلبـش فشـرده می‌شـد و نفسـش بـه شـماره افتـاده بـود. بـا خـودش می‌گفت:

ـ جمیله‌جانـم انـگار دیگـر خیالـش جمـع شـده کـه اردشـیر بـه ایـران بازگشـته، حـالا می‌توانـد بـا اوسـتا هم‌سـفر شـود و دنیـای زمینـی را رهـا کنـد.

***

پـس از خاک‌سـپاری بسـتگان و خویشـان، بـرای ابـراز هم‌دردی تـا منـزل همـراه آن‌هـا شـدند.

روز بعـد، طـی مراسـم باشـکوهی جمیله‌خانـم را کنـار پسـرش اوسـتا بـه خـاک سـپردند. فقـدان همسـر بـرای بهـادری چنـان سـنگین بـود کـه همـه را بـه تأثـر و تألـم واداشـت. انـگار دلـش می‌خواسـت حجـم قبـر را در آغـوش خـود جـا دهـد. گونـه‌اش را بـر خـاک گذاشـته بـود و می‌گریسـت. حـرارت هجـران

گونه‌هایش را سرخ و گداخته کرده بود.

تاج‌های گل را روی خاک گذاشتند و دروازه‌ی خانه‌ی جدید جمیله‌خانم را با گل پوشاندند. بوی گل‌ها فضا را عطرآگین می‌کرد. هر گل قسمتی از عطر خود را می‌بخشید. گویی سوگواری می‌کردند. بر نوک برگ‌های سبزشان قطره اشکی آویخته بود.

بهادری در آن حال زار به مزار همسرش و گل‌های روی آن نگاه می‌کرد با خود می‌اندیشید گیاهان نخستین همسایگان ما پس از مرگ‌اند، و درختان قبرستان، در میان گل‌هایی که در اطراف آن می‌رویند جسم را در آغوش می‌گیرند.

از مزار همسرش برخاست و تلوتلوخوران دور شد. کف دستش را روی چشمانش گذاشت. گویی می‌خواست ته مانده اشک‌ها را که درآوَرد و بر زمین بریزد.

اردشیر از شدت سوگ، منگ شده بود و گویی کسی را در اطراف خود نمی‌شناخت. رطوبت چشمانش، پرده‌ای روی دیدگانش کشیده بود. وقتی اشک‌ها را پاک می‌کرد، بستگانش را می‌شناخت و در حالی که هق‌هق گریه خفه‌اش می‌کرد، به آن‌ها دست و سر تکان می‌داد.

وقتی به خانه بازگشتند، اردشیر ساعتی با جمع عزاداری کرد. سپس با شتاب برخاست و با قدم‌های سنگین و بی‌صدا از جمع جدا شد و به اتاقش پناه برد. خودش را روی تخت‌خواب انداخت و غصه‌هایش را با بالش‌هایی که در آغوش می‌فشرد، تقسیم کرد. احساس می‌کرد جنگلی مخوف، ناشناخته و غیرقابل تصور او را احاطه کرده و با مرگ برادر و مادر، در این جنگل گم شده است.

غـم و انـدوه ساعت‌هـای طـولانی عـزاداری و بی‌خـوابی، صـدای مـداحی مراسـم ترحیـم و روشـنایی خیره‌کننـده شمع‌هایی کـه شـب و روز می‌سـوختند، آشـفتگی هراس‌انگیـزی در روح مهتاب انداختـه بـود. خودش را می‌دیـد کـه از پـای در می‌آیـد. وقتی وارد خانـه شـد، به‌نظر می‌رسیـد مشاعرش را از دست داده است. بهـت و حیرتـش زمان درازی طـول کشیـد و سپس بـه اتـاق مـادرش رفت و سعی کـرد اتاقـی را کـه مرتـب بـود، مرتب‌تـر و تمیزتـر کنـد.

پیوسته می‌گریسـت و با خـود زمزمه می‌کـرد. گاهی زوزه‌ی خفیفـی می‌کشید و بـا خـود حرف می‌زد. دایـم شکـوه و شکایت می‌کـرد و عکس مـادر و بـرادرش را در بغـل گـرفت و مـدّتی در سکـوت مانـد و بعد به سالن پذیرایی برگشـت و بـا دیـدن پـدرش هذیـان گفتـن از یادش رفت. همچنان گیـج و مـات به‌نظر می‌رسیـد و چیزی نمی‌گفت.

عصـر اردشیـر آمـد و کنـار او روی صندلی نشسـت. اردشیـر از دیـدن خواهرش در آن وضـع و حـال، آرام هـق هـق می‌کـرد و بـا سـر و صـدا آب بینـی‌اش را می‌گرفـت.

بهـادری هـم در کنـار آن‌هـا نشسـت و گریه سـر داد و بعـد، فریادی کـه از اعمـاق روحش بر می‌خـاست، بـر زبـان آورد:

- مـن تـا امـروز چنین دنیـای حقیـر و پسـتی ندیـده و از آن متنفّـر نشـده بـودم. خدایـا چرا این‌طـوری شـد؟!

و باز گریه می‌کـرد و به پیشانی خود می‌کوبید و می‌گفت:

- چـرا مـن بـه چنیـن عـذابی دچـار شـدم؟! همیشـه بـرای جوونـا دعـا می‌کـردم، نگو قرار بـود خـودم بدبخت بشـم.

شب، هنگام عروج سفیدی از زمین به آسمان و سقوط تاریکی بر پهنه‌ی زمین، بستگانی کـه به تسلی آمده بودند، هماهنگ برخاستند تا خانه‌شان را ترک کنند. کم کم جمعیت از حیاط خانه متفرّق شدند.

وقتی خانه خلوت شد، گردبادی از غم و اندوه بهادری را آزار داد و به تهوع دچارش کرد. با تمام قوا ایستادگی کرد تا بیهوش نشود. تاروپود قلبش از هم گسیخت. سرش درد گرفت. سرش را به زیر انداخته بود و در تصورات و خاطراتش، غرق شده بود. آن‌چنان‌که احساس می‌کرد در بدبختی غرق و نابود می‌شود.

از روی صندلی با بی‌حوصلگی برخاست. می‌خواست به‌سوی هوای آزاد بیرون از خانه بگریزد. وقتی به حیاط آمد، تمام وجودش از هقهق گریه تکان می‌خورد. ناگهان در هم شکست. اشکش سرازیر شد و بر گونه‌ها و لباسش نشست.

اوستا جوانی بسیار با نشاط، گرم و مهربان بود. مهربانیش به‌حدی بود که به سادگی می‌مانست، امّا در این سادگی هم عمقی و هم وقاری نهفته بود. دوستانش به این نکته پی برده بودند و همه او را دوست داشتند. ظاهری زیبا داشت. بلندقد، لاغر و مو سیاه، و صورتش همیشه اصلاح شده بود. ورزش می‌کرد و بین دوستان شهرت پهلوانی داشت.

**

اردشیر، با وکیلی کـه می‌شناخت، تماس گرفت و پرونده‌ی اوستا را به او سپرد. وکیل اردشیر نامش «نوید عادلی» بود و قول داد که حتما حکم قصاص قاتل را خواهد گرفت.

عـادلی، جوانی خوش‌چهـره و تأثیرگـذار و بانفوذ بـود. وکیـل بـا تجربـه‌ای کـه می‌توانسـت و می‌خواسـت حکـم قصـاص بگیـرد. اردشیـر بـه پـدرش گفت:

- مـن بـا بهتریـن وکیـل کیفـری، بـرای شـکایت قاتـل قـرارداد بسـتم. اون بـه بهتریـن شـکل قاتـل را بـه سـزای عملـش می‌رسـونه.

بهادری با بی‌حوصلگی گفت:

- آمادگـی نـدارم دراین‌بـاره صحبـت کنـم، باشـه بـرای یـه وقـت دیگـه.

مهتاب بالحن کمی خشن ولی با احترام به پدر گفت:

- پدرجـان، امـروز و فـردا نکنیـن، به‌زودی دادگاه شـروع می‌شـه. دوسـت دارم هـر چـه زودتـر قاتـل رو روی چوبـه‌دار ببینـم.

بهادری پس از مکث کوتاهی گفت:

- من هـم مـرگ و مجازات این جوان رو می‌خوام.

هنـوز میـل این‌کـه بـه قتـل کسـی رضایـت دادن، همـه‌ی وجـود بهـادری را در بـر نگرفتـه بـود کـه احسـاس وحشـت و تـرس شـدیدی کـرد. ایـن تصـوّر مثـل بـرق، بـه تنـدی در مخیلـه‌اش خطـور کـرد کـه آیـا ایـن خـوی سـبعیت و درنـدگی در مـن نیـز وجـود دارد؟! یـا این‌کـه از اطرافیـان در مـن سـرایت کـرده اسـت؟!

حـال از شـدت رأفـت و ترحـم کـه جـزو صفـات برجسـته‌ی او بـود، بـه شـدیدترین و فجیع‌تریـن جنایـت راضـی شـده و عدالـت را زیـر پـا می‌گـذارد. او هرگـز نمی‌توانسـت کسـی را -هـر قـدر هـم مرتکـب جنایـت عظیـم و موحـش شـده باشـد- اسـیر شـده ببینـد، و یـا راضـی بـه قطـع رشـته‌ی حیـات دیگـری شـود.

بهادری فردی باشخصیت و دنیا دیده بود. از هیچ تلاشی برای آموزش
و رفاه بهتر فرزندانش کوتاهی نمی‌کرد. ولی این خواسته آن‌ها او را
متعجّب می‌کرد.

۴

بیرون پادگان انبیا، ارسلان منتظر مینی‌بوس بود. هوا گرم و بسیار شرجی بود. عرق از سر و رویش می‌ریخت. در انتظار اتوبوس که ایستاده بود، از کنار پشته‌ای صدای زوزه‌ی ضعیفی می‌آمد. وقتی به‌سوی صدا پیش رفت، سگی را دید که توله‌های خود را شیر می‌داد. در دل به قدرت و محبت خدا می‌نازید که چنین مهری را در دل حیوانات دمیده است. با حیرت به بچه‌داری سگ مادر نگاه می‌کرد. صدایی او را به خودش آورد. وقتی برگشت، بامداد را دید که به او نزدیک می‌شد. از ارسلان پرسید:

- تو هم مرخصی گرفتی؟

«آره می‌رم خونه.»

ابری از گرد و غبار سوزان که نور خورشید آن را آهک‌اندود کرده بود به هوا بر می‌خاست. بامداد در حالی که چشم‌هایش را با دستانش می‌مالید، با کنجکاوی پرسید:

-به چی نگاه می‌کردی؟ این صدای چیه؟

«یه سگ با توله‌هاشه.»

بامداد، خم شد و سنگی برداشت و با خنده‌ای مستانه به‌سوی سگ پرتاب کرد. سنگ به سر سگ اصابت کرد و زوزه‌ای کشید و از کنار توله‌هایش بلند شد. سنگ دوم سگ را عصبانی‌تر کرده و صدای عوعوَش بلند شد. بامداد سنگ دیگری را برای پرتاب بلند کرد. ارسلان عصبانی شد و دست بامداد را گرفت تا مانع شود. این کار باعث شد که تعادل‌شان را از دست داده و به کشمکش بپردازند. در این هنگام، بامداد که قد کوتاه‌تری داشت، به زمین افتاد و سرش به سنگی اصابت کرد و بر اثر ضربه‌ای که به سرش وارد شده بود، از حال رفت.

ارسلان دچار سرگیجه و بهت و حیرت شد. ترس وجودش را فرا گرفت و خون در عروقش منجمد شد. لرزه بر اندامش افتاد. از کرده‌اش پشیمان شد و تلاش کرد بامداد را به هوش بیاورد.

با تمام تلاش ارسلان، بامداد به هوش نیامد و خون از زیر سرش جاری شد. ارسلان به‌سوی جاده‌ی خاکی گریخت. هر گامی که بر می‌داشت، به پشت سرش نگاه می‌کرد و هر بوته‌ای که می‌دید، می‌پنداشت شخصی می‌خواهد به او حمله کند.

کمی بعد، مانند کودکان چهره‌اش را با دست پوشاند و بغضش ترکید. وقتی یک دل سیر گریه کرد، به‌سوی بامداد بازگشت و سعی کرد او را به هوش بیاورد.

مینی‌بوسی کنار جاده ایستاد. شاگرد راننده و مسافران به گمان این که ارسلان دارد بلایی سر بامداد می‌آورد، با فریاد پیاده شدند. راننده، شاگرد

راننـده و مسافران روی ارسلان ریختـه و کتـک مفصلـی بـه او زدنـد. ارسلان مـدام می‌گفت:

ـمـن نکشتم. بـه خـدا مـن اون رو نکشتم. خـودش افتـاد سـرش خـورد بـه سـنگ، مـن قاتـل نیستم.

ارسلان را خونین و مالین روی زمین نشاندند و بـه پلیس اطلاع دادند.

یـک ربـع بعـد، آمبولانس همـراه پلیس رسیـد. پرسنل اورژانس نمی‌دانستنـد بـه‌سوی قاتـل غـرق در خـون برونـد، یـا مقتـول کـه روی زمیـن نشسـته را بردارنـد. در نهایت اول بـه‌سوی مقتـول رفتنـد، سپس قاتـل را معاینـه کردنـد و بـا مأموران بـه کلانتـری فرستادنـد و بامـداد را بـه پزشکی قانونی بردنـد.

پلیس از شـاهدان، خواسـت کـه بـه اداره‌ی پلیس برونـد تـا صورت‌جلسـه کننـد .

«وقتی رفتـار و خواسـته‌های‌مان در اعتـدال و تحـت کنتـرل باشـد، نیـازی بـه قانـون و مجـازات نیست. اگـر جوانـان بـر اثـر تمریـن بیاموزنـد کـه خشـم خـود را کنتـرل کننـد، هـر گـز حوادثـی این‌چنین رخ نخواهـد داد.»

بامـداد هـر گـز بـه هـوش نیامـد و بـر اثـر ضربـه‌ی مغـزی، در دم جـان باختـه بـود و ایـن؛ حقیقتـی اسـت کـه «زنـدگی جـز فاصلـه‌ای میـان درود و بـدرود نی سـت.»

***

ارسلان را روی صندلی پاسگاه پلیس تـوی راهـرو نشاندند تا شـاهدان در اتـاق زیر اظهـارات خـود را امضا کننـد. یـک رشتـه‌ی باریـک خـون دَلَمـه بسـته، چهـره‌اش را بـا خـط سیـاه و روشـنی پوشـانده بـود. بـه‌نظر می‌رسیـد نـاخـن کسـی روی صـورت او صلیـب انداختـه اسـت. تمـام چهـره‌اش ورم

کرده و چشم‌هایش متورم بود و قیافه‌اش شناخته نمی‌شد.
ارسلان پلک‌هایش را به زور باز کرد و نگاهی به اطراف انداخت. چشم‌هایی که روشن و نورانی بود، اکنون تیره و مه گرفته بود. لبِ‌های ورم کرده‌اش را جنباند و با صدای گرفته، نالید. سرباز از او پرسید:
–چی می‌خوای؟ باز که صدات دراومد؟!
چشمان پر نفرت و خشم‌آلودش را به‌سوی سرباز چرخاند و نگاهی دردآلود بر او انداخت. گرما او را به جنون کشانده بود. عرق از روی شوره‌زار بدنش روان بود و بر زخم‌هایش سوزش وحشتناکی وارد می‌کرد. هر چند دقیقه یک بار، پیراهنش را با دستان دستبند زده تکانی می‌داد و ابری از مگس‌های سمج و کنه که دنبال مکیدن خون بودند را به هوا می‌فرستاد.
پس از رفتن شهود، افسر او را صدا کرد. ارسلان با سرباز وارد اتاق شد. سعی داشت پاسخ‌هایش به پرسش‌های افسر قانع کننده و آرام باشد. به‌طور مداوم به افسر می گفت:
–جناب سروان به‌خدا من قاتل نیستم، سرش به سنگ خورد.
«نه تو نکشتی، من کشتم، پاشو بیا نزدیک‌تر امضا کن.»
وقتی افسر این جمله را استهزاءآمیز به زبان آورد، ارسلان تلاش کرد درباره‌ی دعوای‌شان بیش‌تر توضیح بدهد، ولی موفق نشد و ساکت نشست.
افسر از او خواست که با سرباز به بازداشتگاه برود. به زحمت می‌توانست روی پایش بایستد. تلاش کرد بلند شود. دو سرباز با خشونت تمام یقه‌اش را گرفتند، تا او را ببرند. سرش را برگرداند و نگاه التماس آمیزی به طرف

افسر کرد و با صدایی بسیار ضعیف تقاضا کرد به او جرعه‌ای آب بدهند. افسر اشاره کرد او را رها کنند و به ارسلان گفت «برگرد عقب.» و از سرباز خواست که اوّل به او آب بدهند، سپس او را ببرند.

ارسلان متهم به ارتکاب قتل عمد شد. برایش پرونده تشکیل دادند و همراه اظهارات شهود به دادگستری فرستادند و در نهایت با قرار بازداشت، راهی زندان شد.

بازپرس پس از تحقیقات، قرار مجرمیت متهم را به ارتکاب قتل عمد صادر، مستندات به محتویات، قراین و امارات موجود و اظهارات شهود و شکایت شکات، کیفرخواست صادر کرد.

پس از چند روز پرونده به شعبه‌ی یازده دادگاه کیفری تهران فرستاده شد و پس از یک هفته، دادگاه با حضور ریاست شعبه و چهار مستشار به پرونده رسیدگی کرد. در این جلسه نماینده‌ی دادستان و خانواده‌ی بامداد و ارسلان حضور داشتند.

نماینده‌ی دادستان طبق کیفرخواست، و خانواده‌ی بامداد تقاضای قصاص در ملاء عام را کردند. ارسلان اعلام کرد که بامداد را نکشته است. او گفت «من او را هل دادم ولی قصد کشتن او را نداشتم.» او هرگز قتل را گردن نگرفت.

وکیل تسخیری ارسلان اظهار داشت متهم قصد کشتن او را نداشته و با توجه به گزارش پزشکی قانونی، مرگ او بر اثر افتادن و ضربه به سر و اصابت به سنگ بوده است. این نشان می‌دهد که ارسلان متهم به قتل عمد نبوده و دلیلی برای قتل بامداد وجود نداشته است.

پرونده به دادگاه کیفری فرستاده شد. رسیدگی در دادگاه کیفری با

حضور سه قاضی تشکیل شد. قضات پس از تحقیق رییس شعبه، به صورت جداگانه از متهم تحقیق کردند و برای محکومیت او به بررسی گزارش پزشکی قانونی پرداختند که علت مرگ را ضربه‌های متعدد سر مقتول به جسم سخت مانند سنگ دانسته بود و بر طبق اظهارات شهود، قتل عمد شناخته شد.

«می‌دانیم که بر طبق قانون هر جرمی مستوجب مجازات است، ولی هر مجازاتی ضمانتی برای زندگی آرام و امنیت اجتماعی نیست. جامعه‌ای که نتواند علت و معلول ناامنی جامعه و گمراهی‌ها و جنایات را بیابد آن جامعه مرده است.

اعدام، یک اصل علمی و حیاتی نیست. حذف زخم و عفونت در اجتماع، عقلی و منطقی است، ولی قانون قصاص ضامن عدالت و رمز حیات و آرامش و نقش مؤثر در جامعه مدرن نیست. حق تقدم با فرد فرد جامعه است زیرا با افراد، جامعه تشکیل می‌شود. پس یکایک افراد مهم و اصلاح آنان ضروری است.

قانون اعدام، برافتادن آن اهرم‌های نیرومند جامعه هستند که با تزلزل کنار هم چیده شده‌اند و با کوچک‌ترین لغزشی سقوط می‌کند. زیرا پایه‌ها سست بنا شده‌اند و قانون دنبال علت نبوده و فقط به قطع آن رضایت داده است.»

۵

اهل خانه در خواب خوش بودند و شب، پرده‌ی تار خود را بر شهر و دشت و دریا افکنده بود. مِه نه چندان غلیظی شهر و روستا در بر گرفته بود. سایه ها در مِه و لابه‌لای درختان مناظر هول‌انگیزی به‌وجود آورده بودند. گویی دشمن در سایه‌ی این اشکال وحشت آفرین پنهان هستند. گویی رازهای مخوف در میان این مه و ماه نهفته است که هنگام بروز آن فرا رسیده است.

وقتی فلق در دوردست‌ها بر زمین تابیدن پدیدار شد، اتابکی پدر بامداد بیدار شد. دل‌شوره داشت. پریشان بود. گویا خواب بدی دیده بود. همسرش گُهرخانم هم با صدای پای شوهرش بیدار شد و به آشپزخانه رفت. در حال آماده کردن صبحانه بود، که تلفن به صدا درآمد و اتابکی جواب داد:

-بفرمایید.

آن‌سوی تلفن کسی خود را معرفی کرد و گفت «من از کلانتری با شما

تماس می‌گیرم، از شما می‌خواهم که به کلانتری بیاید.» آقای اتابکی وحشت‌زده پرسید:

-جناب سروان چی شده؟

«آقای اتابکی، بیایید کلانتری، پای تلفن نمی‌شه گفت.»

-من رو نصف‌ِجون کردین. برای پسرم اتفاقی افتاده؟

«بله، لطفاً بیاید کلانتری.»

بدون آن‌که جواب بدهد گوشی را گذاشت و به‌سوی در دوید. هنوز پیژامه و زیرپوش به تن داشت و می‌خواست از خانه خارج شود. گهرخانم فریاد زد:

-چی شده ؟ اگه می‌خوای بری بیرون، لباست رو عوض کن.

اتابکی لباس‌ها بیرون را پوشید و سریع خودش را به کلانتری رساند. سراغ سروان توکّلی را گرفت. سربازی با اشاره به او در دوم سمت راست را نشان داد. با عجله به در کوبید و وارد اتاق شد. سروان نگاهی به او انداخت و پرسید:

-بله بفرمایید؟

نفس نفس می‌زد، اما بر خودش مسلط شد و با عجله پرسید:

-جناب سروان من اتابکی هستم، شما به من زنگ زده بودین؟

سروان توکّلی از او خواست بنشیند. نشست، ولی بر لبه‌ی صندلی. پاهایش می‌لرزید. دست‌هایش را به هم می‌مالید. دوست داشت بشنود پسرش باز با چه کسی دعوا کرده است. ناگهان چیزی شنید و خون به مغزش نرسید. متوّجه حرف سروان نشد و گیج و منگ به او نگاه کرد. سروان از او پرسید:

-آقای اتابکی حال شما خوبه؟

همچنان که خیره نگاهش می‌کرد، پرسید:

-متوجه نشدم چی گفتین؟

«عرض کردم پسر شما در یک نزاع به قتل رسیده و قاتل هم دستگیر شده و پسر شما رو بردن پزشک قانونی.»

اتابکی از جا برخاست و به فکر فرو رفت. بی‌حرکت بر زمین نشست و نفس تازه‌ای کشید. انگار نفس کشیدن یادش رفته بود. صدای قلبش را در قفسه سینه و سر و گوشش می‌شنید.

سروان توکّلی از سرباز خواست یک لیوان آب به اتابکی بدهد. او که بر زمین نشسته بود، لیوان آب را بر زمین انداخت. به پیشانی‌اش کوبید و دست‌ها را به سر بی‌مویش کوبید و به خود و مسببین لعنت فرستاد. پی در پی الفاظ نامفهوم در لعن شیطان می‌فرستاد. دست‌های لرزانش را مشت کرد و به سوی آسمان بالا برد و به خدا التماس می‌کرد معجزه شود و پسرش را به او بازگرداند.

«آن لحظه، لحظه‌ی یگانه‌ای است که همه چیز جهان در آن بسته و در لذت بی‌همانند دیدن روی فرزند خلاصه می‌شود. مثل شهد عسل، مثل عطر گلاب لذت‌بخش و در هیجان فشرده شده.»

امّا اکنون این شهد به زهر عقربی شبیه بود که دست و پای او را از کار انداخته بود. عذابی بود که در جان و روانش جریان پیدا کرده بود. از کلانتری بیرون آمد، به امید این که پلیس اشتباه کرده باشد و این پسر من نیست که در پزشک قانونی آرمیده است. می‌خواست این را ثابت کند. سوار تاکسی شد تا زودتر به پزشکی قانونی برسد.

پیاده شد و به‌سوی درِ پزشکی قانونی دوید. بی‌باک و هراس از رفت و آمد خودروها، به آن‌طرف خیابان رفت.

وقتی با جسد پسرش روبه‌رو شد، به چشمان سیاهش خیره ماند. رنگش سفید شد و لب‌هایش به لرزه افتادند و ناگهان به هق هق افتاد.

بامداد دومین فرزند و تنها پسرش بود. اولین فرزند دختر آن‌ها اختر و آخرین ارغوان بود.

وقتی به خانه رسید، روی مبل دراز کشید. نه هذیان می‌گفت، نه فریاد می‌کشید و نه تقلایی می‌کرد. رنگش پریده بود و مثل روح دراز کشیده و عرق سردی بر بدنش نشسته بود. چشم‌هایش گشاد شده بود و لب‌هایش گاهی حرکت می‌کرد، اما نمی‌توانست کلمه‌ای حرف بزند.

همسرش او را تکان داد و پرسید:

-چی شده؟ تو رو خدا بگو چه اتفاقی افتاده؟

دخترهایش دور او جمع شدند و با گریه از پدر خواستند بگوید چه شده است؟ با گریه به همسرش گفت:

-بامداد رو کشتن. بچه‌مَ رو کشتن.

گُهرخانم چنگ به موهایش انداخت و فریادکنان از او خواست بگوید که دروغ است.

*****

هنگام وداع با فرزندش، اتابکی انگار حواسش جای دیگری بود. نگاهش مانند مجسمه‌ای شده بود که چشمانش نمی‌بیند. وقتی خانواده‌ی بامداد از خاک‌سپاری به خانه باز می‌گشتند، چهره‌های‌شان برافروخته، بی‌رمق، خسته و تب‌دار بود. مصیبت سست و ناتوان‌شان کرده بود.

وقتی صدای قرآن در خانه‌شان بلند شد، کم کم حال عجیبی به پدر بامداد دست داد. سراپا می‌لرزید. نمی‌دانست چه می‌شنود. از خشم بر خودش می‌لرزید.

لحظاتی آشفته و درمانده، در افکارش پریشان ماند و سراپایش لرزان، اما سرانجام، عنان اختیارش را از دست داد و فریاد زد و مثل کودکان گریه سر داد.

صورت مرد بیچاره که از خشم سرخ شده بود. ناگهان موهایش سفیدتر و پیرتر و قدخمیده‌تر شد. دستش را روی سینه‌اش فشار داد. می‌ترسید قلبش با این تپش‌های شدید، بیرون بپرد. هنوز جرأت نداشت از جایش تکان بخورد.

۶

بامداد پسری مغرور و خودبین بود و از دوران کودکی با این خصلت‌ها پرورش یافته بود. در مدرسه هم دانش‌آموز ناآرامی بود. بارها به والدینش تذکر داده شده بود. همکلاسی‌هایش را به باد تمسخر می‌گرفت و در خارج از مدرسه با آن‌ها دعوا راه می‌انداخت.

والدینش بدی‌های نور دیده‌ی خود را نمی‌دیدند و هر چه رشد می‌کرد و شاخ و برگ می‌داد، بر خارهایش افزوده می‌شد. شاید به آشفتگی رفتاری دچار بود.

در اجتماع کوچک خانوادگی بامداد، کسی پی به تنوع اخلاقی و رفتاری او نبرده بود. هر چند صباحی به رنگ و شکلی تازه در می‌آمد. بامداد، الگوی انسانیت را کشف نکرده بود. می‌خواست به مرتفع‌ترین رتبه‌ی نامطبوع و ناپسند دست یابد. جوانی که می‌توانست دوران جوانی را در درخشندگی و فروغ و سرور و تلاش در رسیدن به تجلّی انسانیت و جوانمردی و شرافت جلوه کند، از پذیرش انسان بودن سرباز می‌زد.

احساسـات بامـداد شـدید بـود و در خواسـتن همیشـه جـدی بـود. دوسـت داشـت همـه چیـز جدیـد را بـدون مشـورت تجربـه کنـد و آن را بـه چنـگ آورد. جـوان دوراندیـشی نبـود. خواهـان همـه چیـز در لحظـه بـود، بـدون آنکـه فکـر کنـد، آیـا آن لحظـه بـرای آنچـه کـه میخواهـد در تحصیـل آن بکوشـد، مناسـب اسـت یـا نـه!

«البتـه رفتارهـای خـاص در دوران نوجـوانی و جـوانی تـا حـد زیـادی متأثـر از شیوههـای تربیتـی در دوران کـودکی هسـتند.»

یـک روز بامـداد بـا موتـوری کـه کرایـه کـرده بـود، بـه خانـه بازگشـت. پـدر اصـرار کـرد کـه موتـور را بـه صاحب مغـازه برگردانـد، زیـرا امانـت بـود و در ضمـن بـه کرایـهی آن هـم اضافـه میشـد.

بامـداد اعتـراض پـدرش را پشـت گـوش انداخـت و بـه اتـاق خـودش رفـت و صـدای موزیـک را زیـاد کـرد، طـوری کـه تمـام پرنـدگان حیـاط خانـه را فـراری داد. هیچکـس جـرأت اعتـراض بـه او را نداشـت. شـبها دیـر بـه خانـه میآمـد. روزهـا هـم ایسـتادن کنـار مدرسـهی دخترانـه کار هـر روزش بـود. گاهی پـدرش عصبانی میشـد و میگفت:

- آخـه پسـر دسـت از دختربـازی بـردار، مگـه همـهی دنیـا فقـط رفیقبـازی و دختربازیـه. بـرو دنبـال درس و زندگی.

آن شب پـدرش بهخاطـر موتـور شـدیداً عصبانی شـد. بـه اتـاق او رفـت. تـا کلیـد موتـور را از او بگیـرد و آن را بـه صاحبش برگردانـد. وقتی دسـتش را بهسـوی او دراز کـرد، بامـداد دسـت پـدرش را در هـوا گرفـت و او را از سـر راهـش کنـار زد. دسـت پـدرش بـه دیـوار خـورد و رنگـش مثـل گچ سـفید شـد. دندانهایـش را بـه هـم فشـرد و گفت:

- نـذار نفرینت کنم. سـر عقل بیـا تـا دیـر نشـده. عاقبت ایـن خیره‌سـری‌ها کار دستت می‌ده.

مـادر بـه اتـاق آمـد و وسـاطت کـرد تـا پـدر موتـور را بـه مغـازه‌دار تحویـل دهـد و مخارج آن را هـم بپـردازد. بامـداد از علاقـه‌ی والدیـن سوءاسـتفاده مـی‌کرد و سـعی داشـت امتیـازات بیش‌تـری از ایـن علاقـه بگیـرد. والدینـش هـم روی خطاهـای او سـرپوش می‌گذاشـتند و بـه جـای درمـان عفونت، هیـچ‌گاه درصـدد رفعش برنیامدنـد.

بامـداد در دامـان والدیـن روزبـه‌روز لوس‌تـر و در عیـن حـال شـرورتر بـار مـی‌آمد و هـر روز بـرای اثبـات بی‌گناهـی خـود و جلـب حمایـت آن‌هـا، دروغ‌هـای بیش‌تـری سـر هـم می‌کـرد و لاف‌هـای گزاف‌تـری می‌زد. از چهـارده سـالگی دنبـال دختربـازی بـود و هـر روز کـه از خـواب بیـدار می‌شـد، بـه زلـف و سـر و روی خودش می‌رسـید.

«فراهـم سـاختن بـدون چـون و چـرای خواسـته‌های فرزنـدان از سـوی والدیـن نیـز در آینـده‌ای نزدیـک از آنـان افـرادی متوقـع بـار خواهـد آورد و ایـن توقعات مرحلـه بـه مرحلـه رو بـه فزونـی خواهـد رفت.»

یک‌سـال قبـل از ایـن اتفـاق کـه باعـث مـرگ او شـد، روزی بامـداد دختـری را از او خوشـش آمـد و بـرای بـه دسـت آوردن دختـر کـه از زیبایـی بی‌بهـره نبـود، تـلاش می‌کـرد. دنبـال دختـر کـه نامـش فرشـته بـود، رفت. فرشـته زیبـا، بـا چشـم درشـت و عسـلی، مژه‌هـای کشـیده و شکسـته، ابروهای زیبـا و بینـی کوچـک، لب‌هـای سـرخ و غنچـه‌ای، موهـای بـور و بلنـد چتری کوتـاه شـده روی پیشـانی‌اش و لبخنـد زیبایـی بـر لب، همـه را مجذوب خود می‌کـرد.

با این‌حال، با وجود مخالفت دختر و پافشاری بامداد، هر روز دیداری تازه داشتند. کم کم دختر بیچاره با این که خواستگاران بسیاری داشت، به این دوستی تن داد و دیدارها بیش‌تر و بیش‌تر شد.

بامداد برای فرونشاندن هوس شیطانی‌اش دنبال مکان و زمانی مناسب می‌گشت. پس از مدتی آشنایی، فرشته او را خوب شناخته بود و ارتکاب همه نوع گناه و تقصیر و وسوسه‌های شیطانی را از طرف او گمان برده بود. گاهی حرف‌های بامداد را باور می‌کرد و گاهی نه و به او لعن و نفرین می‌فرستاد و پست و حقیرش می‌شمرد؛ ولی در عین حال دیوانه‌وار دوستش داشت.

بامداد به هر ترتیبی شده می‌خواست فرشته را به چنگ آورد، ولی یک اشکال بزرگ وجود داشت و آن هم نداشتن مکانی مناسب بود.

فرشته از عاقبت این عشق بدفرجام بیم داشت، و هر چه به این بیم و امیدها و عشق نابه‌جایش بیش‌تر می‌اندیشید، بیش‌تر دچار التهاب و بی‌خوابی و نگرانی و بی‌تابی می‌شد.

روزی فرشته در خانه تنها بود. بامداد خودش را به آن‌جا رسانید و از فرشته خواست که در را باز کند تا با هم حرف بزنند.

فرشته آن روز پیراهنی گل‌گلی و چین‌دار با آستین کوتاه به تن داشت. پستان‌های کوچک و برجسته‌اش از لای پیراهن سینه‌بازش پیدا بود.

وقتی به اصرار بامداد، در را باز کرد و بامداد چشمش به او افتاد، احساس گرفتگی کرد و هوس شیطانی در او زنده شد. با چرب‌زبانی فرشته را در آغوش گرفت و گفت:

-با لباسی که تو پوشیدی، من کجا برم؟!

پس از دقایقی، در میان کشمکش آن دو نفر، پدر و برادر فرشته به خانه آمدند. خشم، چهره‌ی پدر فرشته را دگرگون کرده بود. چهره‌اش از شدت عصبانیت کج شده بود. فرشته سیمای مردگان را گرفته بود. بامداد را حین ارتکاب جرم گرفتند و با خود کشان کشان به اداره‌ی پلیس بردند. فرشته را هم برادرش همراه آن‌ها برد. زمانی که بامداد وارد خانه شده بود، همسایگان به پدر و برادر فرشته خبر داده بودند که بامداد در خانه‌ی شماست.

در اداره‌ی پلیس، پدر و برادر فرشته به‌خاطر آبروریزی از افسر پیس خواستند که فرشته را به عقد پسرک در آورند. افسر، والدین بامداد را خواست و گفت:

–اگه پسر شما دختره رو عقد نکنه، باید زندان بره.

پدر بامداد با خشم گفت:

–ما هرگز این دختره‌ی بی‌آبرو رو به عقد پسرمون در نمی‌آریم.

افسر گفت:

– پسر شما باید تقاص اشتباه خودش رو پس بده.

برادر و پدر فرشته یقیناً می‌خواستند در اِزای این بی‌حرمتی، این مرد و پسرش را بکشند؛ امّا ترجیح دادند که فرشته را قربانی کنند. با وجود مخالفت بامداد و خانواده‌اش افسر پاسگاه، آن‌ها را متقاعد کرد که بهتر است به عقد این زوج رضایت بدهند.

افسر شهربانی نامه‌ای مدت‌دار به آن‌ها داد که تا آن تاریخ فرصت دارند به کار این شکایت فیصله بدهند، در غیر این صورت پرونده به دادگستری فرستاده می‌شود.

پدر فرشته او را به خانه نبرد و دخترش را تهدید کرد که به خانه باز نگردد. خانواده بامداد او را نزد عاقد بردند و عقد کرده به خانه‌ی خودشان بردند.

فرشته چاره‌ای نداشت الا این که کمر به کنیزی این خانواده ببندد. پس از عقد آن دو، خانواده‌ی بامداد چمدان بامداد را بستند تا او را به شهر دیگر بفرستند. هنگامی که بامداد از در بیرون رفت، پدر از پشت پنجره به او نگاهی انداخت، آهی کشید و گفت:

-فرزندم به‌جای این که عصای دستم باشه، سوهان روحم شده.

بعد، با صدای بلند شروع به گریه کرد و آرام به دیوار تکیه داد. مادرش با لحن توهین‌آمیزی به شوهرش گفت:

-اتابکی بسِّه، خجالت بکش. سفره‌ی دلتنگیت رو روی بچه‌مَ پهن نکن. برو این دختره رو ادب کن که باعث بدبختی پسرم شده.

با این که از چند ماه قبل آن‌ها از رابطه‌ی بامداد و فرشته خبر داشتند و پسر هوس‌باز خود را خوب می‌شناختند؛ با خود فکر کرده بودند بامداد پس از سوءاستفاده از آن دختر، او را هم ترک خواهد کرد. ولی آن‌طور که انتظارش را داشتند، نشد.

بامداد خانه را ترک کرد. پس از مدتی به سربازی رفت و فرشته دیگر هرگز بامداد را ملاقات نکرد.

«این گروه جوانان در واقع آن ستون‌های درب و داغانی هستند که از شهوات تند و نفرت‌آور و شرارت‌طلب درست شده‌اند.»

از همان روزی که فرشته را به عقد بامداد در آوردند، دختر بیچاره مثل توپ فوتبال، اسیر خانواده‌ی بامداد شد و از مشتی به لگد دیگری پرتاب می‌شد.

فرشته در سه ماهی که در خانه‌ی بامداد با خانواده‌اش زندگی می‌کرد خورد و خوراک درستی نداشت و بر اثر کتک‌های خواهران و والدین بامداد، وقتی صبح‌ها از خواب برمی‌خاست بدنش خشک شده بود و در ماهیچه‌هایش درد داشت و قدرت حرکت نداشت.

«این اعمال نمونه‌ای از هزاران پستی و رذالت خالص این نوع بشر است.»

فرشته که از کتک‌های خانواده بامداد و طعنه و کنایه و طعنه‌ها به تنگ آمده بود، تصمیم گرفت که از خانه‌ی آن‌ها بگریزد.

درست همان شب، پس از پچ‌پچ‌های مادر بامداد، ناگهان، اتابکی با طنابی که چندلایه پیچیده شده بود، بر تن فرشته نواخت. فرشته در مقابلش زانو زد و درحالی‌که با کف دو دست جلوی صورتش را گرفته بود، با التماس گفت:

-لطفاً من رو نکشید. من رو نکشید.

اتابکی در حالی که همچنان تنش را با طناب می‌نواخت، با عصبانیت پاسخ داد:

- تو نمی‌تونی من رو فریب بدی. فکر نکن می‌تونی تو این خونه می‌تونی جا خوش کنی.

اتابکی آن‌قدر بر سر و صورتش نواخت که خسته شد و با لگد او را به گوشه‌ای پرت کرد و از اتاق خارج شد. او مردی زورگو، خودخواه و یک‌دنده و سنگ‌دل بود، زیرا او به قانون کارما یا قضا و قدر اعتقاد و

ایمانی نداشت.

فرشته به گوشه‌ای خزید و پاهایش را بغل کرد و نشست. تمام شب را در خلوت و تنهایی در افکار آزاردهنده‌اش سیر می‌کرد. شب چنان تاریک و ظلمانی بود که دیگر ارقام صفحه ساعت را نمی‌شد تشخیص داد، ولی او همچنان ساکت نشسته و به ساعتی که روبه‌روی او روی دیوار بود، نگاه می‌کرد.

سپیده که در سینه‌ی آسمان پهن شد، فرشته در را باز کرد و آهسته از خانه گریخت. دخترک بیچاره از نظرها پنهان شد و کاملا تنها و بی‌پناه به‌سوی تقدیر شتافت.

پدر و برادران فرشته به‌خاطر رسوایی‌ای که در محل شده بود، او را قبول نمی‌کردند و در اداره‌ی پلیس، پدرش به او گفته بود هرگز به‌سوی خانواده باز نگردد.

فرشته تمام روز را راه رفت. هوا کاملا تاریک بود و او به منطقه‌ای ساکت و کم رفت و آمد رسیده بود. به درون کوچه‌ای پیچید که اصلا آن‌جا را نمی‌شناخت. متوجه کوچه‌ی ناآشنا شد. نیمی از راه را رفته بود و چون نمی‌خواست راه رفته را باز گردد، فکر کرد بهتر است تا انتهای کوچه برود و همچنان به راهش ادامه بدهد.

عمیقاً در فکر سرنوشت شوم خود بود. گریه می‌کرد. گاهی گریه نشان دادن ضعف آدمی است و دیگران را متوجه این ضعف و بی‌پناهی می‌کند. او گریه می‌کرد و دلش می‌لرزید. برای چند لحظه گریه‌اش قطع شد و به اطراف نگاه کرد. سایه‌های مشکوکی را در اطرافش دید و خودش را جمع و جور کرد.

خوب که سایه‌ها را زیرنظر گرفت، دید یکی از سایه‌ها تعقیبش می‌کند. به گوشه‌ی دیواری پناه برد و پس از چند لحظه به راهش ادامه داد. جرأت برگشتن نداشت تا به پشت سرش نگاه کند. قلبش مثل پرنده‌ی اسیری می‌تپید. به چابکی قدم برمی‌داشت و سایه‌ی تعقیب کننده نمی‌توانست به او برسد. مردک کمی می‌لنگید؛ اما پایش را به‌دنبال خودش می‌کشید و سماجت می‌کرد.

فرشته فکر می‌کرد که مرد با وضعی که دارد نمی‌تواند به او برسد؛ اما ناگهان مرد مثل باد سریع جلوی او پرید و او را در چنگ گرفت. دختر بیچاره فریاد زد، ولی مرد پشت گردنش را گرفته بود و به او نزدیک‌تر می‌شد. فرشته مجبور شد تسلیم شود. مرد وادارش کرد همراه او برود. فرشته امتناع می‌کرد، ولی مرد ضربه‌ای به پشت او کوبید و او را به جلو هل داد. تلاش می‌کرد از دست مرد بگریزد، ولی مرد همچنان که بر فرق فرشته می‌کوفت، گفت:

-می‌خوای زبونت رو ببرم؟ بی‌صدا با من بیا.

دخترک گیج شده بود. از فریادهای وحشیانه مرد و غرش‌های مهیب او و فحش‌هایی که می‌داد، وحشت کرده بود و جز فرمان بردن از مرد کاری از دستش بر نمی‌آمد؟ مرد هم با کلمات رکیک او را دنبال خود می کشید.

شب تاریک و مه آلودی بود. مه دَم به دَم سنگین‌تر شده و خیابان‌ها و خانه‌ها را در ظلمت فرو می‌برد. در چشم دخترک همه چیز اسرارآمیزتر و شوم‌تر و درناک‌تر می‌شد. می‌لرزید و از دهان و بینی‌اش خون جاری بود. زمانی که از زیر تیر چراغ برق رد می‌شدند، نگاهی به مرد کرد و

دید مردک زشت و آبله‌گون است و رنگش چون مرده‌ای پریده است. همچنان از میان کوچه‌های کثیف و کم آمد و شد می‌گذشتند. کم‌تر اتفاق می‌افتاد با کسی برخورد کنند و اگر کسی هم سر راه‌شان سبز می‌شد، از ظاهرش معلوم بود که او نیز از قماش همین مرد شرور و آدم‌کش است. یا در نهایت آن‌ها گمان می‌کردند مرد همسرش را در چنین شرایطی افتان و خیزان به خانه می‌برد و حق مالکیت دارد همسرش را این‌چنین به خانه ببرد. هوا کاملا تاریک بود و در آن منطقه‌ی ساکت و کم رفت و آمد کسی به دادش نمی‌رسید و تقلای فرشته بی‌فایده بود. بالاخره با گذشتن از کوچه‌های باریک و تودرتو به محوطه‌ی وسیعی رسیدند که وسط آن خانه‌ای بنا شده بود. مرد قدم‌هایش را آهسته کرد و فرشته را داخل پستوی یکی از اتاق‌ها فرستاد و در آن را قفل کرد و رفت.

اتاق خالی و سرد و تاریک بود. رطوبت تمام دیوارهای آنجا را پوشانیده بود. تمام محوطه را سکوتی مرگ‌آسا فرا گرفته بود. پس از ساعتی مرد بازگشت. همراه او دو سگ بزرگ سیاه بود. نگاه تحقیرآمیزی به چهره‌ی رنگ پریده فرشته انداخت و گفت:

-بیا بیرون، موقع خدمت‌گزاریه.

دخترک را از پستو بیرون آورد و او را با خشونت و تهدید ناپاکش کرد. بدن فرشته به لرزه درآمد و پیشانیش خیس عرق شده بود. او مغلوب گرگ خون‌خواری به نام انسان شده بود. گلویش از خشونت دستان آن مرد درد گرفته بود. اثر زخم‌ها روی سینه و گردنش می‌سوخت. مرد وحشی تمام پوست گردن و سینه‌اش را چنگ انداخته بود. پس از آزار

و اذیت دختر، مرد چنگ در موهایش انداخت و به سگ‌ها اشاره کرد و گفت:

–اگه تکون خورد بهش می‌پرید، فهمیدین؟

سگ‌ها زوزه‌ای کشیدند و به لیسیدن لب‌های خود مشغول شدند، گویی برای پریدن بر سر و کله‌ی دخترک و دریدن حلقوم او بی‌تاب بودند. سپس مرد نگاه تأئیدآمیز و وحشیانه‌ای به سگ‌ها انداخت، رو گرداند و آن‌جا را ترک کرد.

هر بار که فرشته از خستگی تکانی به خود می‌داد، سگ‌ها غرش تهدیدآمیزی نثارش می‌کردند. بغض شدیدی گلوی او را می‌فشرد تا آن‌جا که احساس می‌کرد در حال خفه شدن است. سپس بی‌آن‌که قادر به کنترل خود باشد، بی‌صدا و در حالی که به‌شدت می‌لرزید شروع به گریه کرد و با لحن التماس‌آمیزی فریاد می زد:

–تو رو خدا بذار برم. من از این سگ‌های وحشی می‌ترسم. دارم سکته می کنم.

امّا گوشی که شنوا باشد، وجود نداشت و از شمایل مرد پیدا بود که نه عقل دارد نه هوش و نه قلب.

فرشته، به‌شدت از لحاظ روحی آسیب دیده بود، برای او که دست‌مایه‌ی یک کام جویی جنسی شده بود. مرگ را بر این زندگی ترجیح می‌داد. چند دقیقه‌ای روی موزائیک دراز کشید و خوابش برد. روز هنوز کاملاً ندمیده بود. وقتی چشم‌هایش را باز کرد، هیجانی داشت که هنگام نزدیک شدن به مرگ به‌وجود می‌آید.

مرد دوباره به سراغش آمد و این‌بار مقداری نان و چای برایش آورد و

سگ‌ها را از اتاق بیرون برد.

چند ماه او برده‌ی جنسی آن مرد و دوستانش شد. شب‌ها او را از پستو بیرون می‌کشیدند و روزها در پستو پنهانش می‌کردند. چند ماه از دیدن زیبایی خورشید و گرمای آن بی‌بهره مانده بود.

شبی تعدادی اراذل و اوباش در خانه‌ی مرد جمع شده بودند. حرف‌های بیهوده می‌بافتند و تعریف می‌کردند. از قتل‌ها و آدم‌کشی‌های پنهانی و اجساد مقتولینی که کشته بودند و در جاده‌ها و جنگل‌ها رها کرده بودند.

ماجراهایی که آن‌ها تعریف می‌کردند، چنان واقعی و وحشت‌انگیز بود که هر یک از این کلمات در گوش دخترک، زنگی شوم ایجاد می‌کرد و ارواح این کلمات را با صدایی گرفته از اعماق چاه‌ها در گوش او زمزمه می‌کردند.

شبی در بین میهمانان، جوانی ساکت نشسته بود. فرشته نزدیک او شد و نامش را پرسید. جوانک که سر و وضع مرتبی داشت، گفت:

-من امیرحسین هستم، فرشته‌خانم.

فرشته مانند مجسمه‌ای بر جایش میخ‌کوب شد. پس از چند لحظه سکوت، فرشته پرسید:

- تو من رو می‌شناسی؟

امیرحسین با لبخند تمسخرآمیزی گفت:

-آره، من یکی از خواستگارهای پر و پا قرصت بودم. من رو نمی‌دیدی، چون خودت رو هم‌سطح من نمی‌دونستی. نمی‌دونستم می‌خوای تن‌فروش بشی، نمی‌دونستم تن‌فروشی رو دوست داری! حالا گم شو

برو بذار باد بیاد. در ضمن عشقت هم به فنا رفت. جاش زیر خاک بود نه روی خاک.

فرشته چند لحظه به فکر فرو رفت. مضطرب شد و ترس به او غلبه کرد. بعد با آه عمیق، دستی به سرش کشید و به دنبال صدایی که او را می‌خواند، رفت.

گیج و منگ بود. در بهت و حیرت گیر کرده بود. پرده‌ی نمایش تقدیر، صحنه را دگرگون کرده بود و فیلم زندگیش در فاز دیگری دکوربندی می‌شد. دچار ترس و وحشتی عجیب شده بود. به گوشه‌ای پناه برد. دست‌هایش می لرزید.

سیدهاشم که دخترک در بند او گرفتار شده بود، متوجه شد فرشته بی‌نهایت رنگ پریده است و می‌لرزد. وانمود می کرد مشغول مرتب کردن میز است. نگاهی به فرشته انداخت و یقین کرد کسی در احساسات فرشته نفوذ کرده است. دخترک را صدا کرد.

وقتی فرشته کنار میز نشست با خودش فکر می کرد حالا یک دختر هرجایی است. فردا که به میان مردم برود، دیگران باور خواهند کرد که من یک خودفروش هستم و پاکی و عفتم را فروخته‌ام. چگونه ثابت کنم در چنگ شیاطین گرفتار شده‌ام. اکنون این واقعیت زندگی من است.

وقتی سیدهاشم به او نزدیک شد، با دقت به چهره‌اش نگاه کرد. می‌خواست بفهمد چه کسی در فرشته اثر گذاشته است. سحرگاه که می‌خواست او را به پستو ببرد، گفت:

- تو از تمام جوانب محاصره هستی. اگه روزی بتونی از این در بگذری،

مطمئن بـاش اون روز امـروز نیسـت. تـو راه گریزی نـداری.
صورت فرشته رنگ پریـده و متشنج بـود و سراپایش می‌لرزید. سیدهاشـم
ادامـه داد:

-ایـن رو بـدون، اگـه مـن سـراغت نمی‌اومـدم، هـر کـس دیگـری کـه
می‌اومـد خیلی خشـن‌تر از مـن بـا تـو رفتـار می‌کـرد.

بعـد در حـالی کـه لولـه‌ی تپانچـه‌ای را روی شـقیقه‌ی فرشته گذاشـته بـود،
گفت:

- تـا وقتی بـا مـن هسـتی، اگـه بـه اسـتثنای موقعی کـه مـن بـا تـو حرف
می‌زنـم صـدات درنیـاد، بـدون هیـچ ملاحظـه‌ای ایـن تپانچـه را تـوی کلـهٔ
خـالی می‌کنـم. بنابرایـن اگـه قصـد داری بـدون اجـازه‌ی مـن حرفی بـزنی،
همیـن حـالا اشـهد خـودت رو بگـو. همـه فکـر می‌کنـن تـو یـه فاحشـه‌ی
ارزون هسـتی و نمی‌خـوان ازت خبـر داشـته باشـن. بعضیـا هـم فکـر می‌کنـن
خیـلی وقتـه مُـردی. پـس بی‌خـود تلاش نکـن، می‌فهمـی؟

بعـد، سیدهاشـم بـرای تأثیـر بیش‌تـر کلامـش نـگاه وحشتناکی بـه اسـلحه
انداخـت. فرشـته سـرش را پاییـن انداخت. شـانه‌هایش سـخت تـکان می‌خـورد.
گریـه و نالـه می‌کـرد. هاشـم گفـت:

-بریم، راه برو، وگـرنه مغزت رو داغون می‌کنم.

فرشته فریاد کرد:

-تـو رو خـدا مـن رو رهـا کـن، بـذار بـرم، بـه کسـی نمی‌گـم تـو کـی هسـتی.
ازت خواهـش می‌کنـم. رحـم کـن. خواهـش می‌کنـم مـن رو وارد دزدی‌هـا و
قتل‌هـای خـودت و دوسـتات نکـن.

هاشـم کـه طـرف خطـاب فرشته قـرار گرفتـه بـود، دشـنامی نثـار او کـرد.

تپانچـه را نیـز کامـلاً آمـاده کـرد و بـا یـک دسـت دهـان او را محکـم گرفـت و او را بـه‌سـوی اتـاق کشـانید و گفـت:

-تو همین‌جا خواهی مرد.

سپیده‌ی صبـح بـود و او از اضطـراب و شـب زنـده‌داری خسـته شـده بـود. بـا ایـن فکـر کـه چطـور بـرای همیشـه زنـدانی و بـرده‌ی آن مـرد شـده، بـه خـواب رفـت.

پـس از آن‌همـه بدبختـی و زخـم تـن و روان، حـالا برچسـب رسـوایی بـه او چسـبیده بـود کـه باقی‌مانـده‌ی روح و روان او را می‌مکیـد. نـه راه نجاتـی از روزنـه‌ای می‌دیـد، و نـه امیـدی داشـت.

هنـگام غـروب آفتـاب، سیدهاشـم سـراغ فرشـته رفـت و او را کشـان کشـان بـه آشپزخانه آورد و او را مجبـور بـه نشسـتن کـرد. ناگهـان چشـمان فرشـته بـه تپانچـه‌ای افتـاد کـه روی میـز کوچـک کنـار پنجـره بـود.

سیدهاشـم بـه‌سـوی ظرف‌شـویی رفـت و شیشـه‌ای را جلوی خودش گذاشـت و چنـان بـه آن شیشـه‌ی الـکل نـگاه می‌کـرد کـه گویی جـام جهان‌نماسـت. شـاید چیزی در آن می‌دیـد کـه حیـات را بـرای او بیـان می‌کـرد.

صـدای فریـادی در فضـا طنیـن انداخـت. پـس از شکسـتن سـکوت، صـدای آتـش کـردن اسـلحه فضـای آشـپزخانه را بـه لـرزه انداخـت.

***

روزی بامداد تـوی پادگـان، داسـتان مفتضحانه‌اش را بـرای ارسلان گفتـه بـود:

-اون دختـر معاشـرتی و کنجـکاو بـود و رویـای یـک زنـدگی افسـانه‌ای و عاشـقانه رو داشـت.

ارسلان به طعنه گفت:

-و تو اون رو مثل عنکبوت توی تار خودت چسبوندی و اسیرش کردی!

بامداد قهقهه‌ای زد و گفت:

-کی می‌دونه زندگی افسانه‌ای چیه؟ کجا باید براش جست‌وجو می‌کردم؟ کدوم خونه رو براش گرد خوشبختی می‌پاشیدم؟

ارسلان با خشم دندان‌هایش را به هم فشرد و گفت:

-اگه می‌دونستی نمی‌تونی اون رو بگیری و خوشبختش کنی، چرا گرفتارش کردی؟

بامداد همچنان با خنده گفت:

-هر چی فکر می‌کنم زندگی رو در لحظه می‌بینم. همین‌جا و همین حالا که با هم خوشیم، خوشی زودگذر. خوشی بی‌مسئولیت.

ارسلان با خشم به او گفت:

-دنیا مثل سرابه و آدم به هیجان اومده از خوشی زودگذر، فریب تصورات خودش رو می‌خوره و دور از دنیای واقعی و اصیل می‌مونه.

بامداد که کمی به او برخورده بود، گفت:

-تو چرا سنگ اون دختر رو به سینه می‌زنی؟

ارسلان با خشم گفت:

-مگه خودت خواهر نداری؟ بیچاره دختره، عاشق کسی تو رویاهاش شده، عاشق کسی که هرگز اون رو نشناخت و توی خیالات واهی، در رویای فریب‌آمیزش عشق تو رو احساس کرده بود.

بامداد توی حرفش دوید و گفت:

-من احتیاج به نصیحت تو ندارم. هر کاری کردم به خودم مربوطه.

ارسلان که به شدت اعصابش خُرد شده بود، گفت:

—متاسفانه، آگاهی بیش‌تر آزاردهنده‌ست. امیدوارم روزی بیداری وجدان به وحشت و اضطراب گرفتارت کنه. تعجب می‌کنم. چطور خونواده‌ی اون دختر تا به‌حال تو رو نکشتن، من اگر جای اونا بودم تا حالا دخلت رو آورده بودم.

این جملات، روز دادگاه توسط سربازانی که برای شهادت آمده بودند، بر علیه ارسلان گفته شد و مرگ بامداد با اظهارات شهود حکم قتل‌عمد گرفت.

۷

تلفن خانه زنگ خورد. مردی از آن‌سوی خط می‌خواست با آقای تیموری پدر ارسلان صحبت کند.

گلی‌خانم همسر تیموری -که گوشی را برداشته بود- با دلخوری گفت حال شوهرش خوب نیست و دراز کشیده است و نمی‌تواند پای تلفن بیاید، با این حال وقتی فهمید مرد پشت خط پلیس است، چاره‌ای نداشت جز آن‌که شوهرش را پای تلفن بکشاند. قلب گلی به تپش افتاد، تیموری را صدا کرد و گفت:

- تیموری بیا، می‌گه پلیسه، می‌خواد با تو صحبت کنه!

تیموری گوشی را گرفت و گفت:

-بفرمایید!

کمی سکوت کرد و بعد با لکنت زبان گفت:

-بله، البته، فورا می‌آم.

پیش از تلفن، روی تخت دراز کشیده بود و قصد داشت بعد از آن

کابوس‌های وحشتناک و هراس‌انگیز شبانه، تجدید قوایی کند تا اثر آن خواب لعنتی از سرش بپرد.

نزدیک سحر خواب دیده بود کنار رودی مثل زاینده‌رود ایستاده است. دور رودخانه نرده‌های بلند کشیده شده بود و رودخانه با آن عظمت خشکیده بود.

پسرش ارسلان با دوستش (که در خواب او را نمی شناخت) با ارسلان توی رودخانه‌ی خشکیده، مشغول بگو و بخند بودند. ناگهان تیموری چشمش به دوردست افتاد که تعدادی ببر به‌سوی پسرش ارسلان و دوستش می‌آمدند. تیموری فریاد می‌کشید و به ارسلان هشدار می‌داد که از خاک رودخانه خارج شوند. آن‌قدر فریاد زده بود تا ارسلان رویش را برگرداند و پدرش را دید و صدایش را شنید. ارسلان دوستش را روی شانه‌هایش نشاند و بلند شد؛ اما یک ببر پرید و ارسلان را به دندان گرفت و از جلوی تیموری با خودش برد. کمی که دور شد دو یوزپلنگ، ارسلان را از دهان ببر گرفتند. تیموری با فریاد و ضجه می‌خواست فرزندش را از چنگال یوزها نجات دهد. آن‌قدر فریاد زده بود که وقتی بیدار شد، دید همسر و بچه‌هایش کنار تخت با دلواپسی او را صدا می‌زنند و تلاش می‌کنند او را بیدار کنند. از صبح به‌خاطر همین رؤیای وحشتناک افسرده بود.

برای همین وقتی تلفن زنگ زد و همسرش او را صدا کرد، هنوز با زیرشلواری و عرق‌گیر روی تخت دراز کشیده بود. وقتی گوشی را گرفت و صحبت می‌کرد، همسرش با دست علامت می‌داد و می‌پرسید که کیست؟ چی شده؟

تیموری با تکان پای برهنه‌اش همسرش را دور کرد و چشم غره‌ای به او رفت و در تلفن به لکنت افتاد. بله، بله، الان، الان می‌آم. متوجّه‌ام، فوراً می‌آم

***

تیموری، دو دختر و دو پسر داشت. ارسلان فرزند دوّم او بود. گلی‌خانم، زن مظلوم و کم‌حرفی بود که معلمی پیشه‌اش بود. بعد از سال‌ها تلاش زن و شوهر، آن‌ها صاحب خانه‌ی کوچکی شده بودند. فرزندان‌شان را عاشقانه دوست می‌داشتند و در تربیت آن‌ها چیزی کم نگذاشته بودند. دختر بزرگ آن‌ها ارمغان بود، و بعد از او ارسلان سپس آوا و اشکان بودند.

ارمغان در دانشگاه رشته روانشناسی می‌خواند و ارسلان که سرباز بود. آن دو فرزند دیگر هم در دبیرستانی بودند. زندگی آرامی داشتند و عاشقانه فرزندان‌شان را آموزش و پرورش می‌دادند و حالا آفتی می‌آمد که این آشیانه را در هم بریزد.

***

هوا گرم بود و پنکه روی سقف آهنگی غم‌انگیزی می‌نواخت و باد آن بر پرده های اتاق موج غم می‌پراکند. گویی فضای خانه تاریک و آسمان غم‌زده است. سر تیموری درد می کرد و دَوَران داشت و تب به تمامی اندام او می‌خزید. بچه‌ها هیچ‌کدام وقت نداشتند تا او را همراهی کنند. تا رسیدن به اداره‌ی پلیس دست و پایش می‌لرزید.

تیموری در اداره‌ی پلیس با صدای لرزان و ضعیف صحبت می کرد. گویی اگر بلندتر صحبت کند، بر جرم فرزندش افزوده می شود؛ اما

وقتی از جرم ارسلان آگاه شد، با چرخشی ناگهانی چیزی مستقیم قلب او را نشانه گرفت و درد شدید احساس کرد و روی زمین افتاد. افسر رو به او کرد و گفت:

-آقای تیموری، زنگ بزنین از خونه کسی بیاد و شما رو تا خونه همراهی کنه.

کمر مرد بیچاره شکسته بود. گاهی دست به سرش می کشید و گاهی به کمر. تیموری مردی پنجاه و سه ساله و بازنشسته‌ی اداره‌ی ثبتِ احوال بود. کمی چاق بود و موهای صاف، سیاه و انبوهی داشت. وقتی از اتاق افسر بیرون آمد، هوا توی گلویش چنگ می‌انداخت. خون در رگ‌هایش در حال انفجار بود. دنیا به جنگ او آمده بود. سر به آسمان کرد و گفت:

- یا رَب، تحمّل این وضع از ظرفیت من خارجه. آفریننده من، از جان من مایه بذار، من رو بکُش، بچه‌مَ رو از گرفتاری نجات بده.

به خانه بازگشت و برای گلی‌خانم از حادثه‌ای که برای ارسلان پیش آمده بود، تعریف کرد. گلی‌خانم به اضطراب افتاد، ولی به خاطر شوهر و بچه‌های دیگرش به زحمت خودش را کنترل کرد و بغض را قورت داد.

***

نمی‌دانم چرا آسمان زندگی همیشه صاف نمی‌ماند!؟ چرا لبخند شیرین را از لب آدم می‌دزدد؟! چرا درد را از آدم دور نمی کند؟

«ای انسان‌های شریف، هرگز شادی و سعادت کسی را با غم تیره مگردانید. هرگز قلب کسی را با ملامتی تلخ نومید نگردانید. هرگز باعث

اضافه کـردن درد و غـم کـسی نباشیـد. هرگـز روح کـسی را با خـار زبان
و ضـربـه پنهان، پژمـرده نگردانیـد. هرگـز هـوش و ذکاوت را بـرای شکـست
کـسی بـه کار نگیریـد.»

ارسلان از یـک طـرف مهربانی خالـص و بی‌ریا داشـت و از طـرف دیگـر
حق‌شناس، صـادق و خونگـرم بـود. هیچ‌زمـان بـه هیچ‌وجـه رفتـارش تفاوتی
پیـدا نمی‌کـرد. تیمـوری محبـت شـدید قلبـی نسـبت بـه ارسلان احسـاس
می‌کـرد و همیشـه از داشـتن او غـرور و شـعف بی‌پایانی در دل داشت.

شـب پـس از آرام گرفتـن اهـل خانـه و بـه خـواب رفتـن خانـواده، تیمـوری
در سکوت نیمـه شـب، بـه فکر فـرو رفت و بـه بـررسی وقایـع پیـش آمـده
از زوایـای مختلـف پرداخت. از رخت‌خـواب برخاسـت تا از اتـاق خـواب
بیـرون بیایـد. همسـرش بیـدار شـد و از او پرسیـد:

- آقا حالت خوبه؟ چیزی احتیاج داری؟

تیمـوری در حالـی کـه اشک‌هایش را در تاریـکی اتـاق پنهـان می‌کـرد،
گفـت:

- نه، می‌خوام کمی هوای بیرون به سرم بخوره.

بعد، بیرون رفت و چشمش به آسمان افتاد. به زانو نشست و گفت:

- خدایـا، از چی بنالـم؟ از چی بـرات تعریـف کنم. خـودت ارسلان رو بهتـر
از هـر کـس می‌شـناسی. نجاتـش بـده! بـه عنـوان پـدری درمانـده از تـو تقاضا
می‌کنـم. از تـو استدعا دارم. کمکم کـن تـا بچـهٔم را از این گرفتـاری بیـرون
بکشم.

تـا نزدیـک صبح بـا خدا راز و نیـاز کـرد. هنـوز سپیـده نـزده بـود و ستاره‌ها
همچنان روشـن و رنـگ پریـده، می‌درخشیدنـد. بـه داخـل خانـه بازگشـت،

اما به رختِ‌خواب نرفت، زیرا با آغاز صبح دلهره و هیجان آن‌قدر افزایش یافته بود که نتوانست بخوابد یا چیزی بخورد.

۸

سپهر از جوانان جنوبی‌ترین نقطه‌ی شهر تهران بود. آن‌جا که خانه‌ها هیچ شکل و رنگی نداشت. این خانه‌ها هر کدام‌شان از جایی دیگر جمع و به آن‌جا آورده و کنار هم چیده شده بودند و هیچ نظمی در چیدمان خانه‌ها نبود و هیچ نگرانی هم در مقررات ساختمانی‌شان وجود نداشت. هر خانه ساخته‌ی کسی بود که تازه به آن حومه آمده و در آن غریبه بود و خیال زنده ماندن داشته است. این نوع محله‌ها مانند نقش قالیچه‌ای‌ست که هنوز بافته نشده و نظم ندارد.

آذر مادر سپهر در جوانی با پسری ازدواج کرده بود و از همان آغاز زناشویی، در اتاقی که کرایه کرده بودند، زندگی فقیرانه را شروع کرده بودند.

شوهرش به او قول داده بود او را خوشبخت کند و به منطقه بهتری نقل مکان کنند، ولی آذر، به مرور زمان متوجه شد شوهرش به دلیل معاشرت با پدرش -که افیونی بود- و دوستان نااهل، به مواد مخدر

معتاد شده و گرفتار شده است.

وقتی سپهر و نگین ـ خواهر کوچک‌تر سپهر ـ متولد شدند، آن‌ها دچار فقر بیش‌تری شدند. پدر سپهر، آذر و فرزندانش را ترک کرد و به امان خدا رهای‌شان کرد و به‌سوی سرنوشت خودش رفت و دیگر هرگز به دیدار زن و فرزندانش نیامد.

محله‌ای که آن‌ها در آن زندگی می‌کردند، از منحوس‌ترین محلات شهر بود. خیابان‌های کثیف و کوچه‌های آن مرکز فحشا و معتادین بود، و از جوی کنار خیابان بوی تعفن می‌آمد و آدم گیج می‌شد.

آذرخانم برای لقمه‌ای نان از کله‌ی سحر تا بوق سگ کار می‌کرد تا به تغذیه و ملزومات زندگی کودکانش برسد. دنبال شوهرش رفت و اوضاع ناهنجار فرزندان‌شان را برایش تشریح کرد؛ اما مرد چنان گرفتار موادمخدر بود که ترجیح داد بیش‌تر از خانواده دور شود و برای همیشه از زندگی و آن شهر بیرون رفت.

آذر پس از ترک شوهر افیونی‌اش، با کودکانش در اتاقی نمور و کثیف که سوسک‌ها از سر و کول‌شان بالا می‌رفتند، به زندگی ادامه داد، و چون کمی خیاطی آموخته بود؛ گاهی برای مردم خیاطی می‌کرد. او بیش‌تر وصله به لباس‌های کهنه و پاره‌ی مردم می‌زد تا که لباسی نو بدوزد، به همین دلیل مجبور بود بیش‌تر وقتش را خارج از خانه و سر کار بگذراند و کودکانش در خانه تنها بودند.

سپهر در آستانه شش سالگی، طفلی رنگ پریده و لاغر و کوتاه بود. مادرش او را به مدرسه فرستاد. او اگرچه جثه‌ی کوچکی داشت، اما صاحب روحیه‌ای قوی بود و همین روحیه بود که او را زنده نگه

می‌داشت.

هنـوز چنـد روز از سـال تحصیلی نگذشـته بـود کـه کتـک مفصلـی از هم‌کلاسـی‌هایـش خـورد و چـون مقصر شـناخته شـده بـود، در انبـار مدرسـه حبـس شـد.

مدیر مدرسـه در پایـان روز، فـرّاش را دنبـال سپهر فرسـتاد و او کـه بـر اثر کتک‌خوردن، صـورت و دسـت‌هایش را چـرک و خونابـه پوشـانده بـود، بـا کمـک بابـای مدرسـه صورتـش را شست‌وشـو داد و نـزد مدیـر مدرسـه رفـت.

سپهر هرچـه می‌خواسـت بی‌گناهـی‌اش را بـه مدیـر ثابـت کنـد، نمی‌توانسـت. عـرقی را کـه بـر اثـر بـالا آمـدن از پلـه‌هـا و تـرسی کـه بـه جانـش نشسته بـود، از روی پیشانی‌اش پـاک کـرد. تـا می‌خواسـت اصل ماجرا را بگویـد؛ مدیـر در حالی کـه انگشـت اشاره‌اش را بـا تحکـم تکان می‌داد، گفـت:

-یه بـار دیگه اگه با کسی دعوا کنی، تو رو اخراج می کنم.

چنـد بـار دیگـر ایـن اتفـاق افتـاد و هـر بـار بـا اصـرار و گریـه و زاری مـادرش، سپهر بخشـیده شـد. همیشـه بدبختـی از او پیشـی می‌گرفـت. انـگار قبـل از رسیدن او بـه هـر مکان، فتنـه و آشـوب زودتـر از او خـود را می‌رسـاند و در کمینش می‌نشسـت.

بچه‌های محـل سال‌هـا بـود کـه بـا دیـدن سپهر او را دسـت می‌انداختنـد و همیـن کـه سـر و کلـه‌اش پیـدا می‌شـد، لقب خـاص او یعنی شاشـو را بـه زبان می‌آوردنـد. او ایـن لقـب را زمانـی گرفـت کـه در مدرسـه معلـم کلاس او را به‌خاطر انجـام نـدادن تکالیـف مدرسـه کنـار تخته‌سیاه، روی یـک پا ایسـتاده نگـه داشـته بـود و اجـازه نـمی‌داد تـکان بخـورد.

سپهر این پا و آن پا می‌کرد و از معلم اجازه می‌خواست به توالت برود، ولی معلم با غرور و تکبر به او اجازه نداد که برای اجابت مزاج به سرویس بهداشتی برود، و سپهر بی‌اختیار شلوارش را خیس کرده و مورد تمسخر شاگردان دیگر شده بود و حالا سوژه‌ی خوبی برای تحقیر و توهین او بین دانش‌آموزان رایج شده بود.

یک بار، یکی از بچه‌های کلاس پنجم دوست سپهر را به باد کتک گرفت و سپهر به دفاع از آن کودک پرداخته بود. مدیر او و دیگر نزاع‌کنندگان را به دفتر مدرسه فرا خواند و طبق معمول به سپهر اجازه حرف زدن نداد. هنگامی که سپهر می‌خواست زبان باز کند، چشمش به پسر ضارب افتاد که پشت مدیر ایستاده بود و با مشت او را تهدید می‌کرد. سپهر به کرات از این پسر شرور مشت نوش جان کرده بود، برای همین حواسش به مشت‌های او بود.

در همین زمان، مدیر خط‌کش چوبی‌اش را بلند کرد. چشمش که به خط‌کش افتاد، بدنش به لرزه درآمد و مدیر ضربه‌ای به پشتش زد و سپهر به گریه افتاد.

اشکی که از چشمش سرازیر بود را پاک کرد و به حرف‌های مدیر که مانند رگبار روی روان او راه می‌رفت، گوش می‌کرد. مدیر مدرسه از او خواست که برای همیشه از آن مدرسه برود. سپهر، سکوت کرد و منتظر بود شاید فرجی شود و او را از درس‌خواندن محروم نکنند. مدیر این بار با خط‌کش به سرش کوبید و او را به هوش آورد و ضربه‌ی دیگری به پشتش نواخت تا مدرسه را ترک کند. سپهر متحیّر مانده بود که گریه کند و از مدیر پوزش بخواهد، یا از ضارب، ولی هیچ کدام مفید نبود و

او اخراج شد.
از مدرسه بیرون آمد، بغض کودکانه‌ای در گلویش ترکید و چشم‌هایش پر از اشک شد.

چند روز بعد، مادرش دست او را گرفت و گفت:
–از فردا باید توی یه کفاشی کار کنی تا چیزی یاد بگیری. اوستای کفاش مرد مهربان و خوبیه که می‌تونه جای پدرت رو برات پر کنه. تو رو به شاگردی قبول کرده. راه و رسم زندگی رو بهت یاد می‌ده.
سپهر غمگین به مادرش نگاه کرد و با خود فکر کرد این دیگر چه ماجرایی است. این خبر برایش یک فاجعه بود. با پریشانی سر بر بالش گذاشت. چطور می‌توانست بخوابد.
سرش را بلند کرد و رو به مادرش گفت:
– مامان، من نمی‌خوام از تو جدا شم. من فردا جایی نمی‌رم.
همان دم اشک از چشمان کودک بیچاره سرازیر شد و به هق هق افتاد. با گریه از اتاق بیرون رفت. نمی‌دانست به چه کسی پناه ببرد. در زمین کسی را نداشت. در آسمان هم چیزی نبود جز تاریکی. در خانه‌های اطراف‌شان حتی یک چراغ هم روشن نبود.
وقتی به اتاق برگشت مادرش گریه می‌کرد. به سوی مادرش رفت و سرش را به سینه‌اش گذاشت و آرام با او گریست.

شب باران باریده بود. با روشنایی روز، باران قطع شد و آسمان اندکی روشن بود. ابرها حلقه‌ی تنگ محاصره را گشوده بودند و آفتاب پدیدار

شد. اشعه‌اش فضا را روشن کرد و روشنایی زودگذری را به داخل خانه پخش کرد. مادر، سپهر را آماده کرد تا او را به کفاشی ببرد.

وقتی از خانه بیرون آمدند، هوا دوباره ابری و بارانی شد. همه‌چیز سیاه به‌نظر می‌رسید. در ذهنش همه چیز تیره و بی‌رمق بود و حتی سایه‌روشنی هم در آن دیده نمی‌شد.

بالاخره از دور کفاشی خاور نمایان شد. مادر، دست سپهر را گرفت و به‌سوی مغازه رفتند. سپهر انتهای آستین مادرش را محکم چسبید و به دنبال او داخل کفاشی شد.

سپهر با پشت دستش اشک‌های خود را پاک کرد و به مادر نگاهی انداخت. احساس کرد چشم‌های مادرش هم نمناک است. نگاهی به مادر و سپس به خاور انداخت. هنگامی که صاحب‌کارش را با قیافه‌ی عبوس بر خود خیره دید، قطره اشکی بر روی گونه‌اش فرو غلتید. سپس قطره دیگری به دنبال آن چکید. تلاش کرد جلوی بارش اشک‌هایش را بگیرد، ولی فایده‌ای نداشت. دستش را از دست مادر بیرون کشید و صورتش را در میان دو دست پنهان کرد. آنقدر گریه کرد تا قطرات اشک از میان گونه‌ها و انگشت‌های لاغر و کوچکش مانند رشته‌ی باریک آب جاری شد.

مادرش برای این که او را آرام کند، آب‌نباتی به او داد. سپهر بینی‌اش را بالا کشید و به تناوب آب‌نبات و انگشتانش را که با آب‌دهان آلوده شده بود، لیسید و با قیافه اخم‌آلود و گریان به مادرش نگریست، تا شاید پشیمان شود و او را به خانه باز گرداند. مرد کفاش مهربان نبود.

عبوس و ایراد گیر بود و حرف زدن را دوست نداشت، گویی کودکان را هم دوست نداشت.

مادر سپهر خداحافظی کرد و رفت. خاور با صورتی پریده‌رنگ و ابروهای پر پشت، که چشم‌هایش پشت آن‌ها پنهان بودند، با لحن سرد و خشکی به سپهر گفت:

-گریه رو تموم کن، این‌جا جای این بازی‌ها نیست. این‌جا جای کار کردنه. از الان به تو می‌گم اگر از دستورهای من سرپیچی کنی خدا می‌دونه که چه بر سرت می‌آرم.

سرش را پایین انداخت تا چیزی بردارد. دوباره با اخم تهدیدآمیزی در چشمان سپهر نگاه کرد و گفت:

- حرفام تو گوشِت بمونه. اگرنه، بد می‌بینی. تن به کار بده تا کتک نخوری، حالا تکونی به خودت بده و اون میخ‌ها رو بذار تو جعبه.

سپهر که مبهوت مانده و با نگاهی معصوم به چهره‌ی خاور خیره شده بود، با فریاد خاور تکانی خورد و به طرف میخ‌ها رفت.

شب‌ها، سپهر تنها در کفاشی می‌خوابید. در گوشه‌ای تختی کهنه قرار داشت که هنگام نشستن روی آن، تخته‌ها به نعره می‌افتادند و با صدای خش‌خش خشک، فرسودگی خود را اعلام می‌کرد. روی آن پارچه‌ی مندرسی پهن بود.

شب اول ناراحت و خسته در تنهایی آن‌قدر گریه کرد تا خوابش برد. شب‌های بعد، زمانی که تیرگی فرا می‌رسید، دست‌های کوچکش را روی چشم‌هایش می‌گذاشت تا در را به روی تاریکی و ظلمت ببندد، و در حالی که از تنهایی می‌نالید در کنجی چمباتمه می‌زد. سعی می‌کرد

بخوابد، ولی با ترس و لرز از خواب می‌پرید و خود را به دیوار نزدیک‌تر می‌کرد. گویی سطح خشن و سرد دیوار در برابر ظلمت و بی‌کسی که از هر سو احاطه‌اش کرده بود، برایش پناهگاهی محسوب می‌شد.

شب اوّل که تنها بود، چراغ را روشن گذاشت و با ترس و وحشت به اطرافش ‌-که حتی برای بزرگ‌ترها هم وهم‌انگیز بود- خیره شد. وقتی چراغ را خاموش کرد، فضای دکان کفاشی چنان کریه و وحشت‌زا بود که لرزه‌ای سرد در تمام بدنش ایجاد کرد.

آینه‌ی بزرگی که در مغازه بود، سایه‌های رقصان درختان را که در نور مهتاب می‌لرزیدند، نشان می‌داد. لحظه به لحظه، چشمانش به‌سوی اشیای هولناک می‌چرخید و هر آن، منتظر بود که از میان آن موجودی رعب‌آور بیرون جسته و او را از ترس و وحشت دیوانه کند. در فضای نیمه‌روشن کفاشی، اشکال مختلف به صورت ارواح به‌سویش می‌رفتند و او دچار وحشت و هراس می‌شد.

نه در خانه، نه در مدرسه و نه در جای دیگری هرگز کلمه‌ای مهرآمیز یا نگاه نوازشگری کودکی او را روشن نکرده بود. اشتهای خوردن داشت، ولی سال‌ها گرسنگی را تحمل کرده بود و حالا نزد کفاش، جیره‌اش بسیار کم‌تر از قبل هم شده بود و این گرسنگی و تنهایی او را به ستوه آورده بود. کفاش دیر به مغازه می‌آمد و هر وقت می‌آمد فقط تکه‌ای نان و پنیر به او می‌داد. برای کودکی که در حال رشد بود این تکه نان کافی نبود.

با وجود کم‌رویی، مجبور شد به خاور بگوید که از گرسنگی نمی‌تواند کار کند. مرد عبوس، رنگ از رخسارش پرید و مضطرب و ناراحت به

چهره‌اش خیره شد و بعد، از جا برخاست و حمله‌کنان به‌سویش رفت، ولی پایش به فرش کوچک فرسوده‌ای که در مغازه پهن بود، گیر کرد و برای این که به زمین نیفتد، دو دستی ستون را چسبید.

سپهر از وحشت دهانش باز مانده بود. سرانجام خاور با تکه چوبی ضربه‌ی محکمی به سرش زد و از پشت دست‌های او را گرفت و به‌سوی زیرزمین برد و آنجا حبسش کرد. عجز و ناله‌های سپهر اثری نکرد و چند روزی به جرم ناکرده او را در زیرزمین مغازه که مرطوب و تاریک بود، زندانی کرد.

پس از سه ماه، وقتی مادرش به دیدن او آمد، سپهر را با موهای بلند و کثیف که تا روی شانه‌هایش می‌رسید، دید. صورت فرزندش کثیف و چرک بود. روی دست‌هایش کبره بسته بود و لباسش به شدت کثیف بود.

سپهر با دیدن مادرش تکان نخورد. با قیافه‌ی مات و گنگ به مادرش خیره ماند. از شدت سرما رنگ صورت سپهر کبود شده بود. وقتی خواست خودش را گرم کند، دست‌هایش را به دور خود حلقه کرد، اما از شدت درد فریاد کشید. مادرش به‌سوی او جست. خاور با فریاد غرید:

ـ این نمک به حروم همه‌ش از این بازیا درمی‌آره. نازش رو نکش، خودش رو لوس می‌کنه.

مادر متوجه شد سپهر درد دارد. آستینش را بالا زد. دید دست چپ سپهر ورم کرده و کبود شده است. با حیرت به دست‌های سپهر نگاه کرد و با عصبانیت رو به خاور گفت:

ـ مردک این‌طوری امانت‌داری می‌کنی؟ خدا ازت نگذره.

آذر سپهر را از کفاشی بیرون آورد و او را نزد شکسته‌بند برد و مدت‌ها او را تیمار کرد تا بهبود یابد.

سپهر دوران کودکی و نوجوانی را این‌گونه بی‌کس سپری کرد و از کاری به کار دیگر و از کارفرمایی به دست کارفرمای دیگری افتاد. فرصت این که رفتار با دیگران را بیاموزد، نداشت و چون هیچ‌گاه محبت ندیده بود، نمی‌توانست آن را به کس دیگری نیز انتقال دهد. آن‌قدر مشغول مبارزه و مقابله برای زنده ماندن بود که دیگر وقتی برای نوع‌دوستی نداشت. در نتیجه چنین آموخته بود که برای به‌دست آوردن هر چیز باید با عوامل مختلف بجنگد و به طور وحشیانه‌ای از خود دفاع کند.

یکی از دفعات دیگری که طعم ظلم را چشید، شاگرد مرد بقالی شده بود و برایش پادویی می‌کرد. نام مرد درویش بود. گاهی سپهر را برای کمک به همسرش به خانه می‌فرستاد. کودک بیچاره، شب‌ها هم در انبار خانه می‌خوابید.

از قضا شبی، سپهر و درویش با هندوانه‌ای بسیار درشت به خانه رفتند. زن درویش از سپهر خوشش نمی‌آمد. همه‌ی خانواده روی تختی که کنار ایوان بود، نشستند. درویش سینی بزرگی آورد و هندوانه را توی آن گذاشت. سپهر هم روی لبه‌ی حوض نشسته بود و تماشا می‌کرد. درویش هندوانه را برید. قاچ کرد و بین خود و زن و فرزندانش تقسیم کرد و اصلا نگاهی هم به سپهر نکرد. سپهر نفسش بند آمده بود و جرأت نداشت تقاضای هندوانه کند.

درویش یک پسر و یک دختر داشت. درویش و زنش از حیاط به

داخل ساختمان رفتند. سپهر برشی از هندوانه را برداشت و با ولع تمام آن را بلعید. دخترک همسن سپهر بود و چیزی نگفت؛ اما پسرک، نیمی از هندوانه را روی زمین ریخت و پدرش را صدا کرد. درویش و همسرش به حیاط آمدند، پسرک به پدر گفت:

ـ این پسره گفت هندونه را بده به من، من ندادم. اومد هندونه‌ها رو خورد و نصفش رو هم ریخت. به ما گفت، اگه به پدرومادرتون بگین شما رو می‌کُشم. من ازش می‌ترسم. اگه نیومده بودین می‌خواست ما رو بکشه.

زن درویش با عصبانیت کفشی را که دم دستش بود، به‌سوی سپهر پرتاب کرد. پسر درویش وقتی دید والدینش تحت تاثیر قرار گرفته‌اند، برای جلب نظر بیش‌تر، آه و ناله‌ی مفصلی سر داد. درویش با عصبانیت رو به سپهر گفت:

ـ تو بچه‌ی من رو تهدید کردی؟

بعد، گوش سپهر را محکم گرفت. هم‌زمان زن درویش فریاد زد:

ـ من این رو می‌دونستم، از همون روز اول که دیدمش احساس کردم این پسره بالاخره سرش بالای دار می‌ره.

درویش از کشیدن گوش سپهر دست کشیده بود؛ اما با فریاد همسرش که «اون رو تنبیه کن، این‌قدر بزنش که خون بالا بیاره.» دست به تنبیه بیش‌تر زد.

پس از تنبیهات شدید سپهر، زن درویش اظهار رضایت کرد و نفس عمیقی کشید و به اتاق خوابش رفت. درویش هم سپهر را در انبار خانه اسکان داد.

سپهر تنها بود و در سکوت شب فرو می‌رفت. تمام آزارهای درویش و خانواده‌اش را که تحقیرش کرده بودند، به یاد آورد. ضربات درویش را تحمل کرده و دم بر نیاورده بود و از این حیث، در قلبش غرور احساس می‌کرد.

در خلوتش روی زمین به زانو نشست. چهره‌اش را بین دست‌هایش پنهان کرد و مدتی طولانی بی‌حرکت ماند و سپس از جای برخاست و حیاط آمد و با دقت به اطراف نگریست.

شب سردی بود. فاصله‌ی ستارگان در چشمش تا زمین از همیشه دورتر به نظر می‌رسید. هیچ بادی نمی‌وزید و سایه‌های سیاه درختان که بر زمین افتاده بودند، چنان بی‌حرکت می‌نمودند که گویی مردگان به صف به تماشای او ایستاده‌اند. از خانه‌ی درویش گریخت و کنج دیوار خانه‌ای که از دیوارش لوله‌ی بخاری بیرون آمده بود، منتظر صبح ماند. با نخستین روشنایی روز که به در و پنجره‌های خانه و مغازه‌ها خورد، برخاست و نگاهی به اطراف انداخت. لحظه‌ای مردد ماند. سپس به‌سوی خانه خودشان به راه افتاد.

راه خانه‌شان را نمی‌دانست و به یاد نمی‌آورد که باید به کدام سمت برود، ولی با دیدن مناره‌ی مسجد راه را شناخت. چپ و راست خیابان را نگاه کرد و مسیر آشنا را در پیش گرفت.

مدتی بعد به خیابانی رسید که به نظرش آشنا می‌آمد. بر سرعتش افزود و به جلوی مدرسه رسید. حالا به‌خوبی به‌خاطر می‌آورد که روزی به این مکان امید بسته بود و دوستانی داشت. وقتی به یاد مدیر مدرسه افتاد، قلبش به‌شدت در هم فشرده شد.

نزدیک خانـه کـه رسیـد، پیرمـرد ریش‌سفیدی روی زمیـن افتـاده و عصایش بـا کـمی فاصلـه از او قـرار داشـت، از سپهر پرسید:

-پسرجان می‌تونی کمکم کنی؟

با لبخندی بی‌رنگ پاسخ داد:

-باشه کمکت می‌کنم.

بعـد عصایـش را بـه او داد و کمـک کـرد کـه از زمیـن بلنـد شـود. وقتی می‌خواسـت از پیرمـرد جـدا شـود، پیرمـرد دسـتش را بـر سـر سپهر کشیـد و گفـت:

- خدا یاریت کنه و کمر خمیده از غم رو برات راست کنه.

ایـن عبـارت نخستیـن بـاری بـود کـه بـه گـوش سپهر می‌خـورد. این دعـا در مغزش فرو رفت، طـوری کـه هرگـز آن را فرامـوش نکـرد.

وقـتی بـه جـوانی رسیـد، دوستان زیـادی پیـدا کـرد و کـمتـر بـه خانـه می‌رفـت، زیـرا شـب‌ها بـه طـرح و اجـرای نقشـه‌ی دزدی می‌پرداختنـد و او بایـد در دسـترس دوسـتان می‌بـود.

سپهر هفـده بهـار را پشـت سـر گذرانـده بـود. در یـک روز خشـک و سـرد اوایـل زمسـتان از ندامتگـاه آزاد شـد. او پـس از یک‌سـال و نیـم، به‌خاطـر دزدی و نـزاع در حبـس بـود، اکنـون راهـی خانـه بـود.

آسـمان آرام و خاکسـتری بـود. دانه‌هـای انگشت‌شمار بـرف کـه تقریبـا می‌شـد آن را شـمرد، شـروع شـد و بـر زمیـن می‌نشسـت. سپهر بسیار خسته بـود و از صبـح غـذا نخـورده بـود. وقـتی بـه خانـه رسیـد، حادثـه‌ی ناگـواری اتفـاق افتـاده بـود.

وارد اتاق شد. در اتاق آشفتگی دردناکی دیده می‌شد. نگین کنار مادرش نشسته بود و عرق پیشانی مادر را پاک می‌کرد. کنارشان حوله‌های مچاله شده و دستمال‌های استفاده شده، دیده می‌شد. آب لگنی که در کنار بستر مادر بود، از خونی که مادر تف کرده بود، رنگ سرخ خفیفی داشت و پنبه‌های خونین به چشم می‌خورد.

مادر خیس عرق بود و با انتهای زبانش لب‌های خشک خود را تر می‌کرد. دچار تشنج شده بود. نگین با جثه‌ی کوچکش دنبال دکتر رفته بود و از دکتر سنتی محله که پیرمرد کوتاه و خمیده‌ای بود، خواسته بود تا برای نجات مادرش بیاید. ولی نه او، و نه شخص دیگری حاضر نشده بود در آن سرما بدون پول کاری کند.

چهره‌ی مادرش از آخرین باری که سپهر او را دیده بود، بسیار استخوانی و کبودتر بود. از خواهرش علت بیماری مادر را پرسید و نگین با گریه پاسخ داد:

- می‌گن سل داره.

«فکر نمی کنی اونا اشتباه می کنن.»

- نمی‌دونم.

سپهر لب‌های سردش را روی پیشانی مادر گذاشت و بر آن بوسه نشاند. دل پر خونی از دنیا داشت. دیدن خواهر کوچک غریبش که در سرما و تاریکی با مادر مریضش تنها مانده بود، دیوانه‌اش کرده بود.

لب‌هایش را که از شدت تب مادرش گرم شده بود، از پیشانی مادر برداشت و متوّجه شدت حرارت بدن مادرش شد. مادر چشم‌های بی‌فروغش را گشود و سلام کرد.

- عزیزم؛ چیزی نیست، به زودی خوب می‌شم.

سپهر از خانه بیرون زد. دوباره مجبور به دزدی شد. به قهوه‌خانه‌ای که پاتوق دوستانش بود، رفت. از قضا قهوه‌خانه بسته بود، ولی او قفل را شکست و داخل شد. سپهر با دیدن شاگرد قهوه‌خانه دستپاچه شد و شاگرد هم چون جدید بود، او را نشناخت. در قهوه‌خانه سپهر با آن شاگرد قهوه‌چی درگیر شد و او را زخمی کرد و با اندکی پول به خانه بازگشت و مادرش را به درمانگاه محل برد.

یک هفته بعد، سپهر به‌خاطر ضرب و شتم شاگرد قهوه‌چی و شکستن چند دندان او، به زندان افتاد و شش ماه بعد به خانه بازگشت و مادر را در آغوش کشید.

عادت کرده بود در کنار افرادی که بدون فسق و فجور کارشان پیش نمی‌رفت، زندگی کند؛ و این، باعث شده بود تا با نوجوانان شرور آشنا شود.

یک‌سال بعد به جرم دزدیدن موتور به دام افتاد و به خاطر زخمی کردن صاحب موتور به سه سال زندان محکوم شد. وضع نابه‌سامانی داشت و خراش‌های تن و استخوان‌هایی که چند بار شکسته و خوب شده بودند، بر بدنش به یادگار وجود داشت.

سپهر به هر کاری دست می‌زد موفق نمی‌شد، و به جایی نمی‌رسید، هر بنایی برای پیشرفت خود بالا می‌برد، بر سرش هوار می‌شد. خانه‌ی ثابتی نداشت. روزها و شب‌ها را در مکان‌های مختلف می‌گذراند. سال‌ها عادت کرده بود روزها لب به غذا نزند و شب‌ها گرسنه سر بر بالین

بگذارد و این فقر به غرورش لطمه زده بود.

سپهر زندگی بی‌سروسامانی داشت. حتی هنگامی که در نوجوانی به محله‌ی دیگری کوچ کردند، همسایه‌ها از این خانواده ناراحت بودند.

سپهر عاشق شد؛ اما نتوانست به وصال آن که دوستش می‌داشت، برسد.

۹

سپهر تمـام شـب را بیـدار بـود و فکـر مـی کـرد. از پریشـانی، گاهـی مـی‌نشسـت و گاهـی از جـا برمـی‌خاسـت و قـدم می‌زد. گاهی روی لبـه‌ی تخت می‌نشسـت و از سرنوشـت خـود حیرت‌زده بـه نقطـه‌ای خیره می‌شـد.

گاهی روی تخت دراز می کشید. سایه‌ی سنگین و سیاه مرگ اطراف او را احاطه می‌کـرد و مانع آرامـش او می‌شـد. بـه این پهلـو و گاه به پهلـوی دیگر می‌غلتیـد. نزدیـک صبـح خسـته و ناتـوان از اندیشـه‌های مرگ‌بـار سـعی کـرد دیـده بـر هـم گـذارد و بخوابد.

در دقایـق اولیـه‌ی صبـح، در گرماگـرم مبـارزه‌ی یـک خـواب خـوش و سـنگین بـود کـه نگهبـان او را صـدا کـرد. چشـم ورم کـرده از بی‌خوابـی را گشـود و وحشـت‌زده از جـا پریـد و بـر بسـتر نشسـت. دو مامـور زنـدان بـر در سـلول ایسـتاده بودنـد، یکی‌شـان صـدا زد:

ـ سپهر الماسی بیا بیرون!

بعد، منتظـر ماندنـد تـا از سـلول بیـرون بیایـد. یکـی از آن دو نفـر بـه دسـت او

دستبند زد. سپهر بی‌حرکت ایستاده بود و تکان نمی‌خورد. گویی جسد بی‌جانی است که سرپا ایستاده است.

وقتی به حیاط زندان آمد، هوای زنده و جان‌بخش آفتابی، جان تازه‌ای در او دمید. سر را بلند کرد و به آسمان نگریست. آسمان صاف و آبی رنگ بود و اشعه‌ی خورشید که به سقف زندان تابیده و شکسته بود، زوایای نورانی و عریضی بر فراز دیوارهای زندان تشکیل داده بود.

ماشین زندان در حیاط منتظر بود. سپهر با دو سرباز پشت ماشین جای گرفتند. به چهره‌ی آن دو سرباز نگاه کرد. چهره‌شان آن‌ها را هم راضی از زندگی نشان نمی‌داد. با خودش فکر کرد پس چه کسی از زندگی راضی‌ست؟

به دادگستری رسیدند و در ماشین باز شد و همراه سربازها از ماشین پیاده شد و به‌سوی ساختمان دادگستری قدم برداشتند.

وقتی وارد ساختمان دادگاه شد، از دالانی عبور کردند و ته دالان دوم، دری گشوده شد. همین‌که قدم به داخل دادگاه گذاشت، همهمه‌ای از میان جمع بلند شد. صندلی‌ها با سر و صدای زیاد جابه‌جا می‌شد. کنار وکیل تسخیری‌اش آقای ابراهیم کسری نشست و دستانش را باز کردند. به اطراف خود نگاه کرد. احساس تشویش و اضطراب در او نمایان بود. سالن را چنان تزئین کرده بودند که گویی برای جشن عروسی آماده کرده‌اند. اشعه‌ی جان‌بخش خورشید از کنار پرده به درون می‌تابید.

قضات وارد شدند و حضار برخاستند. پس از شروع جلسه، ریس دادگاه شروع به نطق کرد. زمانی که قاضی سخن می‌گفت، سپهر محو تماشای ذرّات گرد و غباری که در سالن می‌رقصیدند، بود.

بهادری پدر اَوستا به او چشم دوخته بود و حرکات او را زیر نظر گرفته داشت. او می‌دید که سپهر ملتهب است. چشم‌هایش باد دارد و گویی کاسه‌ای خون است. صورتش را نتراشیده بود. بر پیکرش شوق زندگی وجود نداشت.

چهره‌ی رییس دادگاه حکایت از آرامش خاطر داشت. خودشیفته، مغرور و مانند کسانی بود که برای رسیدن و برای تحقق بخشیدن به اهداف خود حتی حاضرند دیگران را قربانی کنند. مانند نقشی که بر سنگی کنده‌کاری شده باشد، بر جایش نشسته بود، و وقتی کلمات را ادا می‌کرد، به ندرت تکانی به خود می داد.

سپهر بی‌حرکت مانده بود و با این که حواسش کاملاً به‌جا نبود، به قضات که سه نفر بودند، چشم دوخته بود. چند کلمه‌ای زیر لب زمزمه کرد:

-اینا که می‌دونن من کشتم، چرا این‌قدر صغرا-کبرا می‌بافن!؟

وکیل خانواده‌ی اوستا، از جا برخاست و رو به رییس دادگاه گفت:

-آقای رییس؛ بنا به جرمی که این شخص مرتکب شده، خانواده‌ی مقتول برای قاتل اشد مجازات را درخواست دارند. خانواده‌ی مقتول از قضات محترم دادگاه، قصاص در ملاءعام را برای قاتل می‌خواهند.

همین چند کلمه، مانند تاری که به دست و پای مگسی تنیده شود و او را از پریدن باز دارد، سپهر را به خود آورد. وکلا با هم جنگ کلام داشتند. هرکدام از طرفین دعوا و برای کم‌رنگ کردن یا پررنگ کردن جرم، می‌کوشیدند. در نظم دادگاه اختلال ایجاد شد، ولی با اخطار رییس دادگاه، سکوت برقرار شد. قاضی، سپهر را به جایگاه متهم خواست.

او بی‌اراده تلو تلو خورد و رنگ باخته، خود را به پشت تریبون رساند.

قاضی از سپهر پرسید:

ـاسمت رو بگو.

آب دهانش را قورت داد و با صدایی خشک و آهسته گفت:

ـسپهر الماسی.

الماسی را آن‌قدر آهسته گفت که به گوش قاضی نرسید. این بار قاضی با صدای خشن و رنج‌آوری گفت:

ـبلندتر اسمت رو بگو.

با صدای رساتری پاسخ داد:

ـسپهر الماسی.

«داستان روز حادثه که باعث قتل شد رو تعریف کن. چی شد آن جوون رو کشتی؟»

سپهر نگاهی به قاضی کرد، ولی دوباره فوراً سرش را زیر انداخت و خودش را جمع و جور کرد. وحشت بر چهره‌اش نمایان شد. با تمام وجود سعی کرد جواب معقولی بدهد تا از عصبانیت مجدد قاضی جلوگیری کند، با شتاب جواب داد:

ـمن قصد کشتن کسی رو نداشتم، توی اون لحظه، نمی‌دونم، شاید جنون داشتم، نمی‌دونم چرا؟ از من نپرسید چرا؟ چون چیز زیادی یادم نمی‌آد. فقط دعوا رو به یاد دارم.

هنگام صحبت سپهر، حضار همهمه‌ای به راه انداختند. عده‌ای می‌گفتند دروغ می‌گوید. بعضی دیگر می‌گفتند خودش را به موش‌مردگی زده تا رضایت بگیرد. تعدادی هم فحاشی می‌کردند.

بهـادری از شـنیدن چگونـگی قتـل فرزنـدش بـود بیهوش شـود. ولی بـه خـودش مسـلط شـد تـا بهـوش و آگاه باشـد. در حرکـات و رفتـار سپهر دقیـق شـده بـود. قاضـی عصبـانی شـده بـود و تهدیـد کـرد کـه اگـر نظـم دادگاه را رعایـت نکننـد، همـه را از جلسـه اخـراج می‌کنـد. سـاعتی بعـد ختم جلسـه از سـوی ریـس دادگاه اعلام شـد. سـربازها بـه‌سـوی سپهر آمدنـد. او بـر جا ایسـتاد. سـربازی بـه دسـت‌های او دسـتبند زد.

سپهر را بـه زنـدان بازگرداندنـد. نگهبـان زنـدان، سپهر را بـه سـلول بـرد، و او در گوشـه‌ی سـلول و روی تختـش افتـاد و بـه خـواب عمیـقی فـرو رفت. شـاید بـه‌راسـتی مـرگ را ترجیـح می‌داد، بـرای همیـن واکنشـی بـه حرف‌های وکیـل و قاضـی در دادگاه نشـان نمی‌داد. وکیلـش می‌گفت:

ـ شاید بتونم رضایت اولیای دَم رو بگیرم. شنیدم پدر مقتول مرد باتقواییه. سپهر مـات و متحیـر بـه وکیـل نـگاه کـرده بـود. گیج بـود. شـاید بـه‌خاطـر آن فضـای روشـن بـا دکـور زیبـا بـود و یـا از اسـتماع توضیحـاتی کـه دربـاره‌ی جرم‌هـایی ارتـکابی‌اش داده می‌شـد، گیج شـده بـود.

پـس از ایـن همـه وقـت کـه در زنـدان بـود، نخستیـن سـاعات اسـتراحت و آسایشـی کـه نصیـب او شـده بـود، خـواب پـس از دادگاه بـود. اندیشـه‌ی شـومی کـه در سـر داشـت، بـه حقیقـت نزدیـک می‌شـد. مـرگ تنهـا خواسـته‌ی قلبـی‌اش بـود.

صبـح، پـس از صـرف صبحانـه یـکی از زندانیـان در محوطـه زنـدان بـه او نزدیـک شـد و گفـت:

ـ ناراحت نبـاش، مـن هـم اعـدامی‌ام. قسـمت همینـه دیگـه. حالا اگـه دوا می‌خـوای بـرات جـور کنـم تـا از ایـن حـال عـزا در بیـای.

سپهر شقیقه‌هایش را خاراند و پرسید:

–منظورت چیه؟

زندانی از جا برخاست و گفت:

–هر وقت با من کار داشتی، بیا بند هفت.

سپهر با همان نگاه اول متقاعد شد که او آدم پست فطرتی‌ست که این‌جا هم دست از سر جوان‌ها بر نمی‌دارد و در خاطرش نقش بست که باید مراقب باشد تا آلوده‌ی این گونه اعمال نشود.

✳✳✳

بهادری بعد از دادگاه، به مغازه بازگشت. بی‌تاب بود. کنار پنجره‌ی مغازه به دیوار تکیه داده بود و در فکر و خیال فرو رفته بود. ظاهر او به مجسمه‌ای می‌مانست که در گوشه‌ای استراحت کرده باشد. بار سنگین افکار و تخیلاتش بر روانش فشار می‌آورد. در این حال، از پشت شیشه میدان را زیر نظر گرفته بود و به ماجرای قتل فرزندش فکر می‌کرد. این پریشان حالی، مدتی او را مشغول کرده بود. ناگاه به یاد خدا افتاد، با او سخن گفت و آرام شد.

۱۰

بهادری به زحمت خود را از گیر جمعیت در دادگاه رهانید. کمی آن‌طرف‌تر احساس کرد از فشار جمعیت کاسته شده است. شتابان به حرکت درآمد. وقتی به پله‌های بیرون ساختمان رسید، خسته، نفس بریده و گیج بود، و آشوبی در دلش احساس می‌کرد.

روی پله‌ها ولو شد و سرش را بین دو دستش گرفت شاید بهتر بتواند بغضش را بشکند. اگر می‌توانست آن وقت حالش کمی بهتر می‌شد و قلبش این همه نمی‌تپید و مثل طبل صدا نمی‌کرد.

روی پله که نشست، متوجه نشد دختری کنارش نشسته است. نگین خواهر سپهر بود. دخترک آرام بود. لاغراندام با چشم‌هایی درشت و سیاه و با صورتی آشفته، در حالی که در خودش جمع شده بود؛ گوشه‌ی پله کز کرده و نشسته بود. سرش روی زانوهایش و دست‌هایش را دور پاهایش حلقه کرده بود و آرام گریه می‌کرد. بهادری ناگاه چشمش به دختر گریان افتاد و گه‌گاهی زیر چشمی نگاهش می‌کرد. درست در لحظاتی

که نیاز داشت کسی علت گریه‌ی خودش را بپرسد، از دخترک پرسید:

-ببخشید خانم کوچولو، شما چرا گریه می‌کنین؟

نگین سرش را بلند کرد و آهسته گفت:

-برادرم رو به جرم قتل محاکمه می‌کنن.

«اسم برادرت چیه؟»

دختر با اضطراب گفت:

- اسمش سپهره، مادرم من رو فرستاده براش خبر ببرم، ولی من تحمل دیدار و عذاب برادرم رو ندارم.

«چرا تحمل نداری؟ مگه دوستش نداری؟»

-چرا دوستش دارم، ولی اون مغرور و عصبیه و من رو هم از زندگی ساقط کرده. با اون غیرتی‌بازی‌هاش، نه زندگی برای مادرم گذاشته و نه برای من. جلوی پیشرفت ما رو گرفته! خودش هم کاره‌ای نشد و حالا هم گوشه‌ی زندان نشسته. شما پدر اون جوونی هستین که کشته شد، نه؟

بهادری با تعجب پرسید:

- من رو از کجا می‌شناسی؟

«چند دقیقه توی دادگاه بودم، ولی طاقت نیاوردم، بیرون اومدم. نمی‌دونم چه خبری برای مادرم ببرم. ببینید، ما آدمای بدبختی هستیم. مادرم بیماره. مرگ برای ما عروسیه. برادرم رو زودتر بکشید، فقط بیش‌تر زجر کشش نکنید.»

نگین این جملات را گفت و رفت. وقتی از هم جدا شدند، بهادری به فکر رفت و حرف‌های دخترک در درونش پژواک‌وار تکرار می‌شد. با خودش گفت:

-دخترک اون‌قدر ظاهر زیبا و معصوم و متینی داره که آدم دلش نمی‌آد اون رو خواهر قاتل خطاب کنه.

مدتی گذشت و در دادگاهای سپهر، از مادر و خواهرش خبری نشد.

بهادری از وکیل سپهر پرسید:

-آقای کسری، چرا خانواده‌ی قاتل در دادگاه حضور ندارن؟

«مادرش مریضه و خواهرش خیلی ناراحت و افسرده‌ست. تازه آقای بهادری، دیدن آن‌ها چه ضرورتی داره. بیچاره‌ها چیزی ندارند که ببازند. این‌جور آدما سال‌هاست خودشون رو مرده به حساب می‌آرن، اینا فقط آدمک‌های متحرکی هستنن که توی جامعه ما وجود دارن.»

بهادری به فکر فرو رفت و به دیوار مقابل خیره شد. با صدای اردشیر به خودش آمد. اردشیر با خشم از پدر پرسید:

-پدر، چرا می‌خوای کنجکاوی کنی و از زندگی اونا بدونی؟ مسلمه که وکیل اونا می‌خواد دلت رو بسوزونه تا ازت رضایت بگیره. ولی کور خوندن، من انتقام خون مادر و برادرم رو می گیرم.

بهادری دستی به ریشهایش کشید و به فکر فرو رفت. سپس رو به اردشیر کرد و گفت:

-پسرجان چرا همیشه به کارای من انتقاد داری و عیب‌جویی می کنی؟!

و بعد از مکث کوتاهی، ادامه داد:

«من هم عزا دارم و به اندازه‌ی تو مصیبت دیده‌ام.

***

شب زیر آسمانی که ستارگان و خالق مهربان در آن سکونت دارند، به دعا مشغول بود. از درد و رنج گلایه داشت و در حال سخن گفتن

با خدا بود. صدایی به گوشش می‌رسید. با دقت گوش داد. احساس می‌کرد پیامی به او می‌رسد.
آن شب را با گریه و زاری و غم فراق همسر و فرزند دلبندش سپری کرد. صدای غم و اندوهش را ستاره‌ها می شنیدند. به یاد خاطراتش با اوستا اشک می‌ریخت. به یاد روزهایی که از شیطنت‌های روزانه خسته می‌شد و آخرشب روی پای پدرش دراز می‌کشید و به سرعت می‌خوابید. بهادری دستی به زانوانش کشید. احساس کرد اوستا سر روی زانوی او گذاشته و محتاج نوازش پدر است. یاد همسر مهربانش افتاد و گریست. تا صبح زار زد.

دادگاه چندین بار تشکیل شد. بهادری نتوانست در بعضی جلسات شرکت کند. ضعف و سستی تمام بدنش را کرخت کرده بود. گاهی توان آن را نداشت که از تخت پا بر زمین بگذارد.
اردشیر، مهتاب و شوهرش مهرداد به‌طور مداوم در خانه مراقب او بودند. تنش مقاومت این همه درد و غصه را نداشت. شبی روی تخت دراز کشیده بود و با خدا سخن می گفت:
-خدایا من رو در نقطه‌ای قرار دادی که نمی‌تونم تصمیم بگیرم. یاریم کن. پسرم رو از من گرفتن، ولی من نمی‌تونم رضایت به قتل کسی بدم. سر دو راهی گیر کردم.
در خلوت خود بود که ناگهان اَوستا را دید با او سخن می گوید:
-پدرجان مگه خداوند به کسی وعده‌ی عمر ابدی داده؟! مرگ در زمان و مکان مناسب اتفاق می‌افته و زمان مرگ من فرا رسیده بود. پاشو

پدرجان که وقت کمی داریم.

بهادری از جا برخاست و هر چه فکر کرد، نتوانست معنای حرف‌های اوستا را دریابد. برای چه اوستا عجله دارد. برای چه وقت کم داریم.

چند روز بعد در دادگاه حضور پیدا کرد، ولی باز از مادر و خواهر سپهر خبری نشد. بعد از پایان دادگاه، از اردشیر خواست کمی تحقیق کند تا درباره‌ی مادر و خواهر سپهر بیش‌تر بدانند.

اردشیر با عصبانیت از پدرش خواست تا دیگر از این موضوع چیزی از او نپرسد. وقتی مهتاب هم از سئوال پدرش با خبر شد، ناراحت و عصبی شد. دلیل این کار پدرشان را نمی‌فهمیدند. بهادری، از وکیل خودشان خواست تا اطلاعات و آدرس خانواده سپهر را پیدا کند. عادلی چون با اردشیر دوست بود، موضوع را با او در میان گذاشت و از تأثیر این ملاقات‌ها با قاتل و خانواده‌اش او به اردشیر هشدار داد.

یک روز هنگام صبحانه، پدر از اردشیر پرس‌وجو کرد. اردشیر عصبانی شد و فریاد زد:

-اگه قاتل آزاد بشه، من شما رو نمی‌بخشم. دنبال خانواده‌ی اون نگردین. از اون آشغال‌دونی که اون از اون‌جا دراومده چی می‌خوای کشف کنی؟

چنین جواب غیرمنتظره‌ای بهادری را هاج و واج کرد. از اردشیر فاصله گرفت و گفت:

-اگه جهان برپاست هنوز، از عدل و عاطفه‌ست. پسرم، مرد آن نیست که از صدای نعره‌ش دیوار بلرزه. مرد اونه که از صدای نفس کشیدنش، صدها قلب به عشقش بلرزه. خداوند گواهه هر دم دلم برای فرزند و همسرم می‌گیره و دلم رو به شوره‌زاری مبدل می‌کنه، اما نمی‌خوام در

ورطه ابلیس بلغزم. یا شما بلغزید.

بهادری ریشش بلند شده بود. از روزی که اوستا را از دست داده بود، دست به صورت خودش نزده بود. ریش‌هایش را در مشت گرفت و غرغرکنان گفت:

– نمی‌ترسید شما رو به لعن و نفرین تهدید کنن و با تیغ قضا و قدر از پا دربیاید؟

روزی تصمیم گرفت برخلاف علاقه‌ی فرزندانش به دیدار مادر سپهر برود که می‌گفتند بیمار است و در جلسات دادگاه حضور نداشت. آدرسی که روی تکه کاغذی نوشته شده بود را از وکیل سپهر گرفت. وقتی از خانه بیرون آمد، تکه کاغذ را از جیب بیرون آورد و به آدرس نگاهی کرد و به راه افتاد. مدّتی در خیابان‌های پرجمعیت و شلوغ جنوب شهر راه رفت. بعد به خیابانی باریک و کثیف‌تر از تمام جاهایی که از آن‌ها گذشته بود، رسید.

با نگاه زنان و مردانی که با قامت‌های خمیده و رنج دیده در گوشه و کنار آفتابی می‌شدند آشنا می‌شد و دنبال آدرس می‌گشت. اکثر خانه‌ها در قسمت جلوی‌شان دکان‌هایی داشتند. بافت محل بسیار فرسوده بود و نیمی از آن‌ها ریزش کرده و یا فرو نشسته بود، ولی هیچ کدام‌شان باز نبودند. خانه‌ها هم به‌طور کلی فرسوده بودند و فقط اتاق‌های فوقانی آن‌ها مورد استفاده مستأجرین قرار می‌گرفت.

برخی از خانه‌ها که از دستبرد زمان و فرسودگی در امان نمانده بودند، با چوب و تخته‌هایی که به در و دیوارشان چسبانده بودند، از فرو

ریختن جلوگیری در امان مانده بود. به نظر می‌رسید برخی خانه‌ها مورد استفاده‌ی دسته‌ای از معتادان و بی‌خانمانان قرار گرفته است، زیرا بسیاری از تیر و تخته‌های پهنی که قبلا در و پنجره‌ی این خانه‌ها را تشکیل می‌داد، از جا کنده شده بود تا ورود موجودی را به درون خود تسهیل نماید.
ناگهان بهادری خود را کنار خانه‌ای محقری یافت. غم‌انگیز و بی‌روح بود و در اطرافش بوی گند و تعفن موش‌های مرده فضا را پر کرده بود. درِ خانه، کوبه یا زنگ نداشت. کورمال کورمال از میان معبری تاریک راهش را در پیش گرفت و بدون ترس به درون خانه رسید. وارد محوطه‌ی کوچکی شد. آن سوی حیاط در مقابلش درِ دیگری را دید. به‌سوی در رفت و سکندری خورد و سرش محکم به ستون در برخورد کرد. از جا برخاست و به اولین دری که نیمه باز بود، کوبید. نگین درِ اتاق را باز کرد.

در چهره‌اش، مشکلات، اشک‌ها و رنج‌ها، کینه و بغض‌های متراکم، مناعت و غرور، حجب و حیای دوشیزگی و حسن و جمال و دلربایی نقش بسته بود. دختر هفده‌ساله‌ی زیبارویی بود. چشمانی درشت و سیاه داشت، و گیسوان خرمایی روشن که روی شانه‌های او ریخته بود. چهره‌اش گرد و سفید، و بینی کوچکش بر زیبایی او افزوده بود. گونه‌های گل‌گون دختر جوان هنگام لبخند، دل هر بیننده‌ای را می‌برد.
چشم بهادری به درون اتاق افتاد و با یک نظر اسباب و اثاثیه‌ی آن را وارسی کرد. فهمید نشانی را درست آمده است. اجازه خواست و به درون اتاق پا گذاشت. با این که هوا خنک بود، ولی توی بخاری اتاق آتشی دیده نمی‌شد، با این حال زنی روی آن خم شده و مشغول گرم کردن

خود بود.

زن افسرده و رنجور، روی پشتی‌ای که از کارتن‌هایی روی هم انباشته شده تشکیل شده بود و کنار بخاری گذاشته بودند، نشسته بود. زن هنوز زیبا بود، و با وجود چین و چروک‌های زودرس، نشان می‌داد سن و سالی ندارد. صورتش گرد و چشمانش روشن ولی بی‌رمق بود. بهادری بی‌صدا و ساکت به لکه‌های مرطوب سقف و به کاغذهای نقاشی مدل‌های خیاطی که به دیوار آویخته بود، نگاه کرد. سپس رو سوی مادر سپهر کرد و گفت:

-ببخشید خانم من رو می‌شناسین؟

زن لب‌های خود را گزید و گفت:

-من رو ببخشین. نه نمی‌شناسم. صاحب این ملک هستین؟

از بیرون اتاق صدای چند کودک می‌آمد. بهادری سرش را به‌سوی صدا برگرداند. دختر شانزده ساله‌ای با چند کودک قد و نیم‌قد ایستاده بودند و آن‌ها را تماشا می‌کردند. بچه‌ها ژنده‌پوش بودند، و حتی دختر جوان لباس کهنه و مندرسی به تن داشت. با دیدن آن‌ها، تن بهادری به لرزه در آمد و بی‌اختیار سر به آسمان بلند کرد و گفت:

-می‌خواستی من رو وسیله کنی؟ من که تحمل رنج مخلوق تو رو ندارم! وای بر ما که غافلیم!

نگین وقتی بهادری را در این حال دید، چشمانش سرخ شد و به دخمه‌یی که در انتهای اتاق بود، رفت. بهادری حالش دگر گون شد و گفت:

-باید از این‌جا برید! باید زندگی‌تون رو تغییر بدید! اتاق شما مرطوبه، خیال دارین مدت زیادی در این نم‌خانه زندگی کنین؟!

در همیـن حـال، مقـداری خـاک و گـچ از سـقف جـدا شـد و روی سـر و
صـورت و موهـا و شـانه‌هایش ریخـت. بهـادری لباسـش را بـا دسـت تکانـد
و گفت:

-شما خانم؛ مـدت درازیـه تـوی بسـتر مونـدید؟ شنیدم مـدت طـولانی
بیمـار بودیـد؟! حـالا کـه بهتریـد، بایـد تـلاش کنیـد و خونـه رو عـوض کنیـد.
می‌بینیم کـه شـما و دختر تـون خیاطـی مـی کنیـن، دوسـتی دارم کـه خیاطـه. اون
کار گاهی داره کـه می‌تونه کمک‌تـون کنـه، و دوسـت دیگـری هـم دارم کـه
آپارتمـان خـودش رو بـا اثاثیـه بـه اجـاره می‌ذاره. می‌خوایـن مـن ترتیـب ایـن
کارهـا را بـدم؟

آذرخانم کـه هم‌چنان سـاکت و خامـوش بود، گفت:

-ببخشید ولی من شما رو نمی شناسم. شما کی هستید؟

بهـادری مانـده بـود چطـور خـودش را معرفـی کنـد! بگویـد پسـر تـو قاتـل پسـر
و همسـر مـن اسـت؟! بگویـد پسـرتان بـه‌زودی بـه مـرگ محکـوم می‌شـود؟!
سـکوت کـرد. ولی نگیـن از پشـت پـرده بیـرون آمـد و گفت:

-مادرجان، سپهر پسر این آقا رو کشته.

مادر سپهر با تعجب گفت:

-خیلـی عجیبه، بـه‌جای این کـه مـا بـه خونـه‌ی شـما بیایـم و بـه دسـت و پـای
شـما بیفتیـم، شـما اومدیـد؟! خـوش اومدیـد. مـا حتـی قنـد نداریـم کـه شـما
رو بـه چـای دعـوت کنیـم.

علی‌رغـم مقاومـت و گریـه‌ی نگیـن کـه از پسـتو بیـرون آمـده بـود، بهـادری
او را مجبـور کـرد مقـداری پـول از او بپذیـرد. از اتـاق کـه درآمـد، پیرمـردی
بیـرون اتـاق دیگـری روی چهارپایـه‌ی کوتـاهی نشسـته بـود. مـرد لاغـر و رنـگ

باخته بود. ریش و موهایش سفید بود. چشمان او نیز سرخ و خون‌گرفته می‌نمود. صورتش پر از چین و چروک بود. وقتی زبانش را برای سلام و علیک باز کرد، فقط دو دندان در دهانش باقی بود. یکی بالا و دیگری پایین فک‌اش.

بچه‌های ژنده‌پوش همسایه بازی پر سر و صدای قایم‌باشک را شروع کرده بودند و برای تنوع و رفع خستگی، دسته‌جمعی بیرون جست و خیز می‌کردند.

چند زن و دختر جوان بیرون یکی اتاق‌ها جمع شده بودند. بهادری تصویر زنان جوانی را پیش روی خود دید که به شکل پیرزن‌های کریهی در آمده بودند. قیافه‌هایی که فشار زندگی آن‌ها را فشرده بود. وقتی به خانه رسید، تب داشت. سرش را توی دست گرفت و با خودش زمزمه کرد «واقعاً چه حیرت‌آوره زندگی.» و بعد اردشیر را صدا کرد؛ اما او در خانه نبود. مدتی بود که به خانه نمی‌آمد، چون با پدرش بحث کرده و دست آخر با عصبانیت خانه را ترک کرده بود. تلوتلوخوران از کنار میز گذشت. چشمش به آینه افتاد. تصویر مردی را دید که در آیینه ایستاده است. مدت‌ها بود کسی آیینه، میز و لوسترها را گردگیری نکرده بود. شبحی در کنار آیینه با او صحبت می‌کرد. با اضطراب به اتاق خواب رفت. ضربه‌ی سختی به او خورد. قلبش لحظه‌ای از حرکت بازایستاد و نزدیک بود تعادلش را از دست بدهد. چند بار دیگر شبح ظاهر و ناگهان ناپدید شد. با خودش فکر کرد «این‌جا چه خبره؟ نکنه دیوونه شدم؟ این تصاویر چیه که من می‌بینم!؟» دوباره نگاهی به در انداخت و با نگرانی فریاد زد:

-کی هستی؟ اردشیر تویی؟

بهسوی تختش رفت. دندانهایش به هم میخورد. لبهی تخت نشست. احساس میکرد نور چراغ اتاق خواب که از قبل هم ضعیف بود، دارد کمنورتر میشود. به رختِخواب چنگ انداخت و لبهی تخت را محکم گرفت. فکر میکرد دیوانه شده است! از دور صدای غرشی میآمد. خوب گوش کرد. کسی او را صدا میکرد:

«بهادری؛ از خون فرزندت چطور میتونی بگذری؟ تو پایبند اخلاق و اخلاص عمل نیستی؟ خون را با خون میشویند. این قانون، حق توست.»

حالش منقلب شده بود. به فکر فرو رفت و با خودش زمزمه کرد:

-این واقعیت نداره. این صدا از سوی خدا نیست. این پیام ابلیس بود. خداوند ما رو به بخشایش دعوت میکنه، در حالی که این صدا من رو به خونخواهی تشویق میکنه. گویا مبارزهی سختی در پیش دارم. از حال رفت و به زمین افتاد. سرش به لبهی تخت خورد و بیهوش شد. پس از مدتی به هوش آمد. انگار از خواب طولانی و عمیقی برخاسته بود. وقتی چشم گشود، خود را در اتاق غریبهای روی تخت دید. اتاقی با دیوارهای سفید و یک میز کنار تخت، و کرکرهی سفیدی که از لابهلای آن گاه گاه درخشش خورشید دیده میشد. سرش را تکان داد تا مطمئن شود حالش خوب است.

مدتی بیحرکت روی تخت نرم و راحت و تمیز دراز کشید. در گرداب افکار پریشانش افتاده بود که بخت به یاریش آمد. پرستار وارد شد و با نگاه مهربان، کرکره را بالا کشید. ناگهان نور آفتاب از لابهلای سوراخهای گشاد و توری پردههایی که تا کف اتاق میرسید به

داخـل اتـاق ریخت.

پرسـتار بـه‌سـوی او بازگشـت و حـرارت بدنـش را انـدازه گرفت. نبضـش را گرفت. دکتـر آمـد و چـراغ قـوه‌ای تـوی چشـم‌های او انداخـت و بـه درون آن‌هـا نـگاه کـرد. چنـد بـار بـه پشـت او زد. بعـد بـا همـان دسـته‌ی چکـش کوچـک، روی سینـه او را زد و معاینـه‌اش کـرد. بـا چکش‌هـای دیگـری بـه زانوهایـش کوبیـد و پاهایـش را از جـا پرانـد و پرسـتار از دسـتش چنـد سی‌سـی خـون گرفت.

در اتـاق بـاز شـد. اردشیـر، مهتـاب و مهـرداد وارد اتـاق شـدند و احوال‌پـرسی کردنـد. اردشیـر بـا لحن رسـمی و جـدی پرسـید:

-بایـد بـا شـما صحبـت کنیـم. آقـای عادلـی وکیـل مـا هـم این‌جـاسـت و می‌خـواد بـا شـما صحبـت کنـه.

می‌خواسـت داسـتان شـب گذشـته را بازگـو کنـد، ولی می‌دانسـت کسـی داسـتانش را بـاور نـمی کنـد، یـا اشتباه می‌فهمنـد. به سـکوت پنـاه بـرد. عادلی وارد اتـاق شـد و پـس از احوال‌پـرسی گفـت:

-آقـای بهـادری؛ مـژده‌ای بدیـن! قـاضی می‌خـواد حکـم اعـدام صـادر کنـه و مـا منتظـر رضایـت شـما بـرای حکم اعـدام هسـتیم.

مکثی کـرد و گفت:

-بذار منتظر بمونن، من حال درستی ندارم.

مهتاب بـا لحن گله و شکایت گفت:

-پدرجـان منتظـر چی هسـتی؟ می‌خـوای انتقـام بگیـری یا نه؟ نگیـن کـه اون بی‌گناهـه! اون یـک جـوون بی‌سـر و پـاسـت. یـه دزد بد کارهـسـت. یـه آدم ناسپـاس و خودخواهـه. نـه قلـب داره و نـه روح. آدم مغـرور و شـروریه قاتل

پسر تون.

«زمانش که برسه تصمیم می‌گیرم. الان آمادگی هیچ تصمیمی رو ندارم.

وکیل بین حرف‌هایش پرید و گفت:

ـ شما طوری جواب می‌دین، مثِ این که بگیم ظلم و شرارت اگه یه بار پیش بیاد، مجازه!

وقتی وکیل حرف می‌زد، بهادری به یاد مردم فقیری افتاد که نگین به او گفته بود «مرگ برای ما عروسیه.» مردمی که هر روز می‌میرند و زنده می‌شوند. تکانی به خودش داد تا از تخت پایین بیاید. وقتی لبِ تخت نشست، گفت:

ـ انسان می‌تونه افکارش رو کنترل کنه، و هر کس برای تعیین افکار و عقایدش اختیار تام داره. انسان آفریدگار بی‌وقفه‌ی عالم خودشه و حق انتخاب برای چگونه فکر کردن، گوشه‌ای از آزادی انسانه.

به خانه که بازگشت، با خودش فکر کرد چگونه مادر و خواهر سپهر را نجات دهد. بعد از ساعت‌ها کلنجار با افکار مشوّش، کمی آرام شد تا با معبود مشورت کند. پلک‌هایش سنگین شد و به خواب رفت.

در خواب و رؤیا، آسمان را زیر پا و گلستانی از گل‌های زیبا را بالای سر دید، با رنگ‌هایی که هرگز ندیده بود، اقیانوسی بی‌کران بالای سر پدیدار شد! دست‌هایش را بلند کرد و دست را به آب اقیانوس تَر کرد. قطره‌ای از دستش بر زمین چکید. آب، آب زندگی بود که به پای تک نهال صحرا ریخت، تا آن را سبز کند. وقتی از خواب برخاست، سعی کرد تا ارتباط خواب‌هایش را با زندگی بیابد.

چند روز بعد، از اردشیر و برادرش کامران خواست که به همراه او به آدرسی بروند. با هم به راه افتادند. وقتی نزدیک مقصد شدند، اردشیر متوّجه شد که پدرش او را به کجا می برد. با حالت قهر و عصبی از پدر پرسید «این جا کجاست؟!» بهادری نگاهی به او انداخت و گفت:

-این جا محله‌ی فقیرنشین و پابرهنه‌هاست. این جا کپرنشین و حلبی‌آباده.

اردشیر با قهر به خانه بازگشت. فهمیده بود پدرش او را به دیدار مادر سپهر می‌برد تا شاید دلش به رحم بیاید و از اعدام چشم‌پوشی کند.

با رفتن اردشیر، بهادری همراه کامران به سراغ خانواده‌ی سپهر رفتند و پس از دیدن جا و مکان آن‌ها، کامران هم دچار دلواپسی شد. بهادری از برادرش خواست که کمک‌شان کند.

کامران از پیدا کردن راه معقول برای حل مشکلات عاجز نشان می‌داد؛ لذا پس از این که مدّتی به روی موضوعات مختلف فکر کرد، با افکاری در هم بدون آن که راه حلّی پیشنهاد کند، به خانه بازگشت.

چند روز بعد، بهادری برای پیگیری کار مادر و خواهر سپهر، نزد برادرش رفت. کامران در حضور همسرش اخترخانم لام تا کام حرفی نزد، زیرا همسرش اختر مخالف کمک بود و طوری که برادر شوهرش هم بشنود، رو به شوهرش گفت «کامران، بگو که این کار چه مشکلاتی داره.» سپس رو به بهادری کرد و گفت:

-شما می‌خواین به خانواده‌ی قاتل پسرتون کمک کنید؟! حرف ما و مردم هیچ، جواب بچه‌های شما رو چه بدیم. کامران خجالت می کشه سیب‌زمینی بی‌رگ باشه. می‌دونم عزادار هستین، ولی عقل‌تون رو که از دست ندادین؟

بهادری که به شدت ناراحت شده بود، با طعنه به اختر گفت:

-شما چه شخصیت والایی داشتین که تا امروز پنهان مونده بود. فقط بدونین که انسان در وجودش دشمنی دشمن‌تر از نفس خودش نداره.

بهادری به دفعات هنگام صحبت به اختر نگاه می کرد. امّا نگاه‌هایش آنی بود و فورا رو برمی گرداند.

اختر که عضو خیریه‌ی نیکوکاران خورشید بود، به بهادری گفت کمک‌هایش از این پس قابل قبول نیست و نمی‌تواند عضو خیرین باشد. صورت بهادری با شنیدن این موضوع از درد کبود شد. دوباره اختر هم‌چنان چیزهای مبهمی در این‌باره گفت که او متوجّه نشد و آن‌جا را ترک کرد.

از خانه‌ی برادرش بیرون آمد و به مغازه باز گشت. روی صندلی نشست و اندوهگین به بیرون خیره شد. با خود گفت:

-آخرش از دست این مردم می‌میرم! به جهنم، اگه بمیرم خوش به حالم می‌شه. مشقت‌هام تموم می‌شن؛ ولی تا زنده‌مَ در راه خدا تلاش می کنم. خدایا! به دستام قدرت کار خیر بده و به پاهام، قدرت قدم خیر، و به قلبم، قدرت بخشیدن!

ناگهان همان موج امیدی که صبح به سراغش آمده بود، دوباره بر او چیره شد.

۱۱

بهـادری بـا وکیـل نـزد قضـات پرونـده رفت. جلسـه بـا حضـور «ایمـان شاهین‌فر» قاضی پرونده و چنـد تـن دیگـر آغـاز شـد. قاضی علّت تشکیل جلسـه را از آقـای عـادلی پرسـید. عـادلی گفـت موکلـش شـرطی بـرای بخشـش دارد کـه منـوط بـه دیـدار بـا سپهر الماسی در زنـدان اسـت. قـاضی پرونـده در پاسـخ ایـن درخواسـت، گفـت:

ـ خُب درخواسـت شـما پذیرفتـه می‌شـه و بـه حکـم دادگـاه، ایشـون می‌تونن یـک بـار بـا سپهر دیـدار کنن.

«منظـور ایشـون یـک یـا دو بـار نیسـت، بلکـه دو بـار در هفتـه در طـول دوران محکومیت...»

مردی که کنار قاضی نشسته بود، بادی به غبغب انداخت و گفت:

ـ قانون این اجازه رو نخواهد داد.

بهـادری بـه سـر تـاس او خیـره شـد و چشـم بـر چهـره‌ی عبـوس و ریـش و سبیل پـر پشـتش انداخت و گفت:

- من می‌خوام قاتل پسرم رو ببخشم و از خونش بگذرم، شما مخالفت می‌کنین؟

وکیل به بهادری اشاره کرد تا سکوت کند و خودش به قضات گفت:

-تنها خواسته‌ی موکل من اینه که با قاتل پسرش ملاقات داشته باشه. شاید این ملاقات تسکینی برای این پدر باشه.

نفر سوم که بازپرس پرونده بود، پرسید:

-من منظور شما رو از این ملاقات نمی‌فهمم، ممکنه بیش‌تر توضیح بدید.

قاضی پرونده بین حرف‌های‌شان آمد و گفت:

-آقای بهادری، خودتون بگین چرا می‌خواین این همه ملاقات با قاتل پسرتون داشته باشین؟

«خدمت شما عرض کنم، بچه‌ای که از کودکی توی مدرسه و در محله پرونده‌ی شرارت داره و هیچ‌گاه کسی توجه نکرده و هیچ آموزشی ندیده...» بهادری چند لحظه مکث کرد و بعد ادامه داد «این جوونا در نتیجه‌ی تربیت و پرورش کاملاً غلط و اشتباه دچار بحران روحی می شن. احساس می کنم که او به کسی نیاز داره تا رابطه‌ی سالمی رو باهاش برقرار کنه. محبت و آموزش در امیال پدیدآورنده‌ی عشق هست. بر مبنای این نگره که عمدتاً از آن ادیان الهی هست، آدمی پاک و خوب به دنیا می‌آد و در طول زندگی بر اثر آلودگی‌های خانواده، اجتماع و سوءانتخاب، شخص تیره و تاریک و ظلمانی و بد می‌شه. البته زندگی واقعی بعضی از این نوع جوونا به‌قدری دگرگون و غیر قابل تصوره که به‌سادگی نمی‌شه پی به روشن شدن اعمال خشونت‌بارشون برد.»

قاضی دیگر، در تائید حرف بهادری گفت:

-بچه‌ای که از کودکی توی مدرسه و محله پرونده‌ی شرارت داره، هیچ‌گاه مورد توجه کسی نبوده، آموزش نمی‌بینه.

بهادری گفت «دقیقا، باید دید در گذشته چه روشی برای تربیت به او اعمال شده!» و بعد از مکث کوتاهی، ادامه داد «با وجود این شرارت و احساسات پریشان و نامنظم درون، کنار آمدن بسیار سخته، امّا غیرممکن نیست.. من تلاشم رو می کنم. نمی‌دونم چرا، ولی شاید این هم رسالتیه که به دوش همه‌ی ماست و ما ازش غافلیم. ما برای آموختن و آموزش دادن و نجات و بخشش به زمین اومدیم. در غیر این صورت چه زحمتی برای خداوند بود که مشتی تخم آدم بر زمین بپاشه تا همدیگر رو بِدَرند و منقرض کنند.» کمی دیگر مکث کرد و در ادامه گفت:

-محور آفرینش با انسانیت و نیکی سنجیده می‌شه نه با خشونت و کفر. در اصول محاکمات جزایی و در قوانین کیفری باید تجدید نظر بشه. قضات باید نوع قضاوت‌شون رو تغییر بدن، باید کاری کرد که قوانین پا به پای اخلاق پیش بره.

قاضی‌ای که در وسط نشسته بود، از حرف بهادری خوشش نیامد و گفت:

-ببخشید، ولی این‌جور جوونا مثِ غده‌ی سرطانی هستن. هر چقدر درمان کنی، باز از یه جای دیگر سر در می‌آرن. این جوون یه معضل اجتماعیه، باید جامعه از وجودش پاک بشه. من بر این باورم که سرشت ذاتی آدم‌ها دست خودشون نیست و از ازل همراه اونا بوده و می‌مونه. چون با اون زاده شدن. پس به قضاوت اشکال نگیرید. شما در مقامی

نیستید که از احکام اشکال بگیرید.

بهادری با تبسمی تلخ گفت:

-جناب قاضی، من در مورد این‌ها آگاهم، ولی باید بگم در درجه‌ی اول تربیت در شخصیت این افراد بد کرده، شما باید فکر خودتون رو متوجه نقض کار تربیت کنید و تربیت صحیحی به جامعه بدید. به اونا امکان تحصیل و زندگی بدید. باید کاری کنید که این مغزهای معیوب و بینوا فکر و هوش خودشون رو در راه درست به کار بگیرن.

دلم برای جوونامون می‌سوزه وقتی که اینا رو با ملّت‌ها و قوانین دیگر کشورها مقایسه می‌کنم.

بهادری کمی به فکر رفت، سپس به سخنانش ادامه داد و گفت:

-در این نکته پافشاری می‌کنم که مطالعه در معایب و مفاسد اجتماعی و شناسایی اونا، برای درمان‌شون ضرورت داره. می‌خوام روی این مرد جوان مطالعه کنم. در حقیقت من این مجرم رو برای اصلاح اجتماعی می‌خوام. خواهش می‌کنم این فرصت رو به من بدید.

پس از تلاش فراوان، بهادری موافقت قضات را گرفت و از وکیل خود جدا شد و به مغازه بازگشت. تا غروب آفتاب در مغازه ماند و از این که موفق شده بود، با شعف به‌سوی خانه رفت.

وقتی به خانه رسید، اردشیر و مهتاب بغض کرده منتظر پدرشان بودند. اردشیر اخم‌هایش چنان درهم بود که چشم‌هایش دیده نمی‌شد. مهتاب با دیدن پدر از جا برخاست تا میز شام را بچیند. بهادری متّوجه شد که وضعیت اهل خانه در حال انفجار است. پس از آن که لباسش را عوض کرد، به سالن آمد و رو به اردشیر گفت:

-اگه چیزی هست، همین الان بگید؟ بهتره تا تو دل خودتون نگه دارید.
اردشیر با لحنی برانگیخته جواب داد:
-مگه شما چیزی هم باقی گذاشتید که ما باز گو کنیم؟
«تو و خواهرت هر چه می‌خواین الان بگین.»
مهتاب احساس کرد فرصتی که منتظرش بوده، فرا رسیده است، گفت:
- شما دارین با آبروی ما بازی می کنین. همچنین با احساس ما. چرا خون عزیزاتون رو نادیده می گیرین؟ مگه اَوستا و مامان، عزیز شما نبودن؟ با حرف مردم چکار می کنین؟ حتی عمو و زن‌عمو هم از شما عصبانی و ناراحتن، دیگه نمی‌خوان بیان خونه‌ی ما و شما رو ببینن.
بهادری خواست علت تماس با قاتل پسرش را برای اردشیر توضیح بدهد؛ اما اردشیر حرفش را برید و گفت:
-پدرجان لازم نیست توضیح بدین چرا می‌خواین با قاتل پسرتون ملاقات کنین. من که ارزشی ندارم و آدم نیستم که با من مشورت کنین. من هم هیچ میل و علاقه‌ای ندارم که از اسرار و اعتقادات شما چیزی بدونم.
بهادری به تجربه آموخته بود که تنها آرامش کمکش خواهد کرد. رو به اردشیر گفت:
-اولاً دوستی و رفاقت با چاپلوسان، ریاکاران و یاوه‌گویان موجِب بدبختی و رسوایی هست. دوماً گوش دادن به سخنان ستمکاران، آغاز ستمکاری هست. آدم‌ها به میزان حقارت‌شون توهین می کنن و به میزان کمبودهاشون آزارت می‌دن. به میزان فرهنگ‌شون عشق می‌ورزند و هر چه حقیرتر باشند، بیش‌تر توهین می کنن و هر چه هویت‌شون غنی‌تر باشه بیش‌تر هدیه می کنن. در ضمن یادتون باشه؛ هر چه عمیق‌تر باشن

محترمانه‌تر رفتار می‌کنن.

اردشیر بین حرف‌های پدرش پرید و گفت:

-انسان‌ها به اندازه‌ی درکشون می‌فهمن و به اندازه‌ی شعورشون باور و عمل می‌کنن. پس مردم احمق نیستن، هم درک می‌کنن و هم باور دارن. من نمی‌فهمم شما چرا می‌خواین از خون دو عزیزتون بگذرین؟

بهادری مصمم رو به اردشیر کرد و گفت:

-پسرجان به خالق ایمان داری؟ می‌دونم که داری. پس مثِ اون نوازش باش نه سیلی. کی گفته که من از خون عزیزم گذشتم؟ من می‌گم تو حق داری قصاص کنی و اون هم حق داره بخشیده بشه.

بعد، روی کاناپه نشست و گفت:

-هدف اصلی از زندگی با خبر شدن از باطن و فعالیت‌های درونی خود انسانه. سالک حقیقی برای عبور از پرده‌های متعدد بین ذهن و گوهر وجودی خویش سال‌ها به مراقبه می‌نشینه و طی این سال‌ها در مراقبه و تفحص هست، به‌دنبال چیزی در درون خویشتن می‌گرده. به‌دنبال آدمی که به اون فرشتگان سجده کردن. می‌خوام بدونم، آیا درون این قاتل یک فرشته هست یا یک شیطان. می‌خوام بدونم چرا با من چنین کرد. من که قدمی خلاف راه خدا نرفتم. اگر قاتل در خود فرشته داره، پس ابلیس از من انتقام گرفته و منتظر نتیجه‌ی آخرش نشسته تا من رو به ورطه‌ی خودش بکشونه. من شب و روز دنبال جوابم. بذارین راهم رو پیدا کنم. سعی کنین انعطاف‌پذیر باشین تا راحت‌تر با این شرایط کنار بیاین.

اردشیر به طعنه گفت:

-پدر جان افراد در حال رقص، توسط اشخاصی که نمی‌تونن صدای موسیقی را بشنون دیوانه انگاشته می‌شن. می‌خواین بگن دیوونه شدین؟ مردم که از مضمون حرفای شما چیزی نمی‌فهمن.

بهادری تبسم تلخی کرد و گفت:

- تو که می‌فهمی! من که می‌فهمم؟ خالق من که می‌فهمه. من به شما آموختم ذات آدمی محکوم به آزادی هست. این جوون قاتل، موجودیه که به هستی پرتاب شده و خودش را با کنش‌ها و گزینش‌هاش می‌آفرینه و آموزش و کسب خیر و شر را در خانواده و اجتماع می‌آموزه. گم‌راه نشین. این بدخویی، دشمنی هست که آدم رو گرفتار خودش می‌کنه. آدمی هر کجا بره، از چنگ عقوبت آن خلاصی پیدا نمی‌کنه.

اردشیر با خشم و لحن سرزنش‌آمیز گفت:

-ذات بد نیکو نگردد چون که بنیادش کج است.

بهادری دیگر جواب نداد. آن طراوت و شادابی گذشته را نداشت. غم و اندوه او را در هم شکسته بود. در این مدّت آن‌قدر ضعیف شده بود که احساس می‌کرد اگر باد شدیدی بوزد، او را با خود خواهد برد. تاجر فرش و مردی موفق و بااخلاص بود. تقوا در او ریشه داشت. مردی که به‌شدت به وجود شیطان معتقد بود، و ابلیس را وسیله‌ی امتحان بندگان خدا و گمراه کننده می‌دانست.

۱۲

زندان‌بان فریاد زد «سپهر الماسی.» سپهر از سلول بیرون آمد و پرسید:

ـ چی شده سرکار؟

«ملاقاتی داری.»

ـ مادرم برا دیدن من اومده؟

نگهبان با بی‌حوصلگی جواب داد:

ـ نه، پدر مقتول می‌خواد تو رو ملاقات کنه.

چیزی نگذشت که ضربه‌ی آرامی به در خورد و سپهر با ماموری وارد شد. سپهر روی صندلی نشست و صورتش را بین دست‌هایش پنهان کرد. کاملا ساکت بود. آن‌قدر ساکت که بهادری ترسید ضعف کرده باشد. چنان سنگین نفس می‌کشید که انگار تازه از پلکان بالا آمده باشد. بهادری احساس کرد که جوانک گریه می‌کند، اما وقتی دست‌هایش را از روی صورتش برداشت، چشم‌های سپهر خشک و بی روح بود. وقتی چشم سپهر به او افتاد به نظر بهادری به ظاهر مردی پریشان و

به هم ریخته آمد که در نگاهش هیچ چیزی خوانده نمی‌شد. اعصابش تحریک شده و برآشفته بود.

بهادری نگاهی عتاب‌آمیزی به سمت او انداخت و با سپهر چشم در چشم شد و با لرزش خفیف صدایش پرسید:

−چرا آدم کشتی؟

«پسرت نباید دخالت می‌کرد، مقصر خودش بود.»

−هر وقت کسی عصبانی شد، باید آدم بکشه؟

«من نمی‌خواستم بکشمش، ولی وقتی اومد جلو بیش‌تر غیظ کردم، اون نباید دخالت می‌کرد.»

بهادری خشمگین شد و گفت:

−اون جوون پسر من بود. اسمش اَوستا بود. اَوستا پسر بسیار رئوفی بود و از دیدن نزاع بیزار بود. به تمام معنی بخشنده بود.

سپهر که گفته‌های بهادری برایش تازگی داشت، به‌دقت گوش می‌داد و با چشمان گستاخش به او خیره شده بود و گه‌گاه از زیر لب چیزی هم می‌گفت. بهادری گفت:

−از خدا نمی‌ترسی که به بنده‌هاش آسیب می‌رسونی؟

«آدمایی مثِ ما، خیلی وقته که به این افسانه‌های بچگانه درباره‌ی خدا اعتقاد ندارن.»

بهادری چهره در هم کشید و گفت:

−اطلاعات ارزش‌مندی بود.

سپهر به گمان این که او برای کسب اطلاعات جدید و انتقام آمده، ترس تمام وجودش را فرا گرفت. ناچار چشمانش را بست. وقتی چشم‌هایش را

باز کرد، آن مرد از آنجا رفته بود و حتی سایه‌اش هم ناپدید شده بود. دو روز بعد، بهادری همراه نگهبان دیگری با سپهر ملاقات کرد. سپهر از او پرسید:

ـاون روز چرا رفتی؟ ترسیدی از من؟

بهادری با تبسم تلخی پاسخ داد:

ـمردی که آماده‌ی آموختن نیست؛ تعلیم دادنش سخن به هدر دادنه.

«کی گفته من می‌خوام چیزی از تو یاد بگیرم؟»

بهادری سرفه‌ای کرد و گفت:

ـفراموش نکن که دوستی با دوستان پایدار و باوفا و درستکار و راستگو، تجربه‌ی بسیار خوبیه که سودمند هم هست. اما دوستی و رفاقت با چاپلوسان، ریاکاران و یاوه‌گویان، موجب بدبختی و رسواییه! کدوم دسته از این اشخاص دوستان تو بودن که شخصیت تو رو ساختن؟

«شخصیت من، محصول واکنش من نسبت به رفتار اطرافیانم تو دوران کودکی و نوجوانیه. اونا مقصر نبودن، چون اندازه‌ی فهم خودشون با من رفتار می‌کردن. چطور می‌شه بیش‌تر از سواد یه نفر ازش انتظار داشت؟ زندگیم سراسر جنگ بود. حتی مجبور بودم با خودم بجنگم.»

وقتی بهادری به او نگاه کرد، سپهر سرش را بلند کرد و چشم‌هایش را که به دست‌های خودش دوخته بود، به چهره‌ی بهادری دوخت. هیچ واکنشی در آن نگاه خیره دیده نشد. بعد دوباره، دست‌هایش را به‌طرف صورتش برد تا بهادری که به او خیره شده بود، نتواند به راحتی چهره‌اش را ببیند. بهادری سرش را تکان داد و گفت:

ـمجازات‌های بدنی غیرانسانی و تحقیرآمیز هستن. من مخالف تنبیه بدنی

هستم. تو چی فکر می‌کنی؟

«من که همین الان گفتم؛ من رو تنبیه بدنی به سرنوشت بد کشوند. چی رو می‌خوای بدونی؟»

بهادری رنگش پرید و صدایش کمی به لرزه افتاد و گفت:

-اشتباه رو جبران نکردن، خودش اشتباه دیگری‌ست. به‌جای این که خودت رو درست کنی، دعوا راه انداختی و با جوون دیگه‌ای درگیر شدی، زدی بچه من رو کشتی. تو فکر می‌کنی که موجود ضعیف باید قوی‌تر بشه تا نابود نشه، ولی با کاری که تو می‌کنی نه تنها قوی نمی‌شی، بلکه ضعیف و نابود می‌شی، البته با دست‌های خودت، چون طبیعت موجودات ناقص و ضعیف و آفت‌زا رو به مرگ محکوم می‌کنه.

سپهر با خشم گفت:

من می‌خواستم کسی رو که به من خیانت کرد و می‌خواست دختری رو که متعلق به من بود رو از من بگیره، تنبیه کنم؛ ولی پسر شما یه دفعه پیدا شد. دعوا و جر و بحث داشت به آخر می‌رسید. نمی‌دونم چرا حس کردم که اون هم برای دعوا اومده. پسرتون هم سن و سال من بود. ترسیدم و خواستم از خودم دفاع کنم.

حرف‌های سپهر که به این‌جا رسید، چشم‌هایش قرمز شد، دست‌هایش به لرزه افتاد و گفت:

-تو چی فکر می‌کنی؟ می‌دونی دنیای آدمای مثِ من چه‌جوریه؟! فقر تو محل ما بیداد می‌کنه. یه خواهر و مادر مریض دارم و پدرم زمانی که بچه بودیم ما رو ترک کرد. از بچگی همیشه جلوی چشمای ما دعوا و درگیری بود. تو مدرسه هم به‌خاطر یتیمی، فقیری و دعواهای دیگران

من رو بیرون انداختن! آدمایی مثِ من همیشه تو غربت و تنهایی هستن. چهره‌ی بهادری در هم رفت. انگار روحش زیرسنگ‌های آسیاب شکسته و خرد شده بود. از جا برخاست و به سپهر گفت «بقیه باشه برای بعد.» سپهر دچار حالت عجیبی شد و درحالی که دست‌هایش را به هم می‌مالید، با صدای بلند گفت:

ـ بازم می‌آی؟

بهادری به چهره‌اش نگاه کرد. متوجّه تغییری در آن شد، در چشم‌هایش اضطراب و وحشت دیده می‌شد. پاسخ داد:

ـ بله که می‌آم. باید به سئوالاتم پاسخ بدی.

ساعات ملاقات‌شان با سرعت شگفت‌انگیزی تمام شده بود. احساسی نو و نامعلوم به سپهر دست داده بود. بهادری وقتی از زندان بیرون آمد، با خودش فکر کرد «اون از یه منطقه‌ی فقیرنشین و پر از بزه‌کار و معتاد اومده و این جور صحنه‌ها رو از کودکی جلوی چشم‌های خودش دیده، من چه انتظاری ازش دارم؟» چند روز بعد که بهادری به زندان رفت و با سپهر ملاقات کرد، به او گفت:

ـ احترام مثل سدی هست که ما رو با اطمینان کنار هم نگه می‌داره، حالا به احترام حقیقت، دعوا را برام بشکاف و علّت قتل پسرم رو بازگو کن! زبون آدم شاید بتونه حقیقت رو کتمان کنه، ولی وجدان هرگز.

سپهر کمی سکوت کرد و بعد تکانی به خودش داد و گفت:

ـ برای اولین بار کسی تو دنیا متعلق به من بود که من با تمام وجودم دوستش داشتم. اون پسره که اسمش فیروزه، دنبال لطیفه می‌رفت. چند بار بهش تذکر دادم، ولی گوشش بدهکار نبود. اون روز بین ما دعوا

شد، زیر بار نمی‌رفت دست از سر لطیفه برداره. من اصلا نفهمیدم چه کسی را زدم، فقط به کسی که دستای من رو گرفته بود چاقو زدم تا من رو رها کنه. هنوز نمی‌دونم چی شد که پسر شما رو کشتم. می‌دونم قصاص می‌شم. تو هم اگه می‌خوای، دیگه برای دیدنم نیا. من عذاب می‌کشم از دیدنت. هر چند حرف‌های قشنگ می‌زنی و آدم جذب حرفات می‌شه.

بهادری استادانه در جواب حرف‌هایش گفت:

-شنیدی و دیدی که کوشش‌های تو ثمری نداشت. فرشته‌ای به دیدار تو نیومد و کسی کار تو رو تمجید نکرد. کاخی هم برات نساختند و به دختر مورد علاقه‌ی خودت هم نرسیدی. جان انسانی رو گرفتی. بین خودت و خالق شکافی عظیم باز کردی. خودت به سرنوشت فلاکت‌باری دچار شدی. اگه آزاد هم بشی، قول می‌دم سرنوشتی به همین بدی و شاید بدتر از گذشته در انتظارت باشه!

بهادری نفسی تازه کرد و در حالی که در چشم‌های سپهر زل زده بود، ادامه داد:

-امّا راه دومی هم وجود داره و اون خودسازیه، نجات تو در اصلاح اعمال خودته. می‌دونی که حیات با بود و نبود تو خودش رو می‌سازه و تازه می‌کنه. اومدن و رفتن تو و دوباره آمدن تو، تأثیری در طبیعت نداره، ولی در کل جهان با تو پُر می‌شه. اگه نباشی با اشیای دیگری پُر می‌شه، ولی چون روح تو تا ابد زنده‌ست، پس همیشه به تو تعلق می‌گیره و اون جسمت هست، و جسم خلاء رو پُر می‌کنه و روح رو توی خودش می‌بلعه. این رو گفتم که بدونی اگه خودت رو اصلاح نکنی، دوباره در

این جهان زندگیت جهنم تو خواهد بود. هیچ وقت از خودت پرسیدی چرا این همه رنج برای انسان برنامه‌ریزی شده؟

چون رنج‌ها از حکم‌های قضایی گذشته بر تو صادر می‌شن، یا از امتحانات و تحمّلات و همدردی و همکاری با همنوع خودت صادر می‌شن.

سپهر که می‌دانست خطای غیرقابل‌بخششی کرده، سرش را پایین انداخته بود و نمی‌دانست به کجا نگاه کند، دستپاچه، با دکمه‌های پیراهنش بازی می‌کرد، بهادری ادامه داد:

- بهتره با یه تیر دو نشان بزنیم و بی‌خود وقت‌مون رو هدر ندیم.

سپهر که انتظار این چرخش را نداشت، تکانی خورد و در سکوت به چهره‌ی بهادری خیره ماند. بهادری می‌دانست که قدم اول و اساسی سپهر، دریافت فهم زندگی است. گفت:

- دو چیز رو در تو نمی‌بینم. شناخت خودت و شناخت خالق خودت رو.

سپهر با وقاحت گفت:

- من به چیزی اعتقاد ندارم، ما مثل خاک و سنگ به زمین اومدیم و شکل گرفتیم و مرگ، باعث پوچی و فنای ما می‌شه.

بهادری صبورانه و آرام گفت:

- انسان که خود به‌خود در طبیعت به‌وجود نیومده، خود به‌خود جهان نظم نگرفته، ماده‌ی بدون احساس نمی‌تونه انسانی با احساس به‌وجود بیاره. کسانی که مثل تو فکر می‌کنن، آدم‌های مستبد و خون‌ریزی هستن، دنیا و زندگی رو پوچ، ظاهری و ماده‌ای فناپذیر می‌دونن.

سپهر بی‌حوصله گفت:

-من نمی‌تونم این حرف‌ها رو هضم کنم. پافشاریت بی‌خوده.

با وجود این که سپهر گفت این کلمات برایش بیگانه و نامفهوم است، ولی بهادری سرسختانه تلاش می‌کرد که افکار سپهر را تغییر بدهد.

-چرا، الان برات روشن می‌کنم. ولی برای آگاهی بیش‌تر اوّل باید جهش انجام بدی. برای به‌دست آوردن علم و منطق، به تجهیزات و ساز و برگ عقلی نیاز داری که عاطفه‌ست و بیش از نیمی از عقل رو تشکیل می‌ده. عاطفه یعنی، عشق به هم‌نوع که کلید و راز خوشبختی هست، انرژی و ماده‌ی حیاتی بشره. عشق، محبت، دوستی و همیاری، این صفات تشکیل‌دهنده‌ی انسان واقعیه، بدون اون انسان درک نمی‌شه، آزاد نمی‌شه. احساس نمی‌شه و هدف زندگی مشخص نمی‌شه.

بهادری از بردن نام سپهر خودداری می‌کرد و او را پسر صدا می‌کرد و کم کم او را فرزند آدم صدا کرد.

-به‌خاطر همین، من مدتی را به ملاقات تو نمی‌آم. ولی در این مدت می‌خوام تو وقتت رو توی کتابخونه زندان بگذرونی و به معلوماتت اضافه کنی، اگر سواد خوندن نداری از دیگران کمک بگیر. خدا نگهدار تا بعد.

بهادری در بازسازی شخصیت و تفکر و نگرش سپهر نسبت به جامعه و خانواده تلاش می‌کرد. بار دیگر که او را ملاقات کرد، به او گفت:

-تو استعداد آموختن داری و کسی که استعداد داره یک تلنگر، یک سئوال، یک تکان کافیه تا آدم رازها رو یکی یکی کشف کنه. «در زندگی زخم‌هایی هستند که مثل خوره در انزوا روح را آهسته می‌خورند و می‌تراشند.» هر کسی اتفاقات زندگی خودش رو نادر و مختص به

خودش می‌شمره ولی خیلی از انسان‌ها هـزاران غـم و انـدوه رو پشت لبخندهاشـون پنهان می‌کنن. بـا وجود تمـام تفاوت‌هـا کـه بیـن مـا انسان‌ها وجـود داره، بایـد در مسیـر تاریکـی، راه رفتـن را یـاد بگیریـم و در روشنایی قدم‌هـای بلندتـر و بزرگ‌تـری برداریـم. همچنیـن اگـه هـدفی بـرای سـرپا ایستادن نداشته باشیم، هـر ضربه‌ای می‌تونه مـا رو زمیـن بزنه.

بهادری مـدتی بـه دیـدار سپهر نرفت و در مغازه بـه کارهای عقب افتاده پرداخت. وقتی دوباره بـه دیـدار او رفت و از او پرسید:

- وقتت رو چطور می‌گذرونی؟

«مـن از روزگار خسته‌م، از خـودم و همه کـس و همـه چیـز خسته‌م و شـور زنـدگی تـوی مـن مـرده. حوصله‌ی هیـچ چیـز رو نـدارم.»

-وقتی از روزگار گله و شکایت می‌کنی، مثِ اینـه کـه از خالـق مـا گلـه و شکایت پیـش مـردم می‌بری. کمی فکـر کـن و خودت رو بساز.

سپهر بـا خـودش فکـر می‌کرد چگونـه بـروم برنامه‌ریزی کنم؟ یـادش آمـد، وقتـی کـه او را بـرای بازسازی صحنـه‌ی قتـل اوستا بـه محل جـرم بـرده بودنـد، مـردم دور آن‌هـا جمـع شـده بودنـد. فحـش و ناسـزا از هـر طرف بـه گـوش می‌رسیـد. مـردم می‌خواستند کـه سپهر را در همـان نقطـه اعـدام کننـد تـا عبرت دیگـران شـود. این ضربـه‌ی روحی بزرگـی بـرای سپهر بود و او را بیش‌تـر بـه تفکـر می‌انداخت و سعـی کـرد بـه حرف‌های بهادری بیش‌تـر بهـا بدهـد.

***

چنـدی بعـد، بهـادری بـه دیـدار سپهر رفت و او را عصبی و پرخاشگر دیـد، گفت :

-اگر خشم کنی، یعنی می‌خوای حقیقت رو پنهان کنی، اون‌وقت می‌خوای خودت رو ثابت کنی تا هدف رو. باید بدونی که تحمّل، خوی و سرشت انسان رو وصف می‌کنه و خشم مثل بذری هست که فشانده می‌شن و ما باید اونا رو خوشه خوشه درو کنیم. نقش زندگی امروز ما از نمایشنامه‌های زندگی قبلی ماست. پس سعی کن از امروز نقش آینده‌ی خودت رو طوری بنویسی که بازتاب اون یه زندگی آرام و با ایمان و هدف‌دار باشه. چرا ایمان هدف دار؟ چون آرامش در اون نهفته‌ست.

سپهر سرش را پایین انداخت و گفت:

-تقدیر این‌طور سرنوشتم رو رقم زد که من اسیر باشم و آخرش به دار آویخته بشم.

بهادری مصمم رو به او کرد و گفت:

-تقدیر اون نیست که مسیر زندگیت از پیش تعیین شده باشه، اگه این‌طوری فکر می‌کنی و با این باور زندگی رو ادامه می‌دی، نشونه‌ی جهالت هست. تقدیر در همه‌ی زندگی دخالت نداره. فقط تا سر دوراهی‌ها همراه تو هست. گذرگاه رو تو مشخص می‌کنی. انتخاب راه درست توی دست توئه، چون این معمای زندگی تو هست. این مسئله‌ی حیات تو هست که باید بیاموزی چگونه انتحاب کنی و چگونه مسیر رو طی کنی.

***

مدتی گذشت. اردشیر و مهتاب و دیگر اعضای خانواده، بهادری را ترک کردند و به دیدار او نمی‌آمدند. روزی وقتی به خانه آمد، در دلش ناگهان

خلاء بزرگی ایجاد شد. احساسی تیره و تار. تنهایی رنج‌آور و بی‌اعتنایی فرزندان، آمیخته با حس غربت به دلش راه یافت.

بهادری امیدش را به خالقش معطوف داشت و معتقد بود هر چه را که او می‌پسندد، صحیح است. رضایت خالق بس است برای کسی که عاشق است. می‌دید هر چقدر زمان بیش‌تر می‌گذرد، اعتقادات گذشته‌ی سپهر متزلزل‌تر می‌شود.

سپهر کم کم نشان می‌داد که یک انسان پذیراست و بهتر با واقعیت جامعه‌اش کنار می‌آمد و مشتاق بود با هر تجربه‌ی تازه‌ای رشد کند. «در اصل از طریق برخورد عقاید و آراست که جرقه‌های نور در ذهن آدمی ایجاد می‌شود، و از طریق کلنجار رفتن با اندیشه‌های ضد و نقیض است که رفته رفته تاریکی افکار پیش پرداخته مبدل به روشنایی هستی‌بخش آگاهی و دانش راستین می‌گردد. در کل نقش انسان در زمین یعنی دریافت و انتقال است.»

بهادری کنار میز و سپهر در مقابل او نشست و فریاد گونه گفت:

ـ فکر می‌کنی خداوند پرده‌ها را کنار می‌کشه تا من حقیقت رو بفهمم. در حالی که من درگیر بزرگ‌ترین خطای زندگیم شدم.

سپهر با صداقتی باورپذیر حرف می‌زد. هیچ نمی‌فهمید آیا صدای وجدان اوست که بیدار شده، یا حس ندامت! حس دلواپسی‌ست یا دلهره! بهادری گفت:

ـ افکار و باورهایی که محیط اطراف برای تو ساخته بود، باورشان کرده بودی و فکر می‌کردی که مسیر زندگی تو رو شکل می‌دن، ولی حالا متوجه شدی که تنها راه نجات تو تغییر راه و روش زندگی هست.

تغییـر افکار و باورهـای تو هسـت. می‌دونسـتم بردبـاری و صبوری و گذشـت دیـروز همیشـه تسـلیم و رضـای فـردا رو بـه بـار می‌آره. بایـد هـر سـال یـا هـر مـاه مهـار نفـس و عملکردهـای گذشـته رو بـه حسـابرسی بـذاری، تـا حاصـل خـوب و بـد اون رو ملاک کار آینـده‌ی خـودت قـرار بـدی. هـر انسـانی موظـف هسـت بـه پـرورش و تبلیـغ افـکار مفیـد بپـردازه و شـاید هـر قـدر ایـن کار را قاطع‌تـر بکنـه بهتـر باشـه.

بهـادری، جـوان را بـرای عشـق و شـوریدگی آمـاده می‌کـرد و روح و فکـر او را به‌سـوی ناشـناخته‌ها می‌بـرد و باعـث می‌شـد کـه دری بـه سـوی عشـق بـاز کنـد تـا او بـه شـکوفایی برسـد و در خـود بـه کنـدوکاو بپـردازد و بـه اعمـاق خویشـتن فـرو رود.

۱۳

بهادری به خیریه‌ی خورشید رفت تا با خانم شفیعی ملاقات کند. او زنی روشن‌فکر و خیّر بود. خانم شفیعی از دیدن بهادری خوشحال شد و گفت:

ـ سلام آقای بهادری، خوش آمدید. خوشحالم کـه بـه مـا سـر زدیـد. اوضــاع دادگاه چطـور پیـش می‌ره؟ بـه کجـا کشیـده؟ بچه‌هـای شـما حال‌شـون چطوره؟

هنگام صحبت آن‌ها، اختر همسر بـرادر بهـادری هم رسیـد و با نشـان دادن چهـره‌ی حیرت‌زده گفت:

ـ خانـم شفیعی مـن تحمّـل دیـدن ایـن مـرد رو نـدارم. اون بـه خانـوادهی خـودش پشـت کـرده و داره تلاش می‌کنـه قاتـلی کـه پسـرش رو کشـته، آزاد کنـه تـا یـه نفـر دیگـر رو هـم بکشـه. حـالا هـم بـه جـان خواهر پسـره افتـاده و بـه بهانه‌هـای مختلـف بـه دیـدن دختـره و مـادرش می‌ره. تـازه می‌خـواد کامـران رو هـم بـا خـودش ببره.

بهادری رو به اختر گفت:

ـ مـردم از سـخن‌چینی و غیبـت خوش‌شـون می‌آد و دوسـت دارن در کار هـم دخالـت کنـن. اگـه اژدهـای درونـت رو نابـود نکنـی و بـر اون غلبـه نکنـی، بقیـه‌ی صفت‌هـا مثل تخم گل بهشتی هسـتن کـه در شـوره‌زاری بـکاری. چنیـن نهـالی مجـال رشـد نخواهـد یافت.

خانـم شـفیعی کـه از تعجّب دهانـش بـاز مانـده و رنگ از رخسـارش پریـده بـود، بـدون این کـه جـواب اختـر را بدهـد، بهادری را بـه اتـاق دعـوت کـرد. وارد دفتـر شـدند. بهـادری روی مبـل تـک نفـره روبه‌روی میـز شـفیعی نشسـت. «آنـان کـه دچـار ورشکسـتگی روحـی می‌شـوند، کامـلا از معنویـات درون بی‌بهـره می‌باشـند و در نتیجـه ماننـد ایـن اسـت کـه قصـر خـود را بـه روی ماسـه‌های ناپایـدار بنـا کرده‌انـد. ایـن عـده در اثـر تلاطـم امـواج هسـتی نـه تنهـا همـه چیـز خـود را، بلکـه روحیـه‌ی خـود را نیـز بـه کلی می‌بازنـد.» ماننـد اختـر و شـوهرش.

«خیریـه‌ی خورشـید» توسـط خانـم شـفیعی و همسـر مرحومـش و چنـد تـن دیگـر از بازاریـان تأسیـس شـده بـود. بهادری و همسـرش هـم در آن فعالیـت داشـتند. از قضـا کامـران و اختـر هـم کمکـی می‌رسـاندند تـا از قافلـه عقـب نماننـد. اختـر زنـی بـود بـا چهره‌ی روشـن، و کک و مک‌هـای فـراوان، صـورت گـرد و هیـکل چـاق و قـد بلنـدش کـه در ایـن مجموعـه عرض‌انـدام می‌کرد. بهـادری متوجّـه شـد بـرادرش کامـران و همسـرش همـه چیـز را بـرای خانـم شـفیعی تعریـف کرده‌انـد. می‌دانسـت خانـم شـفیعی هرگـز بـه ایـن شـایعات گـوش نخواهـد داد. بهـادری وجهـه‌ی شـرافت‌مندی نـزد خیّریـن، بازاریـان و خیریـه‌ی خورشـید داشـت.

اَختـر زن قدرنشـناسی بـود و هیـچ بـا احتـرام و همـدلی و ادب، آشـنایی نداشـت. زیـرا او مشـغول چیـدن شـایعه بـرای بهـادری بـود. «گاهی مـار در آسـتین داری ولی بـه دنبـال دشـمن در بیراهـه می گردی.»خانـم شـفیعی بـه بهـادری گفـت:

-اختـر از دختـر جـوونی صحبـت می کنـه کـه شـما قصـد کمـک بـه اون رو داریـد و تـوی خونه‌شـون رفـت و آمـد می کنیـد. ایـن بـرای اعتبـار شـما در جامعـه مناسـب نیسـت، مـن سـعی می کنـم کمک‌تـون کنـم.

بـا این‌کـه بهـادری از دورویی، بی پـروایی و بی‌معرفـتی اختـر آگاه بـود، ولی ترجیـح داد سـکوت کنـد تـا اختـر بـه بـازی ریاکارانـه‌اش ادامـه دهـد؛ امـا هنـگامی کـه او نقـاب از چهـره دریـد و پـرده‌ی حیـا را دور انداخـت و بـه بهـادری تهمـت زد و متهـم کـرد، سـخت برآشـفت و بـا نگـرانی در پاسـخ خانـم شـفیعی گفـت:

-عشـق خـدا در هـر کـسی، نقـش سرشـت او رو بـه خـودش می گیـره. گمان نمی‌کنـم سرشـت زیبـایی در ایـن زن وجـود داشـته باشـه. شـاید اون قاتـل را بتـوان اصلاح کـرد، ولی چنیـن انسـان‌هایی چـون ریسـمان ابلیس را خودشـون محکـم بـه گـردن دارند و سـخت اون رو در مشـت گرفتن، سـخته، نمی‌شـه، نمی‌شـه... در جـاده‌ی پـر فـراز و نشیـب زنـد گی، همـواره جـای پـای خداونـد رو می‌شـه کنـار خودمـون دیـد. مـن جـای پـای خـدا قـدم می‌ذارم و بس.

خانم شفیعی با تعجب گفت:

-آقـای بهـادری، همچنـان کـه خودتـون می‌دونیـد خیریـه‌ی مـا بـرای کمـک بـه مـردم و زندانی‌هـا تأسیـس شـده، در تعجبـم بـرادر شـما و همسرشـون کـه یاری‌رسـان ایـن امـر خیـر هسـتن، ولی حـالا بـا شـما مخالفنـد؟ آقای بهـادری

به مبارزه‌تون ادامه بدید، هر چند می‌دونم با وجود بچه‌هاتون مشکل بخشیدن دارید، ولی من تا آخرین قدم همراه شما هستم و فرزندان شما هم در تصمیم خودشون ثابت نخواهند ماند. راستی؛ چرا برادر شما که آدم دنیادیده و صاحب‌منصبی هست و رئیس شورای شهر، از همسرش جانب‌داری می کنه؟

بهادری لبخند زد و گفت:

-خانم شفیعی، عده‌ی زیادی از شخصیت‌های رسمی و دارای مقام و منصب، در خانه دچار ضعف و ناتوانی هستن. همسر برادرم به‌خاطر خودش و ضعف شوهرش نسبت به زنان، این حرفا رو می‌زنه.

«اتفاقاً من با تمام وجود تحت‌تأثیر محبت‌های شما نسبت به این خانواده قرار گرفتم و حاضرم هر کاری که از من ساخته‌ست، انجام بدم. تا اون‌جا که مقدور باشه بی‌تعارف کمک‌تون می کنم. کمک به شما مایه‌ی رضایت خاطر منه.»

بهادری سرش را پایین انداخت، سپس با تردید گفت:

-می‌دونی خانم، امروزه مردم با دیدن مردی با چشمان اشک‌آلود در حال کمک به دختر یا زن جوانی بدون توقع، در صحت عقل او تردید می کنن و اون آدم رو با چشم تمسخر نگاه می کنن. من از لبخند مرموز و نگاه پرسشگر و مؤذیانه‌شون متوجه می‌شم و می‌فهمم که به حماقت و نادانی من می‌خندن. شما بهتر می‌دونین اگه من این دختر بی‌گناه رو رها کنم، همین مردان خداناشناس، اولین کسانی خواهند بود بهش هتک حرمت می کنن و بعد، مثل کهنه‌ای که با دست‌های کثیف خودشون آلوده‌ش کردن، مچاله می کنن و دور می‌ندازن. ولی من عقب‌نشینی

نمی‌کنم. کمک‌شون می‌کنم.

خانم شفیعی، من نمی‌خوام دچار پشیمانی بشم و در آینده خودم رو سرزنش کنم چرا نجاتش ندادم و گذاشتم بی‌رحمانه دست‌خوش ناملایمات زندگی بشه و زیر پای نامردها له بشه.

بهادری که کاملاً پریشان‌حال و آشفته بود، درحالی‌که اشک در چشمانش حلقه زده بود، با صدای بغض گرفته گفت:

-ببخشید خانم شفیعی، مثل این که من دارم شما رو با حرفام خسته و افسرده می‌کنم. خیلی عذر می‌خوام که باعث ناراحتی شما شدم. شما به اندازه کافی گرفتاری دارید.

خانم شفیعی، با ابراز همدردی پاسخ داد:

-اگه فکر می‌کنین، خدمتی از من ممکنه باعث تسلّی و کاهش فشار بار خاطر شما بشه، خواهش می‌کنم بفرمایید.

بهادری دست‌ها را روی زانو گذاشت و سرش را تکان داد و گفت «بله، بله می‌دونم. محبت شما زبانزد همه‌ی دوستان هست.» بعد از جا برخاست و خداحافظی کرد و از دفتر خیریه خارج شد.

٭٭٭

چند روز بعد، کامران برادر بهادری با قدم‌های محکم و صورتی عصبانی به دیدن برادرش آمد و بی‌درنگ پس از سلام به برادرش گفت:

-برادر، من اومدم تا یه چیزی برام روشن بشه. شرافتمندانه به من بگو. تو رو خدا جمله‌های عادی تحویلم بده تا بدونم چه می‌گی. دلیل کمک‌هات به این خونواده چیه؟

کامران نگاهش به سمت راست مغازه که کمی تاریک‌تر بود،

انداخت. مردی آنجا نشسته بود که کامران متوجّه‌اش نشده بود. مرد کلاه لبه‌داری به سر و بارانی کرم‌رنگ به تن داشت. آن‌ها در سکوت به یکدیگر نگاهی انداختند.

مرد ناشناس، عموی ارسلان بود. او برای صلاح و مصلحت درباره برادرزاده‌اش نزد بهادری آمده بود. زیرا حال آقای تیموری بسیار وخیم بود و ممکن بود کاری دست خود و خانواده‌اش بدهد. بهادری از کامران پرسید:

ـ چی رو می‌خوای بدونی؟ من راضی به قتل نیستم و از هیچ‌کس هم نمی‌خوام کاری برای من بکنه و یا تشکری بکنه.

«خجالت نمی‌کشی که خونواده‌ت رو فدای یه دیوونگی می‌کنی؟ ولی من چیزای دیگه‌ای هم شنیدم.

بهادری سعی کرد آرام باشد تا جواب کامران را بدهد. او پاسخ داد:

ـ شما می‌تونید هر فکری رو مثل دانه‌های آفت‌گرفته بپاشید، ولی انتظار نداشته باش که از این دانه چیزی به ثمر برسه.

کامران که صورتش دچار خشم شده بود، سرخ شد و رگ‌های گردنش بیرون زد، گفت:

ـ به من ثابت کردی که شایعات درسته، من شرم دارم از این که برادر تو هستم.

«کامران، از لرزش بدی‌ها تکان‌هایی در اعماق خودت حس نمی‌کنی؟ آگاه باش تا این لرزش‌ها رو بشناسی. همون‌طور که زمین‌لرزه را حس می‌کنی! بینوا، آلت دست شیطان و شرارت‌های او نباش. برای کسی که در چاردیواری زندان حبس شده، چیزی وحشتناک‌تر از اون نیست

که پارسا و نجیب باشه. کامران، سعی کن از زندانی که اختر برای تو ساخته بیای بیرون و روح خودت رو نجات بدی.»

کامران با چشمانی گشاد و از شدت عصبانیت پریده‌رنگ روبه‌روی برادرش ایستاده بود. هنگامی که سرش را برگرداند و می‌خواست آنجا را ترک کند، مرد ناشناس در حالی که به چشمان خشمگین کامران چشم دوخته بود، گفت:

ـشما به منافع شخصی خودتون بسیار دلبستگی دارید؟ می‌ترسین از شهرت شما کاسته بشه؛ اما شما باید به داشتن چنین برادری افتخار کنین و در مقابل عظمت شخصیت و پاکی طینت او زانو بزنید و از او تقاضای عفو بکنید.

سپس رو به‌سوی بهادری کرد و گفت:

ـحاج آقا شک نکنید، اگر او بر همه ذرات عالم آگاه هست، حتماً حقیقت روشن می‌شه و افترا زنندگان رسوا خواهند شد.

کامران با حالت قهر از آنجا خارج شد و از آن روز به بعد، دیگر به دیدار برادرش نمی‌آمد و با همسرش همچنان برای تحریک اردشیر و مهتاب تلاش می‌کرد.

بهادری کماکان به خانه‌ی سپهر می‌رفت و کمک‌های مالی به آن‌ها و به همسایگان‌شان می‌رساند. یک‌بار تصمیم گرفت به دیدار دوست قدیمی‌اش حاج‌علی تقوی برود. به فرش‌فروشی تقوی رفت و پس از احوال‌پرسی و تعارفات معمول، وقتی داشت چای خوش‌عطری را که شاگرد مغازه آورده بود سر می‌کشید، پرسید:

ـحاجی‌جان یادمه یه خونه داشتی که انبار فرش کرده بودی. هنوز

داریش؟

«بله دارم. چطور مگه؟»

-دو تا اتاق بالاش رو می‌تونم از شما کرایه کنم؟

«ببخش که می‌پرسم، برای چی لازم داری؟»

-برای یه مادر و دختر می‌خوام کرایه کنم.

حاج تقوی خندید و گفت:

-می‌خوای به این زودی تجدید فراش کنی؟ یا تو آستین داشتی؟

او انگشت اشاره‌اش را به سوی خود گرفت و گفت «در این روح به خزان نشسته، هیچ آغوش حیات‌بخشی نمی‌توان یافت. در این کویر خشک چیزی نمی‌روید. دل سوخته و دهان بسته، هم‌پایه‌ی دیوار است.» بعد بهادری که نشان می‌داد به او برخورده است؛ گفت:

-خواهش می‌کنم بده آپارتمان رو تمیز کنن تا اون بنده خداها بتونن اجاره‌ش کنن.

سپس دنبال کار مادر و خواهر سپهر رفت و به آذرخانم قول داد، همین‌که حالش بهتر شد، به خانه‌ی جدید نقل مکان خواهند کرد. چند هفته طول کشید تا خانه آماده شد. شیشه‌های شکسته را عوض کردند؛ اما به نقاشی خانه نرسیدند. چوب‌های در و پنجره‌ها باد کرده و پوسیده بودند و خوب باز و بسته نمی‌شدند، با این وجود بهتر از جایی بود که زندگی می‌کردند.

این خانه نزدیک «میدان هفت‌حوض» بود. خانه‌ای کوچک و نقلی، با یک باغچه‌ی کوچک و حوض قدیمی که فواره‌ای وسط آن کار گذاشته شده بود. دو درخت خشکیده در گوشه‌ی حیاط مرده و عریان

بودند.

طبقه‌ی زیرزمین، انبار فرش‌های قدیمی و فرسوده بود. خانه هم آجری و قدیمی‌ساز بود. در اطراف دیوارهای حیاط، طاقچه‌های کوچک بود که بر اثر گذشت زمان خاک و آجر و گرد و خاک و خار و خاشاک با هم در آمیخته بودند. برای این مادر و دختر خانه‌ی مناسبی بود. بهادری مقداری وسایل زندگی برای‌شان خرید و قبل از این که به این خانه نقل مکان کنند، دو تخته فرش شش‌متری از مغازه آورد و در اتاق‌ها پهن کرده بود. اجاق گاز، بخاری و یک دست مبلمان خریده و در خانه چیده بود. آذرخانم و نگین چیز زیادی برای چیدمان خانه نداشتند.

وقتی هوا واقعاً سرد و پائیزی شد، حال آذرخانم هم رو به بهبود رفت. درست زمانی که درختان و گیاهان برگ‌های جوان و گل‌های فراوان‌شان را از تن درآورده و بر زمین ریختند، بهادری مقدمات جابه‌جایی آن‌ها را فراهم کرد. آذرخانم بیش از نیمی از اثاث خانه‌ی قبلی را در همان مخروبه باقی گذاشت.

وقتی به خانه‌ی تازه رفتند، کبوتران چنان بغ‌بغوکنان در حیاط رفت و آمد می‌کردند. گویی به آن‌ها خوش‌آمد می‌گفتند. کبوتران گاهی با سروصدا پرواز می‌کردند و تا بالای پنجره‌ی نگین می‌پریدند و گاهی هم با بچه گربه‌ها لبه‌ی حوض سنگی حیاط می‌دویدند.

شب اول درست مقابل پنجره‌ی اتاق نگین در خیابان، چراغی می‌سوخت و هر طور که نگین پرده را می‌کشید؛ رشته نوری نازک مانند تراشه‌ی چوبی از دور پرده به داخل می‌خزید.

این رشته‌ی نور پیوسته نگین را ناراحت می‌کرد. مثل این بود که کسی

در کمین اوست. سرانجام سپیده دمید و نگین بیدار شد و از رختِ‌خواب بیرون خزید. دست و صورت را شست و سر و رویش را آراست. احساس نشاط می‌کرد. روپوش و شلوار نو به تن کرد و لباس‌های قدیمی را که بسیار ژنده بودند، دور ریخت. نگین تا آن زمان، هرگز لباس نو به تن نکرده بود، و اکنون می‌دانست که دیگر هرگز آن‌چنان لباسی به تن نخواهد کرد.
آذرخانم سلامتی‌اش را به دست آورد. روزهای بسیار خوشی بود. همه چیز آرام، تمیز و منظم و همه کس مهربان و نجیب بودند.

پس از مدتی بهادری کارگاه خیاطی‌ای باز کرد و آن را برای نگین مرتب کرد و او را نزد خیاطی ماهر فرستاد تا کار خیاطی حرفه‌ای را بیاموزد. کارگاه نزدیک خانه‌ی نگین و آذرخانم در منطقه‌ی هفت‌حوض نارمک بود.
چندی بعد بهادری به دیدار همسایگان قدیمی آذرخانم رفت و از زنان و دختران خواست بیایند با نگین، خیاطی بیاموزند و به نگین هم کمک کنند.
مدتی بعد، بهادری افروز و دخترش آزاده -که همسایگان قدیمی آذرخانم بودند- را هم به کارگاه برد. وقتی رسیدند، به نگین گفت:
-دخترم، اینا همسایگان قدیمی تو هستن. دوست دارم به اینا کمک کنی! اینا از تو کار رو یاد بگیرن و در آینده کمک تو می‌شن.
بهادری که رفت، نگین از افروز شنید که به دخترش می‌گفت:
-خدا شانس بده، حالا کی فیس و اِفاده‌ی این رو جمع کنه. فردا هم

زنش می‌شه، می‌شه خانم خونه.

این حرف ضربه‌ی مهلکی بود که به نگین وارد شد. می‌دانست که این حرف‌های پشت او، سعادت و خوشی او را نابود خواهد ساخت. نگین دچار چنان اندوه و غصه‌ای شد که نتوانست روی پا بایستد و با تأثر خشمش را فرو خورد و آن‌ها را ترک کرد.

بهادری، نگین و مادرش را زیر چتر حمایت خود و خانم شفیعی گرفت. مردی کارآمد و اقتصاددان بود. در کار کمی خشک و جدی بود، ولی به زندگی و امور جاری آن منطقه مانند جیب‌های خود آشنا بود. به این جهت به زنان و دختران همسایه‌ی قدیمی آذرخانم کمک کرد تا به نزدیکی محل کارشان نقل مکان کنند و به زندگی‌شان سر و سامان بدهند؛ امّا همین زنان نجات‌یافته به‌دنبال شر می‌گشتند تا نگین را از سر راه بردارند. با این وسوسه‌ی شیطانی و رذایل اخلاقی که به جان آن‌ها افتاده بود، می‌خواستند زندگی دوستان خود را بسوزانند و آن‌ها را به غم و آزردگی و اندوه گرفتار کنند.

«صفتی که عامل تخریب و فساد در جامعه است. انسان حسود دشمن نظام آفرینش و مخالف مواهب و اکرام الهی به بندگانش است. چنین صفتی، با ایمان به حق سازگاری ندارد. حسد مرض خطرناکی است که باید ریشه‌یابی و درمان شود.»

این مادر و دختر حسود، شروع به شایعه‌پراکنی کردند و بین آدم‌های احمق پخش کردند و آن‌ها هم باور کردند. روزی بهادری به کارگاه رفت تا از پیشرفت کار با خبر شود. همین که وارد شد با اعتراض افروز و دخترش آزاده روبه‌رو شد. افروز گفت:

–نگین تمام کارها رو سر ما می‌ریزه و خودش هفت‌قلم بزک می‌کنه، می‌ره. فکر می‌کنم با مردا قرار می‌ذاره. بهتر که می‌ره، وقتی هم هست، با ما دعوا می‌کنه و از ما کار می‌کشه.

بهادری ناراحت از این خبر گفت:

–ابداً نباید سرتون داد بزنه. فکر هم نمی‌کنم چنین آدمی باشه، ولی از شما خواهش می‌کنم هر وقت دیدین که می‌خواد به زیر دستاش زورگویی کنه، خبرم کنین.

چند دقیقه بعد، نگین وارد شد. وضعیت کارگاه غیرعادی به نظرش آمد. چهره‌ها عبوس بود و بهادری هم مانند همیشه نبود. نگین بی‌اطلاع از همه‌جا به بهادری سلام کرد و گفت:

–سلام آقای بهادری، حالتون خوبه؟

«دخترم، من خوبم، تو چطوری؟ کجا رفته بودی؟»

–داروی مادرم رو از داروخانه گرفتم و بردم به مادرم دادم.

بهادری به چهره و اندام دختر نگاه کرد. اثری از هفت‌قلم بزک نبود. قلبش ندا داد که شایعات از حسادت ساخته می‌شود. به خودش هشدار داد که مراقب باشد. برای اطمینان افروز را صدا کرد و پرسید:

–افروز خانم، نگین کی از مغازه رفته بود و چقدر طول کشید تا بیاد؟

افروز به لکنت افتاد و نگاهی به نگین کرد و سپس رو به بهادری گفت:

–خُب، امروز زود اومد.

نگین که هاج و واج مانده بود، پرسید:

–چی شده، اشتباه کردم رفتم؟

بهادری به افروز گفت:

-شما بفرمایید افروزخانم. برید سر کارتون!

سپس رو به نگین گرداند و گفت:

-نـه اشتباه نکـردی، مـن اشتباه کـردم کـه بـه چنین ابلهی میدون دادم، ولی مراقب بـاش. حسـد، وسوسـههای شیطانی بـه همـراه داره. ممکنه دامـن تـو رو بـه آتش بکشه.

بیچـاره بهـادری نمیدانسـت کـه ایـن آتـش، مشتعل خواهـد شـد و او را هـم خواهـد سـوزاند. وقتی بهـادری رفت، نگین آهسته بـه پشت کارگاه نزدیـك شـد، شنید افروز بـه دخترش مـی گفت:

-خوب آبروش رو پیش بهادری ریختم. حالا براش دارم.

بهخاطر کمكهای بهـادری، بـه آذرخانـم و نگیـن؛ اردشیر و مهتاب هـم کـمتـر نـزد پـدر میآمدند و هرچـه بهـادری پیغـام میداد بچههایش نـزد او بروند، آنهـا بهانههـای مختلـف میآوردند و قبـول نمیکردند. یـك بـار اتفـاقی مهـرداد -شـوهر مهتـاب- را نزدیـك مغازهاش ملاقـات کـرد. پـس از احوالپرسـی بـه او گفت:

-مـن مثـل یتیمهـایی شـدم کـه ایـن شـهر و دیـار بـرام مثـل بیابـون شـده، رنج و انـدوه داره مـن رو از پـای درمیآره.

چنان بـه هیجـان آمـده بـود کـه بـه گریـه افتـاد. میخواسـت جملـهای را کـه بـه دلیل هیجـان درونی قطع کـرده بـود، دوبـاره تکـرار کنـد و بگویـد کـه دیگـر نمیتوانـد جدایـی آنهـا را تحمّـل کنـد. مهـرداد حرفـش را قطع کـرد و گفت:

-ایـن کار کامـلا بیهـودهسـت. ایـن کلمـات تـوی دلشـون بیاثـره، چـون اونا بهشـدت عصبانی هسـتن و بـه ایـن حرفـا اهمیت نمیـدن، فکـر روبـهرو شـدن

با اونا رو فراموش کنید.

وقتی مهرداد به خانه رفت، پیغام بهادری را رساند. اردشیر گفت:

–او از دوری ما نمی‌میره. دل‌تنگ ما هم نمی‌شه. بذار با اشتباه خودش زندگی کنه. بگذار افتد، بیند سزای خویش.

اردشیر فکر می‌کرد مرد خدا را می‌توان به‌خاطر نیکوکاری این‌طور تنبیه کرد.

بهادری تمام دل خوشی‌اش رضایت خالقش بود. در اصل سپهر و خانواده اش به بهادری نیاز داشتند، و او به خدای آن‌ها. هرگز چیزی از کسی تقاضا نمی‌کرد، خود را به رخ نمی‌کشید و حتی برابر چشم نمی‌آمد، فاصله می‌گرفت و با شرافتمندانه‌ترین پیشنهاد به دیگران کمک می‌کرد.

شبی اردشیر، در خواب مردمانی را در خانه و در اطراف خود دید که به او چنگ می‌انداختند و از او می‌خواستند که پدرش را تسلیم آن‌ها کند. احساس کرد که چنگال آن‌ها در سینه او فرو می‌رود. در خواب فریاد می‌زد و به در و دیوار چنگ می‌انداخت. یکی بعد از دیگری را پرتاب می‌کرد و به در و دیوار می‌کوبید، ولی آن‌ها هرگز نمی‌مردند و باز به او حمله می‌کردند. از وحشت بیدار شد و به پا خاست، گفت:

–خداوندا! این چه کابوسی بود که خون رو در عروقم منجمد ساخته. قدرت تکلم و حرکت رو از من سلب کرده؟!

این‌جا... آن‌جا... کنارپنجره... کنار در... کاملا نزدیک... آن‌قدر نزدیک که حتی با یک حرکت شدید خود می‌توانست آن‌ها را لمس کند. نگاه‌های نافذی به اطراف افکند. هنوز آن‌ها را در اتاق می‌دید.

این‌ها همه در یک لحظه بود. مانند برق، و بعد هم ناپدید شدند. انگار

آن آدم‌ها را می‌شناخت. قیافه‌ی آن‌ها چنان در ذهنش نقش بست که گویی از زمان طفولیت این چهره‌ها را می‌شناخته. مدتی همان‌طور مبهوت ماند.

صبح، ماجرای کابوس خود را برای خواهرش و مهرداد گفت. هر دو نفر چهره‌ی صادقانه او را هنگام صحبت نگاه می‌کردند. بعد مهتاب با مهرداد نگاه‌هایی رد و بدل کردند و به این نتیجه رسیدند که پدر را نباید تنها بگذاریم. با تمام مشکلات باید کنارش باشیم.

۱۴

نگین در آموزشگاه ستاره دوره‌ی خیاطی را تکمیل کرد. واقعاً استعداد قوی خیاطی داشت. بهادری مغازه‌ای را به نام نگین اجاره و بالای مغازه تابلوی «مزون نگین» نصب کرد.

نگین با وسایل کارگاه به مزون نگین نقل مکان کرد و این باعث پیشرفت بیش‌تر و خوشحالی و سربلندی‌اش بود. حالا به‌جای وصله‌زدن و تنگ و گشاد کردن لباس‌ها، می‌توانست لباس مجلسی بدوزد.

پس از مدت‌ها انتظار، سرانجام روز موعود فرا رسید و نگین به آرزویش رسید. از سپیده‌ی صبح بیدار بود و هیجان، خواب را از چشمانش زدوده بود. وقتی آفتاب طلوع کرد و اشعه‌ی خورشید به لبه‌ی تخت او پرتاب شد، نگین هنوز روی تخت می‌غلتید. آواز پرندگان گویی او را صدا می‌کرد تا برخیزد. آنقدر تا صبح این پهلو و آن پهلو کرده بود، احساس می‌کرد تنش کوفته است و درد می‌کند، ولی خیلی زود درد را فراموش کرد و هیجان مزون او را به وجد آورد.

وقتی بـه مـزون رسیـد، بهـادری منتظـرش بـود. نگیـن بـه او سلام کـرد و گفت:

-کارهـای شـما نشـون می‌ده آدم فوق‌العـاده خـوبی هسـتین و اخلاق بسیار پسـندیده‌ای داریـد.

بهـادری ایـن حـرف نگیـن را تعارفـی بـرای محبّت‌هایـش دانسـت و گفـت «ایـن یـه وظیفه‌سـت. موفقیـت تـو پسـندیده‌تره.»

***

مـدّتی بـود از شـروع کار مـزون می‌گذشـت. مغـازه در مکان پرتـردد میدان هفت‌حـوض قـرار داشـت. شیشـه‌ی بـزرگ و عریضـی داشـت کـه پـرده‌ی کرکـره کشـیده بودنـد. درش بـه خیابـان بـاز می‌شـد. تعـدادی دوزنـده‌ی حرفـه‌ای هـم در ایـن مـزون بـا نگیـن همکاری می‌کردنـد. چنـد کارگـر پشـت مغـازه کنـار یکدیگـر و نزدیـک بـه هـم نشسـته بودنـد. تعـدادی از زنان نوآمـوز، دامـن و شـلوار آمـاده را اتـو می‌کردنـد.

بـا نظـارت نگیـن، کارهـا به‌خـوبی پیـش می‌رفـت و هـر روز موفق‌تـر از روز قبـل می‌شـد. از وقتـی نگیـن مـزون را افتتـاح کـرده بـود، دیگـر از آن حـزن و انـدوهی کـه سال‌هـا جزئـی از وجـودش شـده بـود، خبـری نبـود.

بهـادری گاهـی بـرای حسـاب و کتـاب بـه مـزون می‌آمـد و پـس از حسابرسـی، آنجـا را تـرک می‌کـرد. همان‌طـور کـه روزگار می‌گذشـت، بـر حجـم شـایعات نیـز اضافـه می‌شـد. بهـادری هـم نگیـن را راهنمایـی می‌کـرد و هـم بـه سـپهر آمـوزش اخلاق می‌داد.

پـس از مـدتی، دادگاه بهـادری را احضـار کـرد. او بـا وکیل‌شـان، بـه دیـدار قاضـی رفتنـد. قاضـی گفـت:

-آقای بهادری، شما مدت چند ماهه که می‌آی و می‌ری و سرسختانه مخالف اعدام هستین، ولی ما بیش‌تر از این نمی‌تونیم پرونده رو عقب بندازیم.

«متاسفم، از دست من چه کاری بر می‌آد؟ من به زمان احتیاج دارم.»

-آقای بهادری، ببخشید که اسباب زحمت شدیم. از شما دعوت کردیم تشریف بیارید این‌جا تا بپرسیم خیال دارید چه‌کار کنین؟ با پرونده چه کنیم ؟ شما می‌تونین قاتل رو عفو کنید، ولی دادگاه او رو به‌خاطر خلاف‌های گذشته و شرارت و جرم علیه امنیت و نظم جامعه و ایجاد وحشت و هراس، به چند سال زندان محکوم می‌کنه. شما می‌تونید تو اون مدت به دیدارش بیاید. با فرزنداتون صحبت کنید تا اون‌ها هم رضایت بدن. البته اگه شما همچنان روی تصمیم‌تون استوار هستین، به این پرونده خاتمه بدیم.

بهادری قلبش به تپش افتاد و رنگ چهره‌اش عوض شد و گفت:

-من حالم به‌شدت بده، اجازه بدید بعداً توسط آقای عادلی به شما اطلاع بدم.

وقتی از اتاق قاضی بیرون آمد، حال خیلی بدی داشت، زیرا از مرگ یک انسان از او می پرسیدند. می گفت:

-رضایت به مرگ انسانی که نفس می‌کشه و خداوند به او حیات داده، از من می‌خوان خلاف میل خدا رضایت به قتل یه نفر بدم. اگه خداوند قادر از من بپرسه مگه من قدرت اون رو نداشتم که جانش رو بگیرم و تو جای من تصمیم گرفتی و خارج از برنامه‌ی من نفس او رو قطع کنی، من چه جوابی می‌تونم بدم؟! بگم نه، تو قادر نبودی که جانش رو

بگیری! تو توانش را نداشتی که به دارش بکشی!

وقتی از قاضی خواست که به خانه بازگردد، خوشحال بود؛ ولی نزدیک خانه که رسید، روحش از هجران زن و فرزند برآشفت و افسرده شد. در خانه، قرص آرامبخش خورد تا کمی آرام بگیرد. چند لحظهای طول کشید تا قرص در بدنش هضم و در رگهایش روان شود. آرامش چون موج آرامی در تنش دوید. بدنش سست شد و سرش از وزش گرم خواب پُر گشت.

نیمه شب در خواب و رؤیا دید که بر تپهای ایستاده است. تپهای که چند چوبهی دار را آماده کرده بودند. صحنهی اعدام در محاصرهی سربازان بود. با این حال تماشاچی زیادی مشتاقانه به رغم گرمای کشنده، این صحنه دلخراش را نظاره میکردند. این مردمان به ندای منادیانی که فرامین دادگاه را مکرر میخواندند، گوش میدادند. در میان اسامی اعدامیها نام اَوستا خوانده شد. تپش قلب بهادری تندتر شد. نفس عمیقی کشید و سعی کرد چیزی بگوید ولی زبانش نچرخید. مأمورین اجرای حکم آماده بودند که اعدامیان را به صحن بیاورند. در میان اعدامیها اَوستا به او خیره شده بود. بهادری فریاد زد:

ـاون اَوستای منه. اون رو نکشید. قاتل کس دیگریه.

ولی کسی صدای او را نمیشنید. او فریاد زد:

ـبهخاطر خدا قتل نکنید. بر زمینش خون نریزید. او قادر است، او تواناست.

قاضی پا پیش گذاشت و مانع اعدام شد و بهسوی بهادری آمد و

نوشـته‌ای را به‌دسـت او داد و گفـت:

-این فرمان توسـت، قـادر تویی و توانا تویی. این قتل نیسـت چون تـو به رضایت خـودت او را محکوم کـرده‌ای.

بهـادری هـواری زد و درمانـده روی سـنگی نشسـت، و هـر چـه خـار و خاشـاک بـر زمیـن بـود روی سـر و صورتـش ریخت و فریـاد زد:

- مـن فرمـان نمی‌دم. مـن مخلوقـم نـه خالـق. مـن خادمـم نـه مخـدوم. مـن فرمان‌بـرم نـه فرمـان دهنـده. آزادش کنیـد.

آن‌قـدر در خـواب فریـاد زد و گریـه کـرد کـه از خـواب بیـدار شـد، و پس از لحظـه‌ای بی‌آن‌کـه چشـم‌هایش را بگشـاید، لعـن و نفرینـش را بـه‌سوی ابلیـس رهـا کـرد و آتـش خشمـش را بـر او نشـانه گرفت.

آن روز نتوانسـت سـپهر را ملاقـات کنـد، چون ناگهـان بی‌هیچ سـابقه‌ای بیمار شـد. می‌لرزیـد و بدنـش انگار در آتش می‌سـوخت و پیوسـته عطش داشـت. نزدیـک غـروب، بیمـاری بـه همـان سـرعتی کـه آمـده بـود، او را تـرک کـرد، اگرچـه کمی احسـاس ضعف می‌کـرد. از جا برخاسـت و از پنجره، رشـته‌های باریـک و مـورب بـاراني را کـه بـاد تنـد آن را می‌شکسـت و منحـرف می‌شـد، تماشـا می‌کـرد. بـاد ماننـد طوفان بـود. همـه چیـز را بـه هوا می‌بـرد و درهـم و برهـم بـه زمیـن می کوبیـد.

می‌خواسـت نـزد سـپهر بـرود و بعـد سـری بـه مـزون نگیـن بزنـد. امـا بـاران، یـأس‌آور می‌باریـد. نـه زیـاد می‌شـد و نـه کـم، ولی بـاد تندتـر و خشمگین‌تـر مـی شـد.

ضربـات بـاد شـاخه‌های یـک درخـت جـوان را کـه گـرد آن عشـقه پیچیـده

بود، در حیاط شکنجه می‌داد. گویی باد می‌خواست این درخت را از بیخ و بن بر کند. شاخه‌ها را به هوا بلند می‌کرد و تکان‌شان می‌داد و مانند کهنه پاره‌ای رهای‌شان می‌کرد.

فردای آن روز هوا بهتر شد. به مزون رفت، از قضا نگین نبود. بهادری از افروز پرسید:

– نگین کجاست؟

«آقای بهادری، من و دخترم آزاده این مزون را می‌گردونیم. نگین نمی‌تونه این مغازه رو اداره کنه.مردم می‌گن اون دنبال خوش‌گذرونی می‌ره. می‌دونید که این دختر در وضعیت نامناسبی در انظار دیده می‌شه. بهادری خجول و فروتن، در مقابل شرح و تفصیل افروز تنها چشم بر هم زد و سکوت کرد. کاملا احساس درماندگی می‌کرد. برای آرام کردن اعصابش ترجیح داد پس از شمارش قبض‌ها و نشانی‌های خریداران، سفارش‌های مشتریان را یادداشت و بررسی کرده، بعد پیاده تا خانه‌ی آذرخانم برود.

آذرخانم شفا یافته بود. روز به روز، سلامت و تندرستی وارد کالبدش می‌شد و حیاتی را که ضعیف در او جریان داشت، تقویت و نیرومند می‌ساخت و اکنون زنی سرزنده و معاشرتی بود و با سر و رویی مرتب در اجتماع نمایان می‌شد.

بهادری به خانه‌ی آذرخانم رسید. زنگ در را فشرد و کسی در را باز کرد. آذرخانم پنجره را باز کرد و به بهادری سلام کرد و پرسید:

–سلام آقای بهادری، چی شد که پیش ما تشریف آوردید؟

«سلام آذر خانم. می‌خواستم بدونم چی شده که دخترخانم شما دیگه به

مغازه نـمی‌ره.»

آذرخانـم بـا تعجب از بـالا بـه بهـادری کـه هنـوز در حیـاط بـود، نـگاه کـرد و پرسیـد:

ـمگه شـما نمی‌دونیـد کـه نگین بـه خیریـه می‌ره. اونجـا بـرای بچه‌هـای بی‌بضاعت روپـوش می‌دوزنـد. نگیـن هـم بـه اونـا کمـک می‌کنه.

بهـادری پشیمان لب‌هـا را گزیـد و گفت:

ـببخشید کـه نمی‌دونستم. ولی من بایـد بدونـم تا مغازه لنـگ نمونه.

از خانـه‌ی آذرخانـم یک‌سـره بـه خیریـه رفـت و نگیـن را آنجـا ملاقـات کـرد. دختـری بـا لباس‌هـای معمـولی کـه هیـچ اشـکالی در لباسـش پیـدا نکـرد.

کـم کـم شـایعه پراکنـده شـد. دوسـتان و بازاریـان بـه نوبـه‌ی خـود بـه بهـادری متلـک می‌گفتنـد. روزی پرویـز نقیبـی کـه مغـازه‌ای هم‌جـوار مغـازه‌ی بهـادری داشـت، بـه دکان او آمـد و گفت:

ـسلام، آقای بهـادری، خوش می‌گذره؟

«مـی‌گذره، چه خوش، چه بد! بالاخره می‌گذره.»

ـچـرا خـوش نگـذره! بـا دختـر جـوون می‌پـری! هـم مـادر و هم دختـر جـوون تـو چنگـت داری! راسـتش رو بگـو، در مقابـل آزادی پسـرش راضی‌شـون کـردی؟

بهادری بـا لحن عصبانی گفت:

ـاون جـای دختـر منـه، خـدا می‌دونـه کـه مـن قصـدم کمکـه و هیـچ چشم‌داشتی از کسـی نـدارم. بـه دختـر مـردم تهمـت نزنیـد کـه تیـغ تهمـت بـرّان هسـت.

این شایعات پراکنده شد و آتشی به دامن این دو خانواده افتاد و می‌آمد که بسوزاند و خاکستر کند. بهادری میخواست به آن‌ها کمک کند، اما زمانی که شایعات پخش شد، مادر و خواهر سپهر احساس خوبی نداشتند و فکر می‌کردند چه کنند تا آبروی این مرد خیرخواه آلوده نشود. مغازه از رونق افتاد و مشتری کم‌تر به مغازه می‌آمد. دیگر پول برای مخارج مغازه و کارکنان کافی نبود.

نگین و مادرش هم از گرفتن مخارج زندگی‌شان از بهادری خودداری می‌کردند. بهادری آن‌ها را مجبور می‌کرد تا پول را از او بپذیرند. آن‌ها به پول احتیاج داشتند و در عین حال از بهادری خجالت می‌کشیدند و به‌دست آوردن لقمه نانی خارج از این کارگاه عملاً برای‌شان مقدور نبود.

کم کم مشتری‌های مزون، به حضور بهادری در مزون نگین روی خوش نشان ندادند. از کنار او می‌گذشتند و حتی سلام نمی‌کردند. زن‌ها از سر راهش کنار می‌رفتند و همین که او را می‌دیدند، انگار که از او می‌ترسند و او را دوست ندارند. مردان سر به زیر انداخته و از کنارش می‌گذشتند.

مغازه‌داران دیگر، با دیدن او شیطنت و شوخی‌های زننده و مشمئز کننده‌شان را آغاز می‌کردند و نجواهای سرزنش‌آمیز بدرقه‌ی راهش می‌کردند.

نگین می‌دانست که این وضع غیرقابل دوام است. روزی رو به مادرش کرد گفت:

-به‌نظرم می‌آد که حالا سربار بهادری هستیم و اون سعی می‌کنه که این موضوع را پنهان کنه تا ما حس بدی پیدا نکنیم.

نگین از آینده وحشت داشت. شدیدا دوست داشت به نقطه نامعلومی، دور از همه‌ی مردم این شهر بگریزد. امّا چیزی مهارش می کرد. زنجیری ثابت دست و پای او را بسته بود. احساسی غریب و ناآشنا که با پای‌بندی و اشتیاق آمیخته بود. به علت نامعلومی با دیدن بهادری، رنگ و رویش عوض می‌شد و هنگام صحبت کردن دست‌هایش را به هم می‌مالید، و پاهایش به لرزه می‌افتاد.

شاید به علت تغییری مؤثر و ناگهانی که در زندگی‌اش افتاده بود و او را به وجد و اشتیاق دعوت می کرد. نگین جوانمردی و محبت و عشق را در وجود بهادری می‌دید که بی‌هیچ توقعی زیر گنبد آسمان در وجود او یافت می‌شد. محبت‌های این مرد، نگین را به‌سوی او جذب می کرد. او را با پدر نداشته‌اش و برادر همیشه سرگردان و دربندش و مردهایی که در اطراف او به رذالت و پستی و دروغ و تزویر بود، مقایسه می کرد.

هر کسی خوشبختی زندگی را در چیزی خوشایند احساس می کند. یک لبخند برای مادر کافی‌ست و برای دیگری عشق است، برای کسی محبت معشوق است، برای کسی یک نفس آرامش و دیگری جرعه‌ای آب است. برای یکی، بودن در حیات است و برای دیگری حس غریبی‌ست.

***

یک روز صبح، شاداب از نفس و نور خورشید از رخت‌ِخواب برخاست و به دیدار بهادری رفت. وقتی رسید، او تنها در مغازه بود. نگین وارد شد و با اندکی تردید اجازه خواست که چند لحظه‌ای با او صحبت کند. نگین درحالی که صندلی‌اش را نزدیک میز او می‌برد، گفت:

-من زیاد وقت شما رو نمی‌گیرم. اجازه بفرمایید برای زحمت‌هایی که به‌خاطر ما متحمّل شدید، چیز ناقابلی خدمت‌تان تقدیم کنم.

بهادری با لحنی محبت‌آمیز جواب داد:

-دخترم، نباید پول‌هات رو خرج دیگران بکنی. این بار هیچ، چون نمی‌دونستی، ولی باید بدونی من از کسی چیزی قبول نمی‌کنم.

نگین با پس‌اندازش برای بهادری پیراهن گران‌قیمتی خریده بود. بهادری از کار نگین تعجب کرد و گفت:

-تو این همه راه اومدی و به خودت زحمت دادی! من راضی نیستم پول زحمت کشیده‌ی خودت رو برای من خرج کنی.

نگین لبخند ملیحی زد و گفت:

-چیزی رو که می‌خوام با شما در میون بذارم، یقیناً تا به‌حال به ذهن شما خطور کرده، ولی امروز می‌خوام...

بهادری که از همان لحظه‌ی ورود نگین رنگش به‌شدت پریده به نظر می‌رسید؛ خم شد و کاغذی را از کشوی میز برداشت و به‌دست گرفت و بدون آن‌که حرفی بزند منتظر ماند تا نگین از نو به صحبتش ادامه دهد. نگین کمی مکث کرد و پرسید:

-مثل این‌که من بد وقتی مزاحم شدم؟

بهادری با دستپاچگی گفت:

-نه، نه، من فقط با وکیلم قرار ملاقات دارم که باید برم. من رو ببخش دخترم. باشه یک وقت دیگر.

نگین عذرخواهی کرد و رفت. بهادری دستخوش مخوف‌ترین و پرعذاب‌ترین ترس‌ها شده بود. او کمی حدس زده بود، ولی

نمی‌خواست بـاور کنـد. نمی‌تواست قبـول کنـد. بهـادری نگیـن را دائمـاً دختـرم صـدا می‌کـرد تـا احسـاسی ماننـد احسـاس، پـدر و فرزنـد در بین‌شان جـا بیفتـد. ولی نگیـن بـه بهـادری علاقه‌مند شـده بـود. بـدون این‌کـه بـرای عاشـق شـدن از او اجـازه بگیـرد. او سرشـار از رؤیاهـا و خیـال پردازی‌هـای دخترانـه بـود.

قلـب یـک دخـتر نوجـوان هفـده سـاله، تنهـا ماننـد سـاقه‌های بـالا روندهٔ مُـو کـه گاهـی بـر یـک سـتون و گاهـی بـر سـتون اَمن‌تـر می‌آویـزد. در چنیـن مرحلـه‌ای بـرای دخـتر تنهـا و یتیـم کـه از زنـدگی بسـیار بحرانـی به‌سـوی موفقیـت و خوشبختـی بـود، بهـادری برایـش شـاهزادهٔ اسب‌سـواری بـود کـه بـرای نجاتـش می‌شـتافت. حـال شـور عشـقی آرام و خفتـه، در روح نگیـن در حـال مـوج زدن بـود.

***

شبی بهـادری گریـان، از دل‌تنگـی زن و فرزنـدش، بـه زانـو نشسـت و از خداونـد طلـب صبـر کـرد. از خـود می‌پرسـید:

ـچـرا خداونـد این‌قـدر بـه صبـر سـفارش کـرده؟ چـرا صابـران رو دوسـت داره؟ در مـدت زمانـی کـه صبـر می‌کنیـم چـه اتفاقـی می‌افته؟ آیـا پخته‌تـر می‌شیـم؟ آیـا منظـور منـع تصمیم‌گیـری عجولانه‌سـت؟ آیـا صبـر، درک عشـق الهـی هسـت؟

ایـن صبـر عظیـم وقتـی کـه بـه فـراق معبـود مبتـلا باشـد، خـود را از هـر چیـزی تهـی می‌بینـد، و می‌بینـد کـه خـود بـه تنهایـی همه‌ی جهـان اسـت. پـاره‌ای از اندیشـه‌ها خـود عبـادت هسـتند. هنـگام اندیشـیدن، لحظـه‌ای پیـش می‌آیـد کـه آدمـی تمـام وجـود خـود را در سـجده‌ی او می‌بینـد.

کم کم بهادری در افکارش عمق این اثر عظیم را دریافت. به روشنایی آفتاب، زمزمه‌ی نسیم، فروغ ستارگان، عطر گل‌ها، نغمه‌ی پرندگان، بارش باران و تمام مخلوقاتی که نغمه‌ی عاشقانه‌ای از او در سینه دارند را درک می‌کرد.

عشق پروردگار را با درخششی آسمانی در سرشت خود می‌دید. او را تقسیم‌ناپذیر و زوال‌ناپذیر، گرمابخش، لایتناهی، وصل‌کننده، از زمین به بلندگاه آسمان می‌دید. می‌دید که پیوندی میان او و جان، سعادتی میان جان و جانان، عظمتی جاودانه از زمین تا نقطه‌ی بی‌پایان آسمان، که در ملکوت جایگاه عشق اوست. عشق حق مانند شعله‌ی آتش در رگ‌های او پیچ و تاب می‌خورد.

«موجودات شریف و انسان‌هایی که قلوبی نجیب دارند، اغلب در اوج شباب به خدای خود متصل می‌شوند و با کائنات هماهنگی ایجاد می‌کنند.»

***

افروز و دخترش آتش‌بیار معرکه بودند و با آتش حسد، این جرقه را شعله‌ور می‌کردند. از روزی که کار را شروع کرده بودند، در فکر پروراندن داستان‌هایی بودند که برای همسایگان و مشتری‌ها نقل کنند. این آتش از حسد بود و دودش به چشم خودشان هم می‌رفت. با همین شایعات، مزون به خطر افتاد. شایعه‌پراکن‌ها کم‌کار و بعد بیکار شدند. این خار اول در چشم خودشان فرو رفت. غیظ و نفرت بهادری از این بود که افروز و دخترش راحتی و آسایش خودشان را هم به فنا دادند. به توطئه‌چینی علیه خودش اهمیت نمی‌داد. بیمناک نبود، اما ترجیح می‌داد

که چون گربه‌ای بگریزد و کسی او را نبیند تا برای نگین و مادرش بد نباشد و توطئه بیش‌تر نشود. با این حال، اصولش به او اجازه نمی‌داد تا روشن شدن حقایق، مغازه‌ی خیاطی را ببندد، یا به جای دیگری نقل مکان کنند.

نگین هم در نهان شیدا و دیوانه‌ی بهادری شده بود. هیچ فکری غیر از او در سر نداشت. روز به روز آتش عشقش تندتر می‌شد و نمی‌خواست به چیز دیگری غیر از او فکر کند.

با این که شب و روز تمام مشکلات و کارهای سخت را بر خودش هموار می‌کرد، اسیر سیلی از افکار ترس‌آلود و عشق خودخواهانه می‌شد. چاره‌ای نداشت. چنان به بهادری علاقه‌مند شده بود که عقل و هوشش را از دست داده بود.

روز دیگری به دیدار بهادری رفت. دست و پایش می‌لرزید. با پای لرزان و لغزان وارد مغازه شد. به مشتی بابایی که شاگرد بهادری بود و کنار در ایستاده بود، سلام کرد و از پرسید:

-آقای بهادری هستن؟ امروز تولدشونه؛ براشون گل آوردم.

مشتی بابایی با تعجب گفت:

-تولد؟! نمی‌دونم تولدش هست یا نه! ولی بفرمایین داخل.

بهادری پشت میز نشسته بود. با دیدن نگین با رنگی پریده و مبهوت از جا برخاست. از نگین پرسید:

-چی شده؟

نگین لبخند زد و گفت:

-انسان‌های مهربان رو هر روز باید گل باران‌شون کرد.

از پاکتی که در دست داشت، گل‌مریم را بیرون کشید و بدون آن‌که حرفی بزند، به‌سوی بهادری گرفت. ساکت ماند تا او حرفی را شروع کند. بهادری به حرف آمد و گفت:

-پنهانش کن! کارهای تو قشنگ نیست. مردم رو تشویق به شایعه‌سازی و تهمت می‌کنی. اولاً هرگز به مغازه من نیا. مردم نمی‌دونن من تو رو مثل دخترم می‌بینم. ما رو اون‌طور که با چشم می‌بینن، قضاوت می‌کنن. من فقط قصد کمک دارم. کمی به آبروی من فکر کن!

نگین وقتی این جملات را شنید، اشکی در گوشه‌ی چشم‌هایش هویدا شد و زمانی که یکی از این قطرات روی گلی که نزدیک سینه داشت، افتاد؛ گلبرگش نمناک شد. بهادری ناراحت گفت:

-لعنت خدا بر شیطون. من مصیبت‌زده هستم. برگرد برو خونه.

بعد، روی صندلی افتاد و با دست‌ها صورتش را پوشاند. نگین با چشم‌های پر از اشک آن‌جا را ترک کرد. بهادری هم رو به مشتی بابایی کرد و گفت:

-می‌بینی مشتی، ابلیس که از مغز و چشم و دل آدمی تغذیه می‌کنه، به هر ترفندی دست می‌زنه تا موفق بشه.

مشتی بابایی هاج و واج به بهادری نگاه می‌کرد. گاهی هم نگاهی به بیرون می‌انداخت، به آن مردان هرزه‌چشمی که با نگاه‌شان رفتن نگین را دنبال می‌کردند.

۱۵

وقتی بهادری از خانه بیرون آمد، نسیمی بر صورتش وزید و چیزی زیر پایش لغزید. نسیم دوم آمد و او چشم گشود و دید که ابری طوفانی، خورشید را می‌بلعد و با تهدید و بی‌رحم از شمال رخ می‌نماید. طوفانی از خاک برخاست و بادی ناگهانی، در طول خیابان به حرکت درآمد. به زبانه‌های رعد و برقی که از کناره‌های ابر بیرون می‌زد، خیره شده بود. به ابرهای آسمان نگاه می‌کرد و کبوتران را می‌دید که بال‌زنان دور و پراکنده می‌شوند تا از طوفان در امان بمانند.

بر سکویی ایستاد. به خوبی می‌توانست حرکت طوفان را ببیند. دستش را سایبان صورت کرده بود. رعد و برق، آسمان تیره را شکافت. برق درخشانی زد و بارش ناگهان آغاز شد. با چنان شدتی می‌بارید، که جویبارهای کوچک اما خروشانی راه افتاد. مرد و زن، خیس از باران با شتاب می‌رفتند تا در پس پرده‌ای دور از آب باران پناه بگیرند.

از سکو پایین آمد و پا بر زمین گذاشت و از سنگ‌های لیز و لرزان

پرید. به هر چه دستش می‌رسید، چنگ می‌انداخت تا تعادلش را حفظ کند. گاه با دست و پا روی زمین می‌افتاد و میان ظلمت و نور و رعد و برق، افتان و خیزان دنبال جان‌پناهی می گشت. قبل از این که جایی را پیدا کند، تا مچ پا در آب فرو رفته بود.

به سختی خودش را به زندان رساند. وقتی وارد شد، کت خیس را تن درآورد و آویزان کرد. سپهر کنار دیوار ایستاده بود وبا چشمانی مشتعل به دیوارهای سلول نگاه می کرد. وقتی بهادری به محل ملاقات رسید، سپهر مثل یخ منجمد شده ایستاده بود. نگاه سردی به بهادری انداخت و گفت:

–حوصله‌م از دست تو تا سر حد مرگ سر رفته. می‌خوام تنها باشم.

بهادری در حالی که نگاه متعجب و وحشت‌زده به اطرافش می‌انداخت با تته پته پرسید:

– چی شده؟ اتفاقی افتاده؟

سپهر دندان‌هایش را به هم فشرد و گفت:

–برام خبر آوردن که تو دنبال خواهر منی، دنبال ناموس من هستی و ملاقات‌هات برای گمراه کردن منه.

به او رسانده بودند که بهادری با خواهر او رابطه‌ی مخفی و اسرارآمیزی برقرار کرده است. حالا سپهر فکر می کرد کسی که خود را دوست خدا معرفی می کند، از خوش‌باوری او استفاده کرده و به او خیانت کرده است، و این داستان کابوس او شده بود.

ناگاه برق سختی زد و تمام اتاق روشن شد و بعد هم صدای رعد برخاست و ساختمان را به لرزه در آورد. نور بالای سرشان صاف توی

چهره‌ی آن‌ها می‌تابید و رنگ پریدگی‌شان به خوبی پیدا بود. شایعات داشت آخرین ضربه‌هایش را می‌زد. بهادری از او پرسید:

ـ اگه حوصله نداری می‌رم، ولی بار دیگه که بر گردم باید صحبت کنیم.

سپهر با عصبانیت حرفش را قطع کرد و بلندتر از قبل در حالی که به میز جلویش مشت می‌کوبید، فریاد زد:

ـ نمی‌خوام ببینمت، به مزخرفاتت هم نمی‌خوام گوش کنم. شما مردهای هرزه که ادعای خدادوستی می‌کنین، از همه‌ی بی‌دین‌ها لجن‌تر هستین. دروغا و درسای گول‌زننده‌ت رو برای دیگری ببر. اگه من نخوام تو به دیدار مادر و خواهرم بری، کی رو باید ببینم؟

بهادری در حالی که ایستاده بود، گفت:

ـ به گفته‌هات فکر کن، ممکنه پشیمون بشی.

در برابر فریادهای سپهر، بهادری خونسردی‌اش را کاملا حفظ کرده بود و سرش را تکان می‌داد. با دقت و حوصله به فریادهای دلخراش سپهر فقط گوش می‌کرد. نمی‌خواست نشان دهد که هراسی از این اوضاع وخیم به دل راه داده است، اما سایه‌ی ترس در چهره‌ی او که از فریادها و دشنام‌های سپهر شوکه شده بود، به خوبی دیده می‌شد. بهادری نزدیک در رفت و با لحنی جدی و متین گفت:

ـ حقیقت مثل چکه‌های آب لوله‌ای که نشت می‌کنه و به مرور کل سقف نم‌دیده رو می‌گیره، به همه جا نفوذ می کنه. شاید تو شایعات بیرون رو شنیدی که این‌طور به هم ریختی، ولی خواهر تو پاک‌تر از یه فرشته‌ست. تو و امثال تو باید دهن‌تون را بشورید تا بتونین اسم اون رو به زبون بیارید.

سپهر به خشم و سرزنش گفت:
- طرفداری تو از یک دختر چه معنا داره؟ فکر می کنی که چون من زندان هستم غیرت ندارم؟
«تو از غیرت چی می‌دونی؟ از دور شنیدن و گفتن که غیرت نیست. هرگز مردانگی خودت را زیر سئوال بردی؟ هرگز از خودت پرسیدی من لایق مردانگی‌هایم هستم یا نه؟ مرد غیرت‌مند کسی هست که از حق و انصاف دفاع کنه. بذار خانواده‌ت با اعتماد و حمایت تو در جامعه موفق بشن. مادر و خواهر تو امروز به شرایط زندگی آگاه هستن و به حقوق خودشون آشنا شدن. حضور بیش‌تری توی جامعه دارن. خواهر تو زمانی آرامش داره که به من مثل پدر، و مادرت به من مثل برادرش اعتماد کنن.»
اما سپهر از حرف‌های بهادری چیزی نمی‌فهمید و متعصبانه از غیرت می گفت و دشنام می‌داد. بهادری از حرف‌های او گیج شده بود. تمام بدنش از خشم می‌لرزید. با مشت به دیوار کوفت و به‌سوی در رفت. لحن سپهر خشک و حاوی تهدید بود و موجب حیرت بهادری شد. سپهر دوباره گفت:
-تا وقتی زنده هستم ازت متنفرم. آدم پست و بی‌ناموسی هستی که از فرصت سوءاستفاده می کنی. ای بی‌آبرو، بی آبرو...
بهادری نمی‌دانست چه بگوید، دنبال واژه‌هایی از این دست می گشت. به یادش آمد که تا آن روز او حتی یک قدم از مرز دوستی‌های ساده و کمک به آن‌ها پا فراتر نگذاشته و خطایی نکرده است؛ اما اکنون او غرورش را شکسته بود. سپهر دوباره با خشم و توهین گفت:

-تمام حرف‌هات چرند و پرند بود. از اوّل تا آخرش دروغه.

بهادری که چشم‌هایش از کنجکاوی برق می‌زد، گفت:

-تمام نکته همین‌جاست که ببینی! زیبایی قضیه همینه! وگرنه هر ابلهی می‌تونه چیزی رو که می‌شنوه، قبول کنه و باور کنه.

سپهر با سگرمه‌های درهم‌رفته گفت:

-از این‌جا برو و هر گز هم برنگرد. هرگز هم نزدیک خانواده‌ی من نرو.

ناگهان تپش قلب بهادری تندتر شد. نفس عمیقی کشید و سعی کرد چیزی بگوید، ولی ترجیح داد، آن‌جا را ترک کند. وقتی از آن‌جا دور می‌شد، با خودش زمزمه کرد:

-این شایعات رو تا هنوز شعله‌ش کوچیکه باید خاموش کنم تا وسعت نگرفته.

از بیرون زندان برای سپهر خبر آورده بودند که بهادری به انتقام از سپهر، قصد تصاحب مادر و خواهر او را دارد. در زندان، هم‌سلولی‌های سپهر به او طعنه می‌زدند و به روی او ریشخند و کلام نیش‌دار می‌زدند. از گوشه و کنایه‌ی زندانی‌ها خسته شده بود. خود را به‌شدت کنترل می‌کرد تا با آن‌ها درگیر نشود.

***

مهتاب و مهرداد که در منزل منتظر پدر بودند، متوجه ورود بهادری نشدند. مهتاب به مهرداد گفت:

-پدرم به خودش ظلم کرده، چون اجازه‌ی ورود آدم‌های سمی رو به زندگی خودش داده. با این‌که دلش شکسته و زخم‌خورده‌ست، باز

دنبال کارای اونا می‌دَوِه.

سپس بغضش را قورت داد و سکوت کرد. وقتی بهادری وارد اتاق نشیمن شد، مهتاب جدی و با رنگی پریده مقابل پدرش ایستاد. بهادری سری تکان داد و به‌سوی رخت‌آویز رفت. کلاه و کتش را آویزان کرد و برگشت روی کاناپه نشست، گفت:

–نمی‌خواین ادامه بدین؟ ما رو هم از سخنان‌تون مستفیض کنین؟!

مهتاب سینی چای در دست، گفت:

–چرا پدرجان! درباره‌ی قاتل و خونواده‌ش صحبت می‌کردیم که شما رو بدنام کردن و از محبّت و خلوص نیت شما سوءاستفاده کردن. باور کنین پدرجان شما دارین به یه سنگ آب می‌دین، باور کنین این سنگ نرم نمی‌شه، توی سنگ گلی روییده نمی‌شه.

بهادری به فکر فرو رفت. با خودش زمزمه کرد «همون اولش هم اشتباه می‌کردم جواب‌شون رو می‌دادم. اشتباه می‌کردم براشون توضیح می‌دادم. نمی‌خواستم این آدما تو خیال‌شون برام فکرهای دیگر بکنن. اشتباه کردم. باید می‌ذاشتم هر چی به ذهن‌شون می‌رسه تصور کنن و تو دادگاه بی‌منطق افکارشون هر چی در توان دارن پشت من بگن و با من بجنگن و محاکمه‌َم کنن.» مهتاب و مهرداد با تعجب به او نگاه می‌کردند. مهتاب خواست از او بپرسد، ولی مجال صحبت به او داده نشد و بهادری درباره‌ی شایعه‌پراکنان ادامه داد «اینا با ذهن‌های کوچک‌شون جز وصله‌های ناجور، چیز دیگه‌ای برای عَرضه ندارند. باید اجازه می‌دادم این کوته‌فکران، مطابق با اصالت وجودشان قضاوتم کنن و از قضاوت‌ها و تحلیل و تفسیرهای غلط از من، عذاب بکشن. من باید

بی‌تفاوت و آرام منظره‌ی عذاب‌شون رو نگاه می‌کردم و لـذت می‌بـردم. اونـا خودشـون رو عـذاب می‌دن و به خودشـون آسـیب می‌زنـن. مـثِ مگـس بـه دام افتـاده، خودشـون رو بـه در و پنجره می‌کوبن و انـرژی و آرامش‌شون رو هـدر می‌دن. بـرام اهمیتـی نـداره، اونـا چی فکر می‌کـردن و حـالا چی فکر می‌کنـن. قضا و قـدر مشغول‌شون می‌کنه و خودشـون شـاهد ویرانی غم‌انگیـز خودشـون خواهنـد بـود. مـن دوسـت دارم شـما با خودتون مسـتقیم و بی‌واسـطه روبـه‌رو بشـین، بـا حقیقـت وجـود آشـنا بشـین، بیـدارش کنیـن و از پوسـته‌ی سـخت بیـرون بیاریـن. از متمایـز بـودن نترسـین. انگشـتنما بـودن بهتـر از احمـق و آدم‌کـش بودنـه. فرزندانـم، پایانی برای این گونه قصه‌ها نیسـت. چـون نـه شـایعه‌پراکن‌ها عاقل می‌شـن و نـه احمق‌هـا از شـنیدنش سـیر.» سـکوت بیـن آنان برقـرار شـد. و مهتـاب دیگـر جـرأت نکـرد چیـزی بگوید.

***

بـاد گونه‌هـای سـرخ درختـان را می‌بوسـید و بـا لـرزه بر انـدام درختـان، برگ‌هـای عاشـق را بـر زمیـن خیـس می‌ریخت. هـوا هنـوز بغـض کـرده بـود. شـب اشک‌هایش را ریختـه بـود و چنـد سـاعتی بـود کـه آرام گرفتـه بـود. امّا هنـوز از شـاخ و برگ‌هـای باقی‌مانـده قطـره قطـره اشـک بـر زمین ریختـه می‌شـد.

بهـادری تصمیـم گرفـت صبـح را از مغازه‌ی خیاطـی شـروع و بـه کـم و کسـری آن‌هـا رسـیدگی کنـد. نـزد نگیـن رفـت. نگیـن کنار پنجـره‌ی مغازه ایسـتاده بـود. یکی از شـاگردان مغازه به او نزدیـک شـد و گفت:
ـ امروز عشقِت نیومد؟

کارگران مغازه با شایعاتی که پخش شده بود، به خودشان اجازه می‌دادند که از افروز و دخترش پیشی بگیرند.

صدای در و سلام بلند بهادری، باعث شد که نگین ناگهان تعادلش را از دست بدهد و به جلو سُر بخورد و مانند کوری که عصایش را گم کرده باشد، به دنبالش بگردد. دست‌ها را دراز کرد تا دستش به گیره‌ای بخورد و کنترلش را حفظ کند. بهادری به‌سوی میز رفت و روی صندلی نشست. از نگین اوضاع مغازه و مشتریان را پرس‌وجو کرد. نگین به‌سوی دفاتر رفت تا به بهادری نشان دهد.

صدای پای آن‌ها افروز را کنجکاو کرد. وقتی صدای پای آن‌ها قطع شد، افروز کفشش را از پا درآورد و به‌سوی دیوار وسط رفت. نفسش را در سینه حبس کرد و به دقت گوش داد. درست در آن دَم که بهادری به یکی از دفترها نگاه می‌کرد، نگین آهسته به دیوار پستو نزدیک شد، ولی افروز ناپدید شده بود. او با همان قدم‌های شبح مانند دوباره به جای خود بازگشته بود و با اخمی زورکی چنین وانمود کرد که مشغول دوخت و دوز است. امّا نگین از نفس نفس زدن او متوجّه شد که حدسش درست بود.

با این که بهادری به خوبی می‌دانست چنین اتهاماتی نه در عمل، نه در اندیشه نمی‌توانست دامن‌گیر او باشد، ولی ناراحت شد و افروز را صدا کرد. افروز نفس‌زنان با چهره‌ای رنگ‌باخته بین مغازه و پستو ماند. بهادری پرسید:

ـ خانم محترم چرا فال گوش ایستاده بودی؟

افروز دستپاچه شد و گفت «نه آقا، به خدا من گوش نمی‌دادم.

نگین‌خانم به همه شک داره. آدمی که چیزی مخفی نداره چرا باید شک کنه؟» سپس با صدای ضعیف‌تری گفت «گویا خودش رب‌النوع نجابته، به خودش شک داره.»

بهادری به افروز گفت:

-از ابرهای تیره و سایه‌های تاریک که دوشادوش شما در حرکت هستن، پرهیز کنین خانم. این عیب‌های بزرگ، افراد بدخواه و از خودراضی رو اسیر و گرفتار می‌کنه.

افروز به‌جای این که از این نعمت استفاده کند و خود و دخترش را از فقر نجات دهد؛ بیش‌تر به‌سوی نابودی می‌رفت. گویا اختر وعده‌هایی به او و دخترش داده بود که او این‌چنین دچار سقوط اخلاقی شده بود.

بهادری گفت:

-خانم افروز، این چه افسونیه که شما را محصور کرده و اسیر گناه و بدبختی و تیره‌روزی و نزول اخلاق کرده؟

افروز از رو نمی‌رفت و همچنان با بهادری چانه می‌زد. بهادری قاطعانه به او گفت:

-خانم لطفاً شایعه پخش نکنین، ای کاش حکمی هم برای این نوع جرم وجود داشت تا مردم رو بی‌آبرو نکنین. این بازی گوشی‌ها و شایعات واقعاً خطرناکن. آتش به دامن خودتون می‌زنین. من رو مجبور نکنین نون شما رو ببرم.

افروز قیافه شاکی به خودش گرفت و گفت:

-ببخشین آقا، ما که بی‌غیرت نیستیم، فقط تماشا کنیم. ما این‌جا دختر داریم. محیط کار باید سالم باشه.

بهادری عصبانی شد و گفت «مثِ این که ما به دو زبان مختلف حرف می‌زنیم؟ خانم محترم! می گم فال‌گوش نأیستید و برای دیگرون خبر نسازین، بفرمایید دنبال کارتون.» بعد با دست به طرف پستو اشاره کرد و گفت «می‌تونین برگردین سر کارتون، ولی بدونین که با قوانین و سرشت طبیعت نمی‌تونین بجنگین. آتشش به زودی دامن‌گیرتون می‌شه.»

نگین از این وضعیت بسیار خشمگین بود. وقتی بهادری از در بیرون رفت، نگین سر خود را از همان در بیرون برده و با نگاه او را تعقیب کرد و زمانی که دیدرس او دور شد، مشت به هم فشرده‌اش را به طرف پستو تکان داد. فریادی در گلویش پیچید و بغضی بر چهره‌اش نمایان شد و پشت میزش نشست و سرگرم الگوی لباس مشتری شد.

***

از خیریه خبر دادند برای کمک به خانواده‌ی بی‌بضاعتی مراسم برگزار می‌کنند. انجمن به حمایت تعدادی داوطلب نیاز داشت. نگین اولین کسی بود که به کمک انجمن شتافت. چندین روز تلاش برای برگزاری جشن او را خسته کرده بود، با وجود این، دست از تلاش نکشید.

روز قبل از برگزاری جشن، سپهر از طریق دوستانش برای نگین پیغام فرستاد که دیگر حق ندارد از خانه خارج شود. نگین دیگر نمی‌توانست در حبس خانگی بنشیند. دختری که اکنون استقلال پیدا کرده بود. سپهر از او بزرگ‌تر بود و فرمان، فرمان او بود. اکنون مانع بیرون رفتن یا معاشرت نگین با دیگران می‌شد. مادر هم حق معاشرت با بهادری را نداشت.

«عجب رسمی دارد این روزگار!؟ زن را از بدو تولد تا هنگام مرگ در پاکتی به نام زن به دست مردان می‌سپارد. بعضی برادر، بعضی شوهر، یا هر کس که در فامیل، نامش مرد است با نام غیرت بر زن حکومت می‌کند.»

نگین دردی را که در قلبش حس می‌کرد، اینک به گلویش رسیده بود و بغض شده بود. چیزی نمانده بود اشکش سرازیر شود. همه داشتند به جشن می‌رفتند جز او. او آرزو داشت که می‌توانست همراه همکارانش باشد و جشن را از نزدیک ببیند. این ظلم بزرگی بود. نگین بیش از دیگران برای برپایی این جشن زحمت کشیده بود و حالا از شرکت در آن محروم شده بود، و این عادلانه نبود.

نگین تمام آزردگی‌های گذشته و حال به او فشار آورده بود. همه‌ی تصمیمات و پیشرفت‌های آینده را نادیده گرفت و دور ریخت. صبح از خانه خارج شد و دیگر باز نگشت. دیگر نمی‌خواست در اطراف خود مصیبت و سختی را ببیند. او مادر ضعیف خود را رها کرد و رفت. درست زمانی که استحقاق آرامش را داشت، همه چیز را به هم ریخت. مادر نگین به دیدار بهادری رفت. وقتی در خانه‌اش را کوفت، او بی‌هوش روی تخت افتاده بود. چند بار سعی کرده بود از جا بلند شود ولی پاهایش به اختیارش نبود، انگار فلج شده بود. بالاخره به هر جان‌کندنی بود از روی تخت بلند شد و در را باز کرد. با دیدن آذرخانم تعجب کرد. آذر از بهادری معذرت خواست و گفت:

ـ من رو ببخشید، ولی من مجبور بودم که پیش شما بیام، چون دیشب

نگیـن خونـه نیامـده و مـن نگرانشـم.

بهـادری بـا شـنیدن ایـن خبـر، چنـان منقلب شـد کـه بی‌اراده بـر صنـدلی افتاد.

بعد بـا تعجـب از آذرخانـم پرسیـد:

ـبرای چی خونه نیومده؟

«نمی‌دونم، شاید به‌خاطر حرف برادرش.»

بهـادری، حیـرت کـرده بـا چشم‌های گشـاد، پرسیـد «حرف بـرادرش؟ مگه چیـزی گفته؟»

ـنمی‌دونم آقـای بهـادری، امـا اخترخانـم فامیـل شـما اعصابـش را خُـرد کـرده بـود. دایـم بهـش طعنـه می‌زد و افتـرا می‌بسـت. بچـهم از زنـدگی بیـزار شـده. صبـح بـه مغـازه سـر زدم، افـروز گفـت «دیـروز بـا یـه مـرد قـرار گذاشـته بـود بـرای دیدنـش بـره.» ولی به‌خـدا دروغ می‌گه.

«شـما بریـد خونـه. مـن می‌رم دنبالـش. چنـد روزی سـرم شـلوغ بـود. حالـم خـوب نبـود بـه مـزون سـر نـزدم. حـالا کجـا می‌تونه رفتـه باشـه؟»

ـنمی‌دونم، چی بگم؟!

آذر را بـه خانـه فرسـتاد و قـول داد دنبـال نگیـن بـرود. پـس از رفتـن آذر، آنقـدر دسـت خـودش را گاز گرفـت کـه خـون راه افتـاد، مثـل حیـوان زخم‌خـورده از تـه دل زوزه می‌کشید. بـه مغـازه‌ی خیاطی رفت تـا صحت و سقم ماجرا را معلوم کند. وقتی بـه مـزون رسیـد، افـروز و دخترش کنـار میـز نشسـته بودنـد. از افـروز پرسیـد «نگیـن کجاست؟»

ـنمی‌دونم، شـاید بـاز هـم بـا کسـی قـرار مـدار داشـته. کسـی از کارش سـر در نمی‌آره.

بهـادری کـه تمـام عضلات چهره‌اش منقبض شـده بود، بـا عصبانیت آنجا

را ترک کرد و جواب افروز را به بعد موکول کرد. افروز هم در حالی که دست‌هایش را به شکل تحقیرآمیزی پس و پیش می‌برد، به‌سوی دیگر کارکنان رفت.

بهادری از مزون به ساختمان خیریه رفت تا از کسی آدرس دوستان و آشنایان نگین را بگیرد. او چند اسم و آدرس از کارکنان خیریه گرفت و حفظ کرد. به اوّلین آدرسی که گرفته بود و امکان بودنش در آن‌جا ضعیف‌تر بود، رفت.

هوا تاریک شده بود. بهادری با تاکسی خود را به آن ناحیه رسانید. کوچه تنگ بود و ماشین‌رو هم نبود. او مضطرب پیاده شد و به اطراف نگاه کرد. وارد کوچه‌ی باریک و تاریک و پر دست‌اندازی شد. به زمین خورد و زانویش خراش برداشت. کوچه تیره و کثیف و کم نور بود. ساعتی در آن کوچه‌ی متروک و غم‌زده دنبال نگین که می‌خواست از پلشتی‌ها فرار کند، گشت. بالاخره خانه را پیدا کرد.

وقتی در خانه را کوبید، متوجه شد که کاملا خالی است. ناامید بازگشت. از سال‌ها قبل همه می‌دانستند که این محله مقر آدم‌های بی‌سروپا و اراذل آفتابه‌دزد است. خانه و مغازه‌ها با آجرهای فرسوده و چوب‌های کرم‌خورده بدون هیچ ترتیبی کنار هم قرار گرفته بودند.

بهادری به سوی آدرس بعدی رفت. با ترس از کوچه‌های پیچ در پیچ می‌گذشت. از کنار دیوار راه می‌رفت. از ترس چشمش می‌پرید و به اطراف نگاه می‌کرد و گاه در پشت دری پناه می‌گرفت.

کارکنان خیریه آدرس خانه‌ای قدیمی در کنار یک باغ را به او داده بودند که با دیواری فرو ریخته از خیابان جدا می‌شد. خیریه از این ساختمان

به نحـو احسـن اسـتفاده می کـرد و رفـاه را بـرای اشـخاص بی سرپرسـت فراهـم
کـرده بـود. مکانـش هـم بهتـر از محله هـای دیگـر بـود.

در لحظـاتی کـه نخسـتین غرش هـای رعدوبـرق بلنـد شـد و بـاران بهشـدت
شـروع بـه باریـدن کـرد، در برابـر سـاختمان فرسـوده ایسـتاد. چراغ هـای ایـوان
روشـن بـود و بـاد شـاخه های درختـان را بـه روی شیشـه خـراش می دادنـد.

بـه در خانـه کوبیـد. زنی در را بـاز کـرد و بهـادری بـدون این کـه منتظـر دعـوت
شـود، مصمـم وارد شـد. نگیـن روی صندلـی چـوبی رنـگ و رو پریـده ای
نشسـته بـود، نگاهی بـه سـوی در انداخـت و بـا دیـدن بهـادری چشـم هایش
برقـی زد. بهـادری بـا صـدای بـم مردانـه اش آرام گفـت «چـرا مـادرت رو تنهـا
گذاشـتی؟ افسـوس کـه فریادهـای مـن بی ثمـر مانـد.» بعـد کمـی نزدیـک تـر
رفـت و نگیـن را از نزدیـک نـگاه کـرد. نگیـن غمزده بـود. از نـور تنـدی کـه
بـر چهـره اش افتـاده بـود، مشـخص بـود چقـدر درمانـده اسـت. بهـادری از
حیـرت نگیـن فهمیـد ترسـیده اسـت. پرسـید:

ـبرای چی از خونه فرار کردی؟ چرا از مشکلات فرار می کنی؟

نگیـن بـا صدایی گرفتـه، آرام گفـت «از زندگـی، از زن بـودن خسـته م. از
این کـه دیگـران بـرام تصمیـم بگیـرن خسـته م. از این کـه هیـچ چیـز نیسـتم
خسـته م. زندگـی انگیـزه می خـواد.» بعـد بـا صـدای لـرزان کـه هـر لحظـه
بلنـد تـر می شـد، گفـت «بایـد بـه فرمـان بـرادرم کـه تمـام خطاهـای دنیـا رو
انجـام داده و بـه جـرم قتـل تـو زندونـه، قـدم بـردارم. مـن کـه تا بـه حال در
زنـدگی قصـوری نکـردم. مـن کـه در تمـام ایـن مـدت عفیـف و نجیـب بـودم،
بـاز بایـد بـا اجـازه ی او زنـده باشـم و نفـس بکشـم.»

دخترانی کـه کنـار نگیـن نشسـته بودنـد، بـا کنجکاوی و حیـرت بـه آن دو

نگاه می‌کردند. بهـادری پرسیـد:

-دیشب کجا بودی؟

نگین یکه‌ای خورد و جواب داد:

-همین‌جا بودم.

بهـادری بـه اطـراف خـود نگاهـی انداخت. دو زن و چنـد دختر بی‌خانمـان بودنـد کـه خیریه ایـن خانـه را برای‌شـان تهیـه کـرده بـود. از ظاهر خانـه چنین بـر می‌آمـد کـه محیطـی راحـت ولـی موقـت اسـت. خانـه‌ای کوچـک و بـا اسبـاب و اثاثی کهنـه و مختصـر بـود. دو پنجـره بـه‌سـوی حیـاط و پنجره‌های دیگـر بـه‌سـوی کوچـه‌ای باریـک بـاز می‌شـد. بهـادری رو بـه نگیـن کـرد و گفت :

-ریشـه و اساس ایـن بی‌قیـدی، نشـناختن امـور زندگی هسـت. برای مبـارزه، آدم سـنگر رو رهـا نمی‌کنه. می‌ایسته و معترضانه از خـودش دفاع می‌کنه. بعـدش بـا صبـر کـه کلیـد پیروزیه بـه هـدف می‌رسه. بـه سپهر وقت بـده تا خـودش رو پیـدا کنـه و خـودش رو بسازه. تـو از کسـی کـه خـودش رو گـم کـرده و تـو دنیـای دیگـه‌ای سیـر می‌کنه چـه توقعی داری؟

نگین که دیگر نشانی از دلخوری در او دیده نمی شد، گفت:

-مردم رو چه کنم؟ با شایعات مردم چه کنم؟

بهادری با تبسمی تلخ گفت:

-وقتی کـه مـردم به‌شـدت مشتاق کسـب خبـر دربـاره‌ی مـا هستند، امـا نمی‌تونـن اطلاعـات موثـقی به‌دسـت بیـارن، مسـتعد پذیـرش شایعه‌ها می‌شـن و ایـن شایعات درسـت در وضعیـت بحرانی آدم‌هـا ساخته و مطـرح می‌شـه و بـر اغتشاشـات فکـری افزوده می‌شـن. شـخص شایعه‌پراکن دلیلی

برای خودش داره که از این طریق ارضاء می‌شه. من یقین دارم که این شایعه مثِ پرده‌ای هست که برای پنهان کردن اهداف خودشون استفاده می‌کنن.

«آخه اینا کی هستن؟»

-همسایه‌هات به تو حسادت می‌کنند. هر آدمی یک روز به آرامش می‌رسه به‌جز آدم حسود...

نگین تکانی به خودش داد و روی صندلی کمر راست کرد و گفت:

-من حاضرم سرم رو بدم ولی حرف زور نشنوم.

بهادری لبخندی زد و گفت:

-با ذات زندگی بیش‌تر تماس بگیر. برای همیشه خوشحال زندگی کن. نباید بی‌نهایت خوشبخت باشی. حد فاصلی بین خوشبختی و بدبختی بذار. چرخ گردون می‌چرخه، چه برای اون‌که می‌خنده، چه برای کسی که گریه می‌کنه.

نگین با بغض گفت:

-مگه من چی کار کردم؟ چرا مردم با من این‌طور رفتار می‌کنن؟

«خیال می‌کنی فقط تو از رفتار مردم رنج می‌بری، همین آدمای عامی و بی‌فرهنگ کلمات رکیک و زشت را پشت هم ردیف می‌کنن و تحویل من می‌دن، ولی من راهم رو پیدا کردم، شاهدی قوی و معتبر بالای سر دارم. کاش قلب‌ها آباد بود. کاش اشک‌ها همه از سر شوق بود. کاش قدم‌ها برای جان‌فشانی بود. کاش قبله‌گاه آدمی مهر و محبت بود. کاش چراغ دل با رمز یا محبت باز می‌شد. کاش دست‌ها برای گره‌گشایی دیگران باز بود. کاش دولت بیدار، بر در هر خانه در پرواز بود. کاش بر

تـن همـه رخـت سعـادت و آرامـش بـود.»

ناگهـان یکـی از دختـرهـای حاضـر از گفتـه‌هـای بهـادری خوشـش آمـد و انـرژی گرفـت و بـا کـف‌زدن از او بـه‌خاطـر حرف‌هایـش تشـکر کـرد. بهـادری کـه هنـوز سرپا کنـار نگیـن ایسـتاده بـود، گفت:

ـحالا بیـا بریـم و مادرت رو از نگرانی در بیاریم.

نگیـن بـرای چنـد لحظـه عـذر خواسـت و از اتـاق بیـرون رفـت. بـا خـود فکـر کـرد کـه نپذیرفتن درخواسـت بهـادری صرفاً بی‌نزاکتی تلقـی می‌شـود و من فرصتـی بـرای افسـوس خـوردن نـدارم. بایـد زندگـی‌ام را بسـازم و حـال ایـن بهتریـن فرصـت بـرای ابـراز عشـقم بـه اوسـت. نگیـن بازگشـت و به بهـادری گفـت «می‌خـوام بـا شـما بیـرون از ایـن اتـاق صحبت کنـم، می‌خوایـن گوش کنیـد؟»

ـمی‌شنوم.

از اتاق بیرون رفتند و روی ایوان ایستادند. بارش باران تندتر شده بود.

اکنـون نگیـن بـا او تنهـا مانـده بـود. درسـت همیـن را از خـدا می‌خواسـت. دلـش می‌خواسـت بـا بهـادری صحبـت کنـد، چـون واقعاً کم‌تـر اتفـاق می‌افتـاد تنهـا بـا هـم صحبـت کننـد. کمی احسـاس حجـب و حیا می‌کـرد و در عیـن حـال، اهمیـت موضـوع طـوری برانگیختـه و شـوق زده‌اش کـرده بود کـه لحظـه‌ای بـه لـرزه افتـاد. سـپس در حالـی کـه بـه‌شـدت می‌اندیشـید سـر آشـتی و سـازش‌کاری داشـته باشـد، در چشـم‌های بهـادری نـگاه کـرد و گفـت:

ـبگیـن کـه من رو بخشیدیـن!

حالـت چهـره‌ی نگیـن بهـادری را غمگیـن کـرد. نمی‌دانسـت چـه جوابی

بدهد که تسلی او باشد. در چنین لحظه‌ای هر کسی آمادگی دارد که به هر نوع دلداری تن بدهد تا طرف مقابلش آرامش پیدا کند. بهادری گفت :

-البته دخترم. می‌دونم که تحت فشار بودی، امّا گریختن از مشکلات درست نیست. ما تماشاگران واقعی زندگی دیگران هستیم، ولی برای زندگی خودمون بازیگر واقعی هستیم، با این تفاوت که زندگی صحنه تئاتر نیست که تو ناگهان تغییراتی به زندگی خودت بدی و عاشق و احساساتی بشی. دخترم کمتر کسی می‌تونه دقایق عمر خودش رو به‌دلخواه خودش استفاده کنه، بعضی مواقع تحقق خواسته‌های آدم میسر نیست. آدم در مسیر خواسته‌هاش هر بار به مانعی برمی‌خوره که باید تلاش کنه و مانع رو از سر راه برداره.

نگین که با نهایت دقت به چهره‌ی بهادری دقیق شده بود گفت:

-آقای بهادری، من حرفای شما رو خوب نمی‌فهمم، ولی بیش‌تر از شما ناراحت بودم که فرار کردم.

نگین از فرط گریه می‌لرزید، وقتی به بهادری نگاه می‌کرد قلبش فشرده می شد. به صورتش نگاه کرد و گفت:

-فقط خواستم بگم که شما هیچ‌وقت نخواستی از عشق من چیزی بدونی. من هم نمی‌خواستم با خودخواهی خودم، شما رو عذاب بدم. من این‌قدر دوست‌تون دارم که حاضرم جونم رو فدای شما بکنم. قلبم مدام برای شما می‌تپه. یک قلب پر حرارت، حق‌شناس، عاشقی که همیشه مال شما خواهد بود. خواهش می‌کنم من رو سرزنش نکنین. من نمی‌خوام چیزی رو از شما پنهان کنم.

وقتی بهادری به حرف‌های نگین گوش می‌کرد، حس کرد که رگ‌های گردنش می‌زند. ناگهان خودش را حیرت‌زده و گیج و منگ یافت.

نگین گریه و ناله می‌کرد و بهادری سعی می‌کرد او را آرام کند. بهادری دست‌خوش ناراحتی شدید وجدان و اضطراب شد و حتی می‌ترسید عنان اختیار خود را از دست داده و به این وسیله حس اعتماد دخترک را کاملا از دست بدهد. حتی او از این بیمناک بود که حرفی به زبان بیاورد که بعدها از گفتنش پشیمان شود، بنابراین سخت به تلاش افتاد، بر خودش چیره شد و تا سر حد امکان با لحنی آرام و با خونسردی گفت :

ـ دخترم، می‌دونم تو غمگینی و آسیب دیدی. احساس تو پیش من محترم و مقدس باقی می‌مونه. من به این محبت تو ارزش می‌ذارم و نسبت به اون وفادار خواهم ماند. رهاش نمی‌کنم و دوستی و محبت تو رو همیشه توی قلبم خواهم داشت. بذار آسمون زندگیت همیشه صاف، با لبخند شیرین پیوسته شاد و دور از درد بمونه. من همیشه مثل یک پدر پشتیبان تو خواهم بود. شاید ترس از دست دادن من رو به این روز انداخته، ولی من قول می‌دم که مثل پدری مهربان، استوار و دلسوز کنار تو باشم. امّا اون مردی که تو از من می‌خوای باشم، اشتباه می‌کنی. من بعد از همسرم، همسر دیگری نمی‌خوام. خاطرات و عشق او برام مقدسه. با رفتن اون، نیمی از من هم رفت. نیمه‌ی دیگرم جانی هست که فقط نفس می‌کشه.

دخترم، سعی کن رویاهای خودت رو زنده نگه داری. تو لایق مرد

بهتـری هسـتی. جوانی کـه عاشـقانه تـو رو بخـواد. هم‌دمت باشـه. بـا هـم جـوونی کنیـد. بـا هـم پیـر بشیـن. صاحـب فرزنـد بشیـن.

بهادری نفس عمیقی کشید و گفت:

ـ دختـرم، تـو نمونـه‌ی کامـل شـجاعت و شـهامت و فعالیـت هسـتی. مصائـب و پیش‌آمدهـای ناگـوار و هولنـاک تـو رو از کار بـاز نمی‌داره. بیـم و هـراس و یـأس و ناامیـدی رو هرگـز در خاطـرت راه نـده، بلکـه پیوسـته بـا اراده و عزم و همـت، و فکـر و تدبیـر و تـوکل بـر آفریننـده‌ی جهان، بـه دفع موانـع و رفع مشـکلات زنـدگی بپـرداز. ایـن رو بـدون کـه تـرس مـثِ چـوب لای چـرخ زندگیـت هسـت. پـس محکـم بأیسـت تـا راحـت نلغـزی.

بهـادری حرف‌هایـش را بـا چنـان آرامـش و خونسـردی بـه پایـان بـرد کـه گویـی بـا دختـر خـودش صحبـت می‌کنـد. نگیـن از لحـن مهربـان، گـرمی صـدا و آهنـگ مؤدبانـه‌ای کـه بهـادری در صحبـت بـا او بـه کار می‌بـرد، متعجـب شـد. به‌خصـوص کـه می‌دیـد در گفتـار او اثـری از تحقیـر یـا نارضایتـی دیـده نمی‌شـود، آن‌گاه چهـره‌اش غـرق در اشـک شـد. بهـادری مطمئـن شـد، پـس از ماجراهایـی کـه بیـن نگیـن، او و خانـواده‌اش گذشـته، می‌توانـد بـا نیـت پـاک و بـدون چشم‌داشـت کمک‌شـان کنـد.

ـ از زنـدگی الان خـودت راضـی بـاش دختـرم. بیش‌تـر خردمنـدان معتقدنـد سـعادت حقیقـی در همیـن زنـدگی متوسـط هسـت و از خـدا می‌خـوان کـه اونـا رو هـم از رنـج و فقـر و بیچارگی، و هـم از ثـروت فـراوان در امـان نگـه داره.

نگیـن، در مقابـل مهربانـی و محبـت زیـاد او سـر فـرود آورد و جویـای حـال مـادرش شـد. بهـادری بـا تأثـر و دل‌سـوزی گفت:

ـ والله تا اونجا که برای من ممکن بود، مادرت رو آروم کردم، بقیه‌ش پای خودت.

به ملایمت چشم سوی بهادری برگردانید. نگاهش با نگاه او مصادف شد و سرش را دوباره به زمین دوخت. تشنه‌ی محبت بود که در خانه‌اش نبود. کمبود پدر و سردی‌ای که در خانه حاکم بود. به‌خاطر مادر مریض و نبود پدر در خانه، روابط عاطفی درستی در خانواده نداشت و به محبت بسیار نیاز داشت. حالا از نظر عاطفی و غریزی، قلبش او را به‌سوی عشق بهادری می‌کشید. نگین راضی شد و با بهادری به خانه بازگشت. بهادری او را به خانه رساند و خودش از آنجا رفت.

وقتی نگین وارد خانه شد، نتوانست با مادرش صحبت کند. هرچه آذرخانم صدایش کرد، جواب نداد و به اتاق خودش رفت. مدتی را در هیجان و اضطراب سپری کرد. روی تخت دراز کشید و مدتی به سقف خیره ماند. نمی‌توانست جواب منفی عشق را هضم کند. به‌سوی پنجره رفت و مثل آدم‌های منگ کنار پنجره ایستاد. پیشانی‌اش را بر شیشه گذاشت، چند ضربه‌ی کوچک به آن کوبید، دوباره به‌سوی تخت آمد. هوا هنوز اخم کرده و نمناک و دلگیر بود.

روی تخت نشست. چشم‌های نمناکش می‌درخشید. اندوهی بر این قیافه‌ی دردناک تار می‌تنید. سکوتی غیرطبیعی در فضا بود. گویی این سکوت، همه‌ی صداها را می‌بلعید و خفه می‌کرد. سکوتی که مثل برگ درختان بید بدون باد بلرزد. چنان سکوت عمیقی بود که صدای نفس‌هایش را می‌شنید. صدای کوبش خون را در شقیقه‌هاش می‌شنید. به سکوتی ژرف فرو رفت. پس از چند دقیقه آهی کشید و گفت:

-خدایا، به عشق من پاسخ منفی داد. شاید نباید از نیت خیر و بشردوستانه اش سوءاستفاده می‌کردم! شاید گمان می‌کنه...

در به‌صدا درآمد و مادرش وارد شد و پرسید:

-نگین، من نباید بفهمم تو داری چی کار می‌کنی؟ تو چی می‌خوای که از خونه فرار می‌کنی؟

«من چیزی برای گفتن ندارم.»

این حرف سرآغاز یک بگو مگو بود. آذرخانم گفت:

-چرا دیگران رو ناگزیر می‌کنی در برابر بوالهوسی‌های غیرمنطقی تو، هر چند خلاف عقل سلیم باشه، سر تسلیم فرود بیارن؟

نگین در گیرودار سرزنش‌ها و عتاب و خطاب‌های مادرش آتش خشم و دلخوری‌اش شعله‌ور شد و بیش از پیش برافروخت.

-از زندگی، از خودم، از زمین و زمان بیزارم. این زندگی برام تلخ و آزاردهنده‌ست.

سپس آهسته و نجواگونه گفت:

-من فکر می‌کردم عشق عشق می‌آره، و او چیزهایی از عشق من رو درک کرده و به من علاقه‌مند شده. تمام مدت کوشیدم به او بفهمونم از داشتنش، قلبم از شادی و شعف لبریزه.

آذرخانم بغضش ناگهان ترکید و با گریه به اطرافش نگاه کرد و سپس رو به نگین کرد و گفت:

-دخترم، زندگی ما دچار تغییر ناگهانی شده و زندگی یهباره چهره‌ی دیگه‌ش رو نشون داده و تو در این بین، گیج شدی و برداشت‌های نادرست کردی.

«مامان، خسته‌َم، شاید شما راست می‌گین، ولی من توان حرف‌زدن رو ندارم باشه برای فردا.»
آذرخانم خاموش شد و حیرت در چهره‌اش باقی ماند. نگین می‌کوشید لبخند بزند، ولی اندوهی ژرف در قلبش پدید آمده بود که مانع می‌شد. هنگامی که نگین سر بلند کرد و به چهره‌ی مادرش نگاه کرد، ناگهان قطره‌های اشک از روی گونه‌هایش سُر خوردند.

نگین تمام شب را در تب شدید سوخت و هذیان گفت. فردای آن روز نزدیک ظهر، آذر نگران احوال دخترش شد و به اتاق او رفت. نگین را صدا کرد و هیچ جوابی نشنید. به تختِ‌خواب او نزدیک شد. از صورت سرخش فهمید که دخترش در تب شدید می‌سوزد. به بهادری خبر داد که نگین به‌شدت بیمار است.

***

هوا آلوده بود. مردم داشتند در اتوبوس پر ازدحام خفه می‌شدند. مسافرها از یک اتوبوس به‌طرف اتوبوس دیگر می‌رفتند. یک تکه اَبر سیاهِ غلیظ در آسمان می‌خزید و گسترده‌تر می‌شد. طوفان نزدیک می‌شد.
بهادری خودش را به اتوبوس رساند و سمت راست روی صندلی تکی نشست. کاملاً خودش را به پنجره چسبانیده بود. پیاده‌روِ سمت راست خیابان را که کنار ساختمان تئاتر شهر بود، زیر نظر داشت. رهگذرانی را که در خیابان در آمد و شد بودند، وارنداز می‌کرد. سعی می‌کرد با نگاه کردن کمی ذهنش را آرام کند، ولی موفق نمی‌شد خاطرات زن و فرزندش را از ذهنش بیرون کند.

از اتوبوس پیاده شد. گردبادی شاخ و برگ‌ها را در هم پیچید. گویی باد شوخی‌اش گرفته بود. گاهی کلاه از سر مردی برمی‌داشت و گاهی زیر چادر و مانتوی زن‌ها می‌خزید و آن‌ها را معذب می‌کرد. برقی زد و رعدی غرید. دانه‌های درشت باران، ناگهان روی پیاده و سواره و زن و مرد بارید. بهادری به خانه‌ی آذرخانم رسید، با حیرت پرسید:

ـ چی شده؟ نگین که دیشب حالش خوب بود؟

آذر به بهادری نگاه کرد و کمی مکث کرد و گفت:

ـ من با سئوال و نصیحت امیدوار بودم وادارش کنم حرف بزنه، ولی دهنش رو چنان بسته که انگاری سوگند خورده حرفی نزنه.

«از رمزآلود و در لفافه صحبت کردن خوشم نمی‌آد، اصولاً از ایما و اشاره و دو پهلو گویی بدم می‌آد.»

آذر با بغض گفت:

ـ شما چیزی می‌دونید که من نمی‌دونم؟! نگین خیلی عوض شده، بی‌تاب و مضطرب شده. یه رازی داره که من ازش بی‌خبرم.

«شما مادرش هستین و از همه بهش نزدیک‌ترید. شما باید بدونین. می‌دونم مریضین و گرفتار پسرتون هستین، ولی دخترتون، دختر عاقلیه. کمی راهش رو گم کرده، به‌زودی سرپا می‌شه. آذرخانم، از شایعات پرهیز کنید و ارتباط‌تون رو با همسایه‌های قدیمی قطع کنید. به‌زودی همه چیز درست می‌شه و سر جای خودش قرار می‌گیره. کمی به فرزندان‌تون وقت بدین تا درباره‌ی زندگی و آینده‌شون فکر کنن.»

آذر خانم سکوت کرد و با اشاره دست به‌سوی اتاق نگین گفت:

ـ بفرمایید داخل اتاق. من از کارهای نگین سر در نمی‌آرم. حتماً به شما

گفتـه کـه دردش چیه.

بهـادری چنـد سـاعت کنار تخت خـواب نگیـن نشسـته بـود. چشم‌هایش را حـتی یـک لحظـه از چهـره‌ی او بـر نمی‌داشـت، و نیـز از روی گونه‌هـای گداخته و مژه‌هـای ظریـف و زیبایـش کـه روی انـدوهی ناگفتـنی بسـته شـده بودنـد. موهایش کـه روی بالـش رها شـده بودنـد. به نفـس نامنظـم و دشـوارش گـوش می‌داد.

ابلیس بـه دیـدار بهـادری آمـد. فضـا را زیبـا و عاشـقانه برایـش آراسـت. گـویی ایـن شـب ژرف و زیبـا را بـرای او آراسـته بودنـد. ستاره‌ای در درون او سوسـو می‌زد.

بـرای لحظـه‌ای گنـاه برایـش مقـدس جلـوه کـرد. دیگـر محدودیتـی را احسـاس نمی‌کـرد. دلـش، عشـق را بـدون محدودیت بـه جان می‌پذیرفـت. ناگهـان بـه خودش آمـد و بـه زانـو نشسـت. چنـان بـه زانـو افتـاد کـه سـکوت خانـه را شـکافت. بـا نالـه از خداونـدگار خـود خواسـت کـه او را از تاریکـی درآورد و بـا نـور خـود او را پـاک گردانـد. تیـرگی و سـیاهی افـکار را از ذهنـش بزدایـد و ابلیـس را از او دور کنـد. بـا خـود گفـت «خـدای مـن، نمی‌دونـم چی شـده کـه منطـق خـودم رو از دسـت دادم. اجـازه دادم احساسـم لحظـه‌ای بـه بیراهـه بـره. پسـرم، شـیره‌ی جانـم، بـوی بهشـتم. همسـر نازنینـم، همـه‌ی وجـودم. چطـور لحظـه‌ای غافـل شـدم و بـا نـگاه کـردن بـه ایـن دختـر داشـتم بـه دام می‌افتـادم.»

ایـن بیـداری از یـک عظمـت درونـی بکـر بـود کـه او را فـرا گرفـت، و ایـن همـان آزادی معنـوی بـود کـه زنـدگی را پـر معنا و بـا هـدف می‌سـازد.

تا صبح روی صندلی نشسته خوابید. وقتی صبح بیدار شد. نگاهش را بهسوی نگین انداخت، نگاه او را، حیران بر خود دید. و از جا برخاست و از او پرسید:

ـدخترم چی شده؟ چرا به این حال افتادی؟

بهادری از دکتر خانوادگی خود خواهش کرده بود که به دیدن نگین بیاید. در همان لحظه که نگین چشمهایش را گشوده بود و با حیرت به بهادری نگاه می کرد، آذرخانم و دکتر وارد اتاق شدند.

بهادری متحیّر شد، زیرا حال نگین بهتر شده بود و دیگر تب نداشت. تنگی نفس نداشت و ضربان نبض او معمولی بود. گویی یک نوع حیات ناگهان پدیدار شده بود که او را از نو به حرکت در آورده بود. خوشحال بود که نگین سلامتی‌اش را به دست آورده است. تصمیم گرفت که به خانه برود. هنگام رفتن، بهادری رو به نگین کرد و گفت:

ـباید یاد بگیری دیوار خوبه و سایه‌ی درختان مطلوبند، امّا هیچ تکیه‌گاهی ابدی نیست.

نگین نفس عمیقی کشید و انرژی تازه‌ای گرفت. بعد با آرامشی حیرت‌آلود فضای اتاق را نگاه کرد. می‌خواست که مثل قبل خوشبختی را حس کند و دوباره زندگی عادی خود را شروع کند.

پس از آن روز، نگین تمام وظایفش را انجام می‌داد و فرمان‌های مادرش را اجرا می‌کرد. حرکاتش بی سر و صدا و آرام بود. رفتار متین او، اندام، صدا و چشم‌های سیاه و موهای زیبایش بر حسادت دیگران می‌افزود و افروز و دخترش آزاده را بیش از پیش آزار می‌داد. ولی نگین با اعتماد و ایمان بهسوی آینده پرواز می‌کرد.

***

به خواهـش خانـواده‌ی تیمـوری؛ بهـادری، کـه انسـانیت، اخلاق، فـداکاری و دلسـوزی جزو صفـات و سـرمایه‌اش بود، بـرای رهایـی ارسلان از خطر اعدام به خیریـه رفت و در دفتر خیریـه با خانـم شـفیعی روبـه‌رو شـد و گفت:

ـببخشـید کـه مزاحم‌تـون شـدم. بـرای کار ارسلان تیمـوری اومـدم. امیدوارم مزاحم نباشـم؟

«به هیچ‌وجه! من می‌خواسـتم دربـاره‌ی خودمون با شما صحبت کنم.»

بهـادری بـا حیـرت گفت «دربـاره‌ی خودمون!؟ مـا حرف‌هـایی خودمانی داریـم؟»

شـفیعی از جا برخاسـت و به‌سـوی بهـادری آمـد تا به او نزدیک‌تـر باشـد. بهـادری ماننـد بـرق گرفتـه‌ها خـود را کنار کشـید؛ امـا شـفیعی خیلـی خودمانـی گفت «این‌طـور بـا سرسـختی عشـق مـن رو رد نکنیـن! من واقعاً صادقانـه شـما رو دوسـت دارم.» بهـادری سـرش را پاییـن انداخت و گفت «خداونـد بـه شـما عـزت و بزرگـی بیش‌تـری بـده و همون‌قـدر کـه مـن در ایـن مـدت شرمسـاری و مصیبـت کشـیدم، شـما غـرق در سـعادت و خوشـبختی باشـید. از ملاقـات امـروز شـما هـم خـوش‌وقتـم و از ابراز لطفـی هـم کـه به‌مـن می‌فرماییـد سپاسـگزارم، ولی مـن بـرای آزادی انسـانی پیـش شـما اومـدم.»

هـر دو بـا افکار عمیـق و حزن‌انگیـزی دسـت بـه گریبان بودنـد و سـئوالات یکدیگـر را بـا تألـم و آهسـتگی جـواب می‌گفتنـد. یکـی از تـب عشـق می‌سـوخت، دیگـری قلبـش منجمـد شـده و عشـق گریزپـا بـود. بهـادری واقعاً مضطـرب بـود در اوضاع فوق‌العـاده دشـواری قـرار گرفتـه

بـود. احسـاس می‌کـرد کـه آن شـخصیت قـوی و پرهیبتـش میـان جسـمی کـه زمانی شکسـت‌ناپذیر و نیرومنـد بـود، زنـدانی شـده است. اکنـون غـم و مصیبـت همـان جسـم را بـا غـل و زنجیـر بسـته بـود. روحـش در تاریکـی و ظلمـت و سـکوت محبـوس شـده بـود. اجتمـاع، بیـن او و خانـواده‌ی مظلومـش فاصلـه انداختـه و سـدی عظیـم و هول‌انگیـز کشـیده بـود. روان وی در سـکوت و ظلمـتی کـه برایـش فراهـم کـرده بودنـد، می‌سـوخت و می‌سـاخت. گویـی قایقـی بـه آغـوش دریـای پـر تلاطـم سـینه می‌کشـد.

از در خیریـه کـه خـارج شـد، بـه جـای مغـازه بـه خانـه بازگشـت و مـدتی در ایـوان خانـه روی صنـدلی تاشـوی چـوبی نشسـت. از ایـن برخوردهـای عجیب از پـای در آمـده بـود و بیش‌تـر فکـر می‌کـرد کـه تمـام ایـن صحنه‌هـا رؤیایـی بیـش نیسـتند. سـعی می‌کـرد بـه افـکار مغشـوش خـود نظـم و ترتیـبی بدهـد.

۱۶

بهـادری بیش‌تـر بـه نگین و سپهر فکر می‌کـرد و تمایـل شـدید بـه نجـات این بـرادر و خواهـر و بیـدار کـردن نور امیـد در قلب آن‌هـا را داشت. نگین هـم وقتی بـه خانـه بازگشـت، بـر اثر افکار مختلـف بـا تردید بـه آینـده نگاه می‌کـرد. روزی در مغـازه رفت، از بهـادری پرسید:

- آخرش فهمیدین چه کسی شایعه‌پراکنی کرده؟

بهادری تبسمی کرد و گفت:

- کسی کـه نـون و نمـک مـن رو خـورد و بی‌درنـگ آب دهـان بـر مـن انداخت. مـن خـودم نـون و نمـک دادم، ولی نـون و نمـک کسی رو نخـوردم.

بهـادری بـا خـودش فکـر کـرد بایـد از همـه‌ی امکانـات ممکـن استفاده کـرد، تا شـک بـه این خانـواده و دروغ بـودن شـایعات را روشن کنـد و مچ شایعه‌سـاز را بگیـرد.

یـک روز مشـتری از اتـاق پـرو نگیـن را صـدا کـرد و او بـه‌سـوی اتاقک رفت

و گفت:

- چقدر خوب شد! چقدر برازندهی شماست.

مشتری با لبخند رضایت بر لب گفت:

- آره، خیلی خوب شد، نمیدونستم لباسم به این زودی آماده میشه.

«بذار یهبار دیگه ببینم اشکالی نداشته باشه.»

مشتری جلوی آیینه چرخی زد و گفت:

- فقط احساس میکنم زیر بغلم کمی تنگه.

«درستش میکنم.»

نگین نخ زیر بغل را کمی با دست پاره کرد و از مشتری پرسید«بهتر شد؟»

- آره خوب شده، عالیه.

در همین حین، افروز در اتاق پرو را باز کرد و به مشتری گفت:

- شما فکر میکنید عالی شده! یه لحظه صبر کن ببینم. بهتره قبل از تشکر خوب دقت کنی تا اشکال لباس رو ببینی.

افروز پا فراتر گذاشته بود و از کار نگین حتی جلوی مشتریها ایراد میگرفت و باعث شک و تردید مشتری میشد.

بعدازظهر همان روز، بهادری همراه جوانی به مغازه رفت. تعارف کرد و جوان روی یکی از صندلیهای اتاق انتظار نشست. بهادری افروز را که مطابق معمول برای فضولی آمده بود، صدا کرد و گفت:

- اختر خانم، دوست شما، برای شما و دخترتون کار دیگری پیدا کرده، بهتره نزد استادتون برید.

افروز دستپاچه شد و گفت:

-به خدا آقا من چیزی نگفتم، چرا من رو بیرون می‌کنین؟

بهادری به طعنه پاسخ داد:

-اخترخانم کار مناسبی بـرای شایعه‌سازی براتـون در نظر گرفته. بفرمایید کارتـون را بـا اون ادامـه بدیـد.

افروز به گمان این کـه اختر او را مسبب شایعه‌پراکنی معرفی کرده است، بـه بهادری گفت:

- اختـرخانـم، خـودش گفـت جاسـوسی شـما رو بکنـم. تو رو خـدا مـا رو بدبخت نکنیـن! مـن می‌دونسـتم اون زن فتنه‌گـری هست.

بهادری رویش را به‌سوی دیگر گرداند و گفت:

-همون‌طور که گفتم، جای شما دیگه این‌جانیست.

افروز اشک تمساح ریخت و گفت:

-آقاجان ایـن بـه جـای اجـر و مزد منه؟ سرزنش و بدگـویی تحویلـم می‌دیـد. تـازه می‌خوایـن بیرونـم کنین. خدا چوبـش رو بهتـون می‌زنه.

افروز و دختـرش از مغـازه رفتنـد و بهادری، جوان را بـه نگین معرفی کرد و گفت:

-از امـروز حسـاب و کتـاب شـما بـا آقـای جبلـی هسـت و مـن دیگـه بـا مغـازه‌ی شـما کاری نـدارم. ایشـون جـای مـن بـه شـما کمـک می‌کنن. جبلـی کـه حسابدار مغـازه‌ی بهادری هـم بـود، حسابداری مغـازه‌ی خیاطی را هـم بـه عهـده گرفت. ایـن حسابدار کارش را بـه تـازگی نـزد بهادری شـروع کرده بـود. بهادری احسـاس کـرده بـود دیگـر قـدرت کافی بـرای کارهـای مغـازه و حسـابرسی را نـدارد، بـه همیـن خاطـر حسـابرسی مغازه‌هـا

را به این جوان سپرد.

***

وقتی به زندان نزد سپهر رفت. سپهر را خشمگین‌تر از قبل یافت. دست‌های او زخم برداشته بود. صورت و سر و وضعی مصیبت‌زده داشت. بهادری علت جراحت‌هایش را پرسید:

ـ بنده‌ی خدا چه اتفاقی برات افتاده؟ آثار جرم در چهره‌ت مشهوده.

«جرمی مرتکب نشدم؛ خودزنی کردم.»

ـ ما مسئول سلامت خودمون هستیم و حفظ جان بر ما واجبه.

سپهر با خشم گفت:

ـ دلم می‌خواد سرم رو از دست تو به دیوار بکوبم. به من خبر دادن تو باز با خواهرم بودی. دروغ نگو، تو رو دیدن.

بهادری یک قدم به‌سوی میز برداشت و گفت:

ـ برداشت نادان از چیزی که شایعه‌پراکن‌ها می‌گن هیچ‌وقت درست نیست. چون نادان هر چیزی رو که می‌شنوه، به چیزی که بتونه بفهمه تفسیر و ترجمه می‌کنه. خواهر تو به خاطر همین شایعات از خونه فرار کرده بود. اون از زندگی فرار می‌کرد. من فقط اون رو به مادرت برگردوندم.

سپهر از خشم دندان‌هایش را به هم می‌فشرد و با صدایی دورگه گفت:

ـ تو زندون هم‌بندای من می‌گن تو به مادر و خواهرم نظر داری، به‌خاطر همین ملاقات من می‌آی تا من رو راضی کنی.

بهادری صندلی را به‌سوی خودش کشید و روی آن نشست و گفت:

ـ راضی به چی؟ تو یه اعدامی هستی. کمی فکر کن. من بعد از اعدام

تو به راحتی می‌تونم خواسته‌م رو عملی کنم. پس چرا حالا از جانب تو به خودم دردسر بدم؟ بنده‌ی خدا، عاقل با ساز دیگران که نمی‌رقصه. برده‌ی افکار دیگران نمی‌شه. برده‌ای که مانند رقاص و دلقک به ساز اون‌ها برقصه و آخرش دردمند و آزرده از رفتار دیگران گوشه‌ای، خودش رو زخمی کنه.

سپهر مضطرب و رنجور نشان می‌داد و دست‌هایش را از ناراحتی به هم می‌مالید. گونه‌ی رنگ پریده‌اش سرخ شد و در چشمانش درد شدیدی مشهود بود. معلوم بود عواطفش را سخت برانگیخته‌اند. دلش می‌خواست چیزی بگوید و غم دلش را بیرون بریزد. دیگر به بهادری اعتماد نداشت. از او بیزار بود. نسبت به هر چیزی که می‌دید و هر چیزی که احاطه‌اش می‌کرد بدبین بود، و همه‌ی کسانی که از مقابلش می‌گذشتند، در نظرش پلید می‌نمودند. دچار خشم و عصبانیت و ترس و هراس تحمل‌ناپذیری شده بود. سپهر در حالی که شانه‌هایش را به دیوار تکیه داده بود لب‌هایش را می‌گزید گفت:

ـ خواهر من همیشه محتاج نوازش شدنه. دست محبت کسی رو پس نمی‌زنه.

بهادری قیافه‌ای جدی به خود گرفت و گفت:

- چیزی بهت می‌گم که ختم کلام باشه و تمام حقیقت. آگاهی چراغ راه هست و آگاهی و خرد با عشق عجایب می‌آفرینه. عشق عاطفه می‌آفرینه و اگه عاطفه نباشه جز ویرانی و تباهی چیزی باقی نمی‌مونه. حالا خود دانی. در زندگی هم جبر هست و هم اختیار. امروز به اختیار توست، تا چه بکاری! امّا فردا جبر هست، چرا که به اجبار باید درو کنی هر

آنچه که دیروز به اختیار کاشتی. پس مواظب رفتار و اعمالت باش. من خانواده‌ی تو رو در فضایی که بوی تلخ فقر و درد پیچیده بود، یافتم. در آن اتاق محقر و سرد، نه صدای تسکین‌دهنده و نه امیدوار کننده‌ای بود. روی تمام اون اتاق گرد ملال و غبار اندوه و ناامیدی، ناامنی و تاریکی بر کل اشیا و آدم‌ها نشسته بود. این دیوانگی رو کنار بذار، یه‌بار برای همیشه می‌گم. سرنوشت این دختر پاک و بی‌آلایش رو سرسری نگیر. خواهرت دختر باعفت و پاکدامنی هست. تنهایی او در این جامعه پایان بدی داره. اگه یه قدم پا عقب بکشی در گرداب سرنگون می‌شه. همه‌ی مصائب از این هست که فرصت‌طلبان در پی بهانه‌ای هستند تا دست به کار بشن.

سپهر نمی‌دانست چه بگوید و چگونه از دست بهادری خلاص شود، گفت:

ـ به هر حال من به تو اعتماد کرده بودم.

بهادری دستش را محکم بر میز کوبید و گفت:

ـ چاره‌ای نداری، هر گفتار و کرداری رو با ترازوی خِرد بسنج و اون‌وقت اگه درست بود، درباره‌ش حرف بزن. از نوجوونی متوجه شدم که زندگی، جالب و سرگرم کننده و آسان نیست. به‌خاطر همین خودم رو ساختم تا بیش‌تر به‌سوی خوبی‌ها کشیده بشم، چون با خوبی کردن به خالقم نزدیک‌ترم.

سپهر که در وضع روحی بسیار مغشوش و آشفته‌ای بود، گفت:

ـ ولی من برای پیشگیری و جلوگیری از صدمات دیگران، به خودم، رفتار خودم رو به حد زیادی خشن و ظالم جلوه دادم. خودم به این

حقیقت به‌خوبی آگاه بودم که کسی به من علاقه‌ای نداره و این رو به‌عنوان یک اصل در زندگی پذیرفته بودم.

سپس از او خواست که برود، به بهادری گفت «من از تو، از دنیا و تقریباً از خدا هم ناامیدم، من خیلی خسته‌م. خداحافظ.» و از صندلی بلند شد که برود، بهادری گفت:

ـقبل از این‌که بری خودت رو اصلاح کن، ناامیدی نخستین گامی هست که شخص به‌سوی گور بر می‌داره.

سپهر نگاهی به او انداخت و به‌سوی در به راه افتاد.

«با وجود شرارت‌ها و احساسات پریشان و نامنظم درونی، کنار آمدن با خود بسیار سخت است؛ امّا غیر ممکن نیست. این جوانان هیچ اعتمادی به دنیای اطراف خود ندارند و فقط یک راه برای مقابله با مشکلات می‌شناسند و آن راه غریزی، جنگ و مبارزه است.»

روزی مادر سپهر به دیدن او رفت. آذرخانم و سپهر روبه‌روی هم در اتاقی با دو صندلی و یک میز وسط نشستند. سپهر از این‌که مادرش سالم و رنگ و رویش شکفته‌تر شده بود، خوشحال شد. آذرخانم از حال او پرسید، ولی سپهر به طعنه گفت:

ـهمه‌ی خبرها پیش شماست.

«شنیدم کتاب می‌خونی؟»

ـخبرها دقیق و زود به شما می‌رسه!

«من تمام این مدت به دیدن تو نیومدم. چون دل خوشی از تو نداشتم. بیمار بودم. در فقر و گرسنگی بودم. از گرسنگی و بیماری، خدا رو بنده نبودم. خداوند فرشته‌ای رو سر راه ما قرار داد، اون هم در بدترین موقعیت

زندگی. این فرشته اونقدر عاشق خدای خودش هست که زن و فرزند خودش رو قربانی اون کرده. حتی برای اثبات عشق خودش به معبودش، به من و خانواده من رحم کرده. من به تو این اجازه رو نمی‌دم که بهش بی‌احترامی کنی و به این شایعات گوش کنی. می‌خوای من خودم رو بکشم و خونم رو گردن تو بندازم؟»

سپهر در جواب مادرش گفت:

ـ من که قتل کردم، تو هم مرگ خودت رو بنداز گردن من. زودتر از دست من خلاص می‌شی.

وقتی که سپهر این کلمات را آهسته با صدایی بغض کرده و گرفته به زبان آورد، در واقع این حرف‌ها را برای خودش می‌زد. برای چند لحظه ساکت ماند و به زیر پا نگاه کرد. آذرخانم گفت:

ـ وقتی به اون مرد شریف تهمت می‌زنی، یعنی مادرت رو بدنام کردی. به چه کسی اجازه می‌دی که پشت سر مادر و خواهرت این‌طور شایعه بسازن. توجه کن. یقین دارم به خوبی می‌فهمی که چی می‌گم. من تو زندگی رنج زیادی بردم و لحظه‌ای خطا نکردم. حالا موجب آزار و اذیت و بدبختی ما نباش.

سپهر از خشم دندان‌هایش را بر هم می‌فشرد و جواب نمی‌داد و با ملامتی خاموش در چهره، سر به زیر انداخت. به نظرش رسید که دیگر همه چیز پایان یافته و در هم ریخته و تباه شده است. چند لحظه ساکت ماند و نتوانست حرفی بزند. آذر سکوت را شکست و گفت:

ـ اون مرد شریفی هست، اگه پاهاش رو ببوسی، باز کمه. به حرف مردم گوش نکن. همان مردم او را بدنام کردند، چون می‌خوان اون رو مجبور

کنـن تـو رو پـای چوبـه دار بفرسـته. آخـرین کلام، اون فرشـته‌ای هسـت کـه بـرای نجـات تـو و خانـواده‌ت اومـده، امّـا چـرا بـه ایـن صـورت، نمی‌دونـم؛ از راز و رمـزش خبـر نـدارم.

سپهر در اعمـاق قلبش اعتـراف می‌کـرد کـه در بهـادری خصایصـی وجـود دارد کـه او را به‌صـورت انسـانی منحصـر به‌فـرد درآورده اسـت.

«بـرای اثبـات اهمیتـی کـه مـا بـرای قضـاوت خـود قائلیـم و روش خودخواهانـه‌ای کـه در میـان نتیجه‌گیری‌هـای بی‌پایـه و عجولانـه خویـش بـه کار می‌بریـم، بـد نیسـت کـه بدقلبـی و شـقاوت را کنـار بگذاریـم و آن‌قـدر خـود و دیگـران را متأثـر نسـازیم.»

وقتی سپهر بـه سـلول بـاز گشـت و کتابـش را کنـار تخت دیـد، بـا کمـال تعجـب بـه کتاب‌هـا خیـره مانـد. از خـودش پرسـید کـه این‌هـا بـرای چـه کسـانی نوشـته شـده‌اند. بـا خـود زمزمـه کـرد «ایـن کتاب‌هـا بـرای عاقل‌تـر و فهیم‌تـر کـردن مـردم و مبادلـه‌ی افکار و عقـل و فهـم بـه یکدیگـر هسـت، پـس بهتـره بـا اون‌هـا سـرگرم بشـم تـا بـه حرف‌هـای پـوچ دیگـران گـوش کنـم.» در یـک لحظـه، همـه چیـز تغییـر کـرد. طـرز گفتـار، فضـا و زمـان، صـدای بیـرون صـدای درون، گـویی فهمیـده بـود چگونـه بایـد اندیشـید و بـه چـه کسـی بایـد گـوش داد. بـا خـود گفـت «اکنـون می‌خواهـم روی اصـل و اساسـی تکیـه کنـم، روی نیـروی زنـدگی و روی دوسـتی و روی حقیقـت و صداقـت.» در اندیشـه‌های او اکنـون تنهـا تفکـر محـض دربـاره‌ی خـدا نبـود، بلکـه نـوعی عبـادت درونـی و گفت‌وگـو عارفانـه و لایـروبی باطنـی شـروع شـده بـود.

سـپهر، دیگـر بـا کسـی معاشـرت نمی‌کـرد. بـه یاوه‌گویی‌هـای دیگـران

توجـه نمی‌کـرد. روزهـا در گوشـه‌ای می‌نشسـت و کتـاب می‌خوانـد و خواندنـش آن‌قـدر طـول می‌کشیـد کـه هـوا تاریـک می‌شـد.

شبی روی تخـت دراز کشیـده بـود و بـه گذشـته فکـر می‌کـرد. بـه نخسـتین روزهـایی کـه بهـادری را دیـد. افکـارش را بـه کار انداختـه و سـعی می‌کـرد کـه دوسـت داشـتن را بـا او آغـاز کنـد. چیـزی در وجـودش پدیـد آمـده بـود کـه برایـش تـازگی داشـت. گویی شـکفته می‌شـد. می‌دانسـت همـه‌ی ایـن احسـاسات محصـول دگر گـونی ملاقـات بـا بهـادری بـود. قـدم ایـن مـرد در دنیـای سپهر، حکـم ورود خداونـد را داشـت.

بار دیگـر کـه بهـادری بـه دیـدار سپهر آمـد و او را افسـرده دیـد، گفت:

–بـاز کـه ماتم گرفتی؟

سپهر در حالـی کـه ژسـت آدم دنیادیـده‌ای را بـه خـودش گرفتـه بـود، گفت:

–مـن عقیـده دارم بایـد بـه مـرگ وفـادار بـود، چـون احسـاس می‌کنـم زندگی دیگـری هـم هسـت. شـاید بهتـر از این‌جـا باشـه.

بهادری لبخنـد زد و گفت:

–عجیبـه، ولی تـو کـه مدرسـه‌ی اخـلاق بشـری روی زمیـن رو نادیـده گرفتی و بهـش وفـادار نبـودی، از کجـا می‌دونی حیـات بهتـری هسـت؟

«خـودت خـوب می‌دونی کـه مـن زنـدگی و ایـن دنیـا رو جـور دیگـه‌ای می‌بینـم.»

–مطمئنـم بـه فکـر افتـادی و دربـاره‌ی مـرگ و زنـدگی مطالعـه می‌کنـی، غیـر از اینه؟

سپهر دسـتی روی سـرش کشیـد و گفت:

-از زندگی خسته و سیرم. هنوز اثر زخم‌های زندگی در من باقیه. مدت‌ها دنبال کار گشتم. در هیچ نقطه‌ای از زمین به من کار نمی‌دادن. تمام درها به روی من بسته بود. با مشکلات زندگی مجبور بودم، دست به دزدی بزنم و تو خیابونای سرد، مرطوب، کثیف زندگی کنم. دوستان دزد و معتاد خانواده‌ی من بودند. دست محبت همان پولی بود که خرج شکمم می‌کردم. با شرارت، حرف‌هام رو به کرسی می‌نشوندم و حالا که به مرز نابودی رسیدم، می‌خوام بمیرم و دوباره متولد شم. دوباره خودم رو بسازم.

بهادری، نگاه ترحم‌آمیزی به او کرد و گفت:

-تو خواهی مرد، ولی نه امروز. فردا بهتر می‌شه، از امروز بهتر، علایم و آثارش رو می‌بینم. اون‌وقت راجع به مرگ تو و ادامه‌ی زندگی صحبت خواهیم کرد. درباره‌ی شعور و ایمان هم حرف می‌زنیم. تو می‌خوای عقیده‌ی من رو بدونی، و من می‌خوام از درون تو بدونم.

بهادری سرش را به‌طرف پنجره گرداند و گفت:

-یک نشانه‌ی جهالت اینه که بگی تقدیر من چنین نوشته شده، زیر هر صفحه‌ی تقدیر، جای خالی وجود داره که تو با انتخاب خودت اون رو می‌نویسی. تمام اون‌چه در جهان وجود داره، در بی‌نهایت هست. نابودی کلمه غیر ممکنه. به‌جای نابودی باید کلمه را تغییر داد و نامش را تغییر و تکامل گذاشت.

سپهر در حالی که دستی به سرش می‌کشید، گفت:

-من که موقع تولد مرتکب خطایی نشدم، پس چرا مجازات و محکوم شدم که در خانواده‌ای فقیر به دنیا بیام و جزو زجردیده‌ها باشم.

بهادری با خود می‌اندیشید که گذشته‌ی سپهر سخت و تلخ بود، ولی یک استثناء نبود. پس به تلاش و تغییر احتیاج دارد. سپهر او را صدا کرد و رشته‌ی افکارش را به هم ریخت و گفت:

–من خیلی خسته‌مَ، باید برم.

«بذار جواب حرفت رو بدم. حالا تو انتخاب کردی، چون خسته هستی به استراحت احتیاج داری و باید بری. پس اختیار این عمل با تو هست. تو انسان ماشینی نیستی! تو اختیار اندیشه و اراده رو دارا هستی. اگر غیر از این باشه چطور می‌شه اشرف مخلوقات بود؟ اون نقش والا را تو می‌سازی. اون خود راستین را تو بنا می کنی. در آخر اون حقیقت حق رو تو متجلی می کنی. حالا متوجه شدی که در راهی که می‌ری انتخاب هست. انتخاب آگاهانه با عقل و عقل یک روشنائی هست که به درون می‌تابه. روشنگری، راه جلوی پای ما رو روشن می کنه تا نلغزیم. انتخاب غلط، آدم ناآگاه رو دچار فاجعه و پلیدی می کنه.» بهادری با کمک آرنج از کنار میز برخاست و چند قدمی به‌طرف پنجره رفت، ایستاد و گفت «اساس فلسفه‌ی انسانی بدین قرار داره که نه با هر تلنگری از جا در بری و قتل کنی یا دست به انتقام‌جویی بزنی و نه در قبال بی‌عدالتی و ستمگری ساکت بنشینی. باید بین مهر و شفقت و دادگری و عدالت، توازن ایجاد کرد. در ضمن، همچنان تسلط به درون خودت داشته باشی. جرأت کن و خودت رو برای رشد شخصی و یا تغییر جهتی شگفت‌انگیز آماده کن.

تو به زمان احتیاج داری تا پخته بشی. به‌تنهایی و بی‌فکر نمی‌تونی گره‌گشای خودت باشی، اگر نه، خودت گرهی می‌شی که زندگی

پایان غمنـاکی بـرات می‌سازه. شـرایطی بـه‌وجـود می‌آد کـه همـه چیـز بـر ضـد خـودت بـدل می‌شـن، تحقق بـه هـر هـدفی بـه گـره می‌خوره.»

بهادری مکثی کرد و بعد در چشم‌های او خیره شد و گفت:

ـ‌بـرو، تـو رو صـدا می‌کنه، آن کـه جهـان از اوسـت. ایـن خانـه و کاشـانه از اوسـت. مَلـک و مُلـک هسـتی از اوسـت. در دنیـای کوچک خـودت زنـدگی نکـن، چـون هـدف زنـدگی کاوش کـردن و کسـب تجربـه هسـت. تـو علاوه بـر آموختـن، روشـنگری و دانایـی بـه یـک دنیـای پاک‌دلی و یک‌رنگی نیـاز داری.

گفت‌وگـو بـا بهـادری کـه انسـانی وارسـته و عارف‌مسـلک بـود، افکار سپـهر را بـه آتـش می‌کشید. بهـادری بـا سپـهر چنـان محبت‌آمیـز و گـرم حـرف می‌زد و بـرای تعلیـم او چنـان رنجـی را بـر خـود همـوار می‌کرد کـه سپـهر غـم خـودش را از یـاد می‌بـرد و می‌کوشید تـا بیش‌تـر حرف‌هـای بهـادری را درک کنـد و موجبـات رضایـت او را هـم فراهـم سـازد. از این‌کـه قضاوت عجولانـه کـرده، سـخت نـادم و پشیمـان بـود. قلبـش یـخ‌زده بـود. منجمـد شـده بـود، امـا بـا وجـود بهـادری کـم کـم احسـاس کـرد کـه یخ‌هـای دور قلبـش آب می‌شـود و از انجمـاد بیـرون می‌آیـد، قلبی کـه بـا کلیـد یـخ بسـته شـده بـود، کـم کـم بـاز می‌شـد و بـه سـوی نـور و گرمـا می‌رفت.

«نـور از سـوی خداونـد اسـت و ایـن انـرژی از سـوی اوسـت کـه در وجـود جانـداران باعـث جـان گرفتـن می‌شـود.»

سپهر از شـور و شـوق محبـت می‌لرزید. احسـاس عجیبی داشـت کـه از چند و چـون آن چیـزی نمی‌دانسـت. احسـاسی دلپذیـر کـه در دل کسـی می‌افتـد

و او را به دوست داشتن وا می‌دارد.

سپهر، این موجود ناتوان و بیچاره و در بند با ملاقات بهادری دگرگون می‌شد. جوانی که همچون ساقه‌های نرم و تازه‌ی مُو به هر چیز می‌پیچید، اکنون در محیط زندان رشد می‌کرد. او که محیط سرد و بی‌روح خانه و عقده‌ی حقارت در محیط زندگی‌اش باعث شده بود محبت و عشق را نشناسد، حال به ریسمان خدا پیچیده می‌شد.

آرام آرام تفکر منفی از سپهر دور می‌شد و گاهی وجودش را شرمسار می‌کرد و اندک اندک حس حقیر شمردن شخصیت خود را در وجود خود می‌یافت و برای مطهر کردن روح خود به نور متوسل می‌شد. او مانند موج شده بود. دایم حرکت می‌کرد و پیش می‌رفت و اوج می‌گرفت. به سدّی می‌خورد و به عقب باز می‌گشت. از این که تاکنون معنی محبت را نمی‌دانست و نمی‌فهمید، شرمسار می‌شد. مدتی به فکر فرو رفت و به زندگی خود اندیشید. احساس می‌کرد که از عالم بالا و از جایی فراتر از دنیای آدمیان، به او الهاماتی می‌شود. این شگرد بهادری بود. می‌خواست او را از نقطه‌ی صفر، به عرش ببرد.

بهادری معتقد بود، به محض این که عوامل بیرونی انسان تغییر کند و یا از میان برداشته شود، آدمی دچار تزلزل و سرگشتگی می‌شود و در طوفان زندگی مانند کشتی سرگردان گرفتار می‌شود، تا زمانیکه ساحل را ببینید. وقتی بهادری از او جدا شد و از زندان بیرون آمد، شدیداً تحت تاثیر قرار گرفت. گویی گنج گرانبها و شکننده‌ای را به او سپرده‌اند تا به مقصد برساند. احساس می‌کرد شکننده‌ترین موجود روی زمین را در دستانش گذاشته‌اند، و باید تا مقصد دوست، همراه و راهنمای او باشد.

هر بار سپهر به سلولش باز می‌گشت، روی تخت دراز می‌کشید و به حرف‌های بهادری فکر می‌کرد. در نظر اول، مرگ و اعدام و سیاهی و نابودی در هم آمیخته، و در آن غوطه‌ور می‌شد. سپس رها می‌شد. یک بار ناگهان جرقه‌ای همه را از هم می‌گسست. به خودش نهیب می‌زد:

-بسه دیگه. نباید با افکار تیره، با این شکنجه و عذاب‌ها، به این کشمکش‌ها تسلیم بشم. باید به خالقم ثابت کنم که به‌خاطرش خودم رو اصلاح می‌کنم. دیگه به دوستی خودمان خیانت نمی‌کنم.

پس از نهیب آن صدا، یکی دو ثانیه فکرش در فضا آویخته ماند و چنان شد که گویی نه فقط آدم‌ها، بلکه درختان بیرون و دیوارها، همه گل‌های کوچه، گوش تیز کرده اند، گویی باد صدا را ربوده و پخش می‌کند. زیرا قلب سپهر در این واقعه نسبت به تمام افراد بشری نرم‌تر و رقیق‌تر شده بود. سرانجام بهادری هم موفق شده بود که اعتماد و اطمینان او را به خودش جلب کند.

***

بهادری به علت شب‌هایی که نخوابیده بود و گریه‌هایی که می‌کرد و سردردهای دایمی و خستگی عمومی و جسمانی‌اش، در عذاب بود. نزدیک خانه به سرگیجه دچار شده و پایش به سنگی گیر کرد و به زمین افتاد. به جلو غلتید و سرش به شیء سختی خورد. لکه‌ای خاکستری در گونه و پیشانی‌اش نقش بست، سپس خون جاری شد.

بهادری به‌علت پروا از قضاوت مردم، و احترام به خانواده‌ی خود و سپهر مدتی انزوا گزید.

«باید بیاموزیم که افراد را زیر ذره‌بین قضاوت نباید قرار داد. واقعیت و

اصالت افراد همان چیزی است که لمس و مشاهده می‌شود و برای درک آن باید از قضاوت دست کشید.»

اردشیر برای دیدن پدر آمد و با دیدن زخم روی سر پدر گفت:

ـ سلام پدرجان، حال‌تون چطوره؟ چرا خودتون رو عذاب می‌دین؟ به فکر سلامت خودتون باشین.

بهادری چشم‌هایش را به زحمت گشود و گفت:

ـ پسرم، کشیدن آرامش از اعماق آشفتگی، و صیقل زدن بر پیکر سخت و حجیم حوادث و مشکلات از قلب و روح انسان پرقدرت و با ایمان استخراج می‌شه.

روح این مرد، عرفانی و پاک اندیش بود و مجال هیچ‌گونه گناه‌ورزی نداشت.

اردشیر با عصبانیت پاسخ داد:

ـ پدرجان، زندگی در این مصیبت واقعاً خسته‌کننده، کسالت‌آور و تنفرآور شده. می‌خوام هر چه زودتر این حیوون رو اعدام کنن و من از این‌جا دور شم.

شب قبل خواب دیده بود که از دروازه‌ی باریکی گذشته و به‌سوی نوری گام برمی‌دارد. مستقیم به‌طرف نور روبه‌رویش رفته، و از شادی و شعف دیدن برادرش گریسته بود؛ امّا نزدیک‌تر که رفت، دید برادرش نیست و مردی با محاسن سفید، فیلسوف‌مآبانه روبه‌رویش ایستاده است. اردشیر غمگین از او درباره‌ی اعدام قاتل برادرش پرسیده این‌که در دو راهی گیر افتاده است و نمی‌تواند درست تصمیم بگیرد. مرد پاسخ نداده و فقط گفته بود:

-این مسئله پیچیده و سنگینه. هیچ‌کس نمی‌تونه جای دیگری تصمیم بگیره. مسئولیت روی شانه‌های تو در کمین نشستن، با تصمیم تو اون‌ها به زمین فرود می‌آن. اگه از خدا هم بپرسی به تو جواب نخواهد داد، چون تو زیر آزمایش هستی و با تصمیم تو کتابی گشوده می‌شه.

آن مرد هم نتوانسته بود اردشیر را قانع کند. صبح که بیدار شد، خواب دیشب را فراموش کرد. اردشیر، سپهر را علت همه‌ی ویرانی‌های تاسف بار و پاشیده شدن اساس و بنای خانواده‌اش می‌دانست. بهادری با لحن منصفانه‌ای به اردشیر گفت:

-پسرجان، داس قضا تیغ تیز خودش رو به کار می‌گیره، درمان هیچ حکیمی قادر به علاج اون نیست. به‌خاطر همین تو سعی کن نقشی در ساختمان معنوی حیات داشته باشی.

سپس بغض کرد و گریست. اردشیر ناراحت شد و گفت «پدرجان؛ خواهش می‌کنم، گریه نکن. دلم بیش‌تر می‌شکنه.» بهادری در حالی که پهنای صورتش از اشک پر بود، گفت «گریه قلب رو نرم می‌کنه، بدون گریستن آدمی از درون می‌پوسه. انسان بدون گریه سفت و سخت مثل سنگ می‌شه.» بعد دست‌های اردشیر را گرفت و گفت «در دنیا هیچ مسئله‌ای برای من، یا هیچ موجود بشری مهم‌تر از تسخیر قلبی برای رضای خدا نیست.» اردشیر مصمم‌تر از همیشه رو به سوی پدر گرداند و گفت:

-پدرجان، این حرفا که می‌زنی خوب و قشنگه؛ امّا درباره‌ی یه قاتل نه، این حرفا رو فراموش کن و به پسر و همسرت فکر کن که زیر خروارها خاک خوابیدن.

اردشیـر عـذاب می‌کشـید. موهایـش در مـدت کوتـاهی پـر از تارهـای خاکستری شده بود و دور دهان و زیر چشم‌هایش چین و چروك افتاده بود. زار و نحیـف شـده بـود. عزیزتریـن عشـق‌های زندگیش را از دسـت داده بـود. بیش از حد فکر می‌کرد و خودش را عذاب می‌داد. بهادری در چشم‌های او نگاه کـرد و گفت:

-دلم به حال تو می‌سوزه. خودت رو مریض می‌کنی.

«فکـر می‌کنی مـن شبا می‌خوابـم؟ تـا صبـح بیـدارم. روحـم در عذابـه. از روزی اومـدم ایـران و مـادر و بـرادرم رو از دسـت دادم، خون گریـه می‌کنم. به‌خاطـر همیـن می‌خـوام از شـر ایـن قاتـل خلاص بشـم.»

-اردشیـر، تـو کـه این‌قـدر سـنگدل نبـودی! ابلیـس روح تـو را آسـوده نمی‌ذاره تـا به مقصـود خودش برسـه. تو مبارزه‌ی دشـواری پیـش رو داری. قلـب بهادری از تلـخی زنـدگی فرزنـدش پـر شـد و بی‌اختیار گریسـت. اردشیـر هـم گریـه می‌کرد و در حالـی کـه بـا نـوک انگشتانـش بر چشم‌های خـود می‌فشـرد، گفت:

-پـدر، انتقـام خـون پسـر و همسـرت رو بگیـر و دنبـال مـادر و خواهـر اون نـرو، چـون کارهـای شـما آدم رو به شـک می‌نـدازه.

بهادری به اردشیر نگاه کرد و گفت:

-بـه روح پسـر و همسـرم، بـه وجـود اون‌کـس کـه مـا رو خلـق کـرد، به نـام او قسـم، مـن فقـط می‌خـوام قـدم به‌سـوی خالقـم بـردارم. به‌زودی پیـش او بر می‌گردم. نمی‌خـوام بـا دسـتی خـون گرفتـه و قاتـل جلوش زانـو بزنـم. چرا نمی‌فهمیـد اون جـوون بـه مـن نیـاز داره و مـن بـه خـدای او. ایـن اجـازه رو بـه مـن بدیـد تـا راحـت‌تر تصمیـم بگیـرم.

سپهر توی کتابخانه پشت قفسه‌ی کتاب‌ها نشسته بود و کتابی را ورق می‌زد. بدون آن‌که بخواند، به کتاب خیره شده بود. مدتی بود که چیزی او را به‌سوی کتاب می‌کشید. به اطراف نگاه کرد و متوجه شد بعضی زندانیان به او با قیافه‌های وحشتناک و بعضی تمسخرآمیز نگاه می‌کنند. اعتنایی نکرد و مشغول مطالعه شد. باریکه‌های نور، از روزنه‌های لابه‌لای قفسه‌های کتاب به اطرافش می‌تابید، که بر اثر تردد زندانیان قطع و وصل می‌شد و او نسبت به آن‌ها بی‌اعتنا بود. تا چندی قبل زندگی برایش جاذبه‌ای نداشت و همه‌ی مردم را ظالم و بی‌عدالت می‌پنداشت. دیگران را مستحق ملامت می‌دانست، چون کسی را مهربان و خیرخواه نمی‌دید. ولی بهادری دروازه‌ای به‌سوی او گشوده بود که به‌سوی نور باز می‌شد. اکنون سپهر با حمایت او می‌توانست قدم‌های معنوی و اخلاقی بردارد. سپهر توانست از پلیدی‌ها دور شود، و در راه تقوا قدم بگذارد. بهادری تکیه‌گاه او شده بود و سپهر تکیه‌گاه بهادری در برابر خدا شده بود. این موازنه و تعادل، اسراری آسمانی دارد.

***

بهادری وقتی از دادگاه ارسلان پسر تیموری بیرون آمد، خیابان خلوت و پیاده‌رو کم سروصدا و ساکت بود. گاهی صدای دستفروشی به گوش می‌رسید، گاهی صدای بوق ماشینی و گاه خنده‌ی جوانانی که دور هم جمع شده بودند. خیال روبه‌رو شدن با مرگ ارسلان که افکارش را در هم ریخته بود، می‌خواست از سر بیرون بریزد. فکرهای جورواجور از او می‌گریخت، مثل مرغان زمزمه‌گر، هراسناک از ذهن او بیرون می‌جهید. صدایش به تاریکی پیوند می‌خورد و به گوش او می‌رسید؛ اما مفهومی

نداشت. ذهنش مأیوسانه می‌کوشید این خبر تلخ را که او شنیده بود و در مغزش تکرار می‌شد را از ذهنش پاک کند. به یاد می‌آورد روزی را که اولین بار در راهروِ دادگاه، ارسلان را از نزدیک دیده بود. درخشش امیدی را که انتظار داشت در چشم‌های او ببیند، نیافت. در چشم‌های او اثری از شادمانی نبود. بهادری با خود اندیشید «نمی‌دانم در قیافه‌ی این جوون حالتی وجود داره که من رو این‌طور تحت تأثیر قرار داده. آیا ممکنه که این جوون واقعاً بی‌گناه باشه؟ چرا چنین جوونی پیش از این‌که به پیری برسه، پیش از اون‌که به حق خودش برسه، باید به این زودی جان بسپاره؟ امیدوارم اتابکی دلش به رحم بیاد و این جوون رو ببخشه.» چیزی درون او مدام می‌نالید و می گفت «افسوس! افسوس!»

وقتی شب فرا رسید، بهادری شدیدا اضطراب داشت و نمی‌توانست بخوابد. از اتاق بیرون رفت و روی ایوان نشست. از حوادث روز افسرده و به‌شدت بغض‌آلود بود. وقتی آسمان چراغش روشن بود، او هم چراغ روحش را گشود تا نور رب‌العرش در آن بتابد. قبل از این‌که دهان باز کند تا با خدا مناجات کند، ناگهان در اعماق خاموشی ژرف، آوایی بر آمد و به اوج رسید، زیبایی آسمان وصف‌ناپذیر بود. آوایش دل انگیز بود. نغمه‌ای بود که از دل تاریکی به بیرون می‌تراوید.

گویی آوای دلنشین مناجات صبحگاهی را با نوای خوش موسیقی شبانگاه درآمیخته بودند و از آسمان فرود می‌آمد و در این مکان انعکاس می یافت. این نغمه‌ی آسمانی در فضا پراکنده می شد. روح بهادری از این عالم جدا می‌شد. شب و تاریکی ظلمانی را نمی‌دید و احساس می‌کرد بال و پر می‌گشاید و به‌سوی اعماق به‌سوی عشق پرواز می‌کند.

مناجاتـش سـاعتی طـول کشیـد و آوای آسـمانی پایـان یافت و نغمه‌هـایی که روح او را نـوازش می‌کـرد، خامـوش شـد. وقتی بـه خودش آمـد و خواسـت از روی صنـدلی بلنـد شـود، شـادی و سـرور عجیبی در دلـش راه یافتـه بـود. گویی نـوری از چهـره‌ی او بـه بیـرون می‌تابیـد.

۱۷

اتابکی پدر بامداد، بیش از پنجاه سال نشان می‌داد. قدی متوسط و جثه‌ای نسبتا چاق داشت. سرش به مقدار زیادی طاس بود. چهره‌اش آماس کرده و زرد، و پلک‌هایی متورم داشت که از زیر آن چشمانی کوچک و سرخ و بی‌حال چون دو شکاف ریز می‌درخشیدند.

در مجلس ترحیمی که اتابکی روز چهلم بعد از خاک‌سپاری بامداد در خانه‌اش صورت داده بود، تیموری، برادرش و بهادری با تعدادی از اطرافیان جمع شده بودند.

وقتی تیموری وارد شد، احساس کرد کسی را در آن جمع نمی‌شناسد. بی‌اراده، مانند کسی که در خواب راه می‌رود به کمک بازوان برادرش، به کنار دیوار رفت و چرخید و نشست. گاهی مانند اشخاص منگ، به این سو و آن سو نگاه می‌کرد. اتابکی با چهره‌ای متعجب به تیموری نگاه می‌کرد. برخاست و از در پذیرایی بیرون رفت. مردد و مشکوک در آستانه‌ی سالن توقف کرد تا تیموری را بهتر ببیند، شاید او را بشناسد.

به اطراف نگاه می‌کرد. نمی‌دانست چرا از آن مرد بدش می‌آید و چرا با دیدن او به هیجان و هراس افتاده است. در درون، پریشان و حالی دگرگون داشت. ناگهان از کسی که کنارش نشسته بود، پرسید:

-اون کیه که روبه‌روی ما نشسته؟ به‌نظر آشنا می‌آد.

«تیموری...»

اتابکی سرخ شد و با تعجب گفت:

-این اسم چیزی رو به‌نظرم می‌آره. چیزی کریه و منحوس.

کسی که کنارش نشسته بود، دایی بامداد بود. گفت:

-تیموری پدر همان جانی هست که پسرت رو کشته.

بالاخره اتابکی فهمید و با دیدن تیموری، چشم‌هایش را بست و با فریاد گفت «اینا برای چه اومدن؟» و بعد دوباره بلندتر فریاد زد:

-تو برای چی به دیدنم اومدی؟ کی به تو اجازه داد که بیای خونه‌ی من؟

تیموری در برابرش تعظیم کرد و گفت:

-من شرمنده‌ی شما هستم. برای عفو اومدم تا من رو در غم خودتون شریک بدونید.

تیموری به ملاقات او رفته بود تا او را نرم کند و از تندی و شدتش در محاکمه بکاهد، امّا موفق نشد. تیموری از جا برخاست که برود، اتابکی فریاد زد:

-فرزند شهیدم، نقاب از چهره‌ی این جانی‌ها برداشته. اینا پست و رذل هستن. نگاه‌شون کنین. بدبخت‌ها، چشماتون رو درمی‌آرم. به شما نشون می‌دم. انتقام خون پسرم رو می‌گیرم. بخششی در کار نیست. داغتون می

کنم، تا ابد بسوزید.

تیموری فهمید اشتباه کرده که به این‌جا آمده است، با این حال حاضر بود جای ارسلان اعدام شود تا پسرش را آزاد کنند. زانوانش می‌لرزید. برادرش که همراه او آمده بود، او را به حیاط خانه برد و در گوشه‌ای او را نگه داشت. بازوان او را گرفته بود تا نیفتد. برادر تیموری با زحمت او را تا نزدیک‌ترین صندلی کنار درِ حیاط برد. تیموری تنش را روی صندلی انداخت و گفت:

-خدا شاهده پسرم حتی یک بار به کسی بی‌احترامی نکرده. هرگز روی حرف من و مادرش حرف نزده. کاش آدم بدی بود. کاش دعوایی بود. کاش به ما بی‌احترامی می کرد.

بهادری که برای تسلیت‌گویی آمده بود، در چهره‌ی آرام و زرد گونه‌اش آثار هیچ کوششی برای حرف نبود. مراسم همسر و پسرش را هم به فردا موکول کرده بود. رفت تا تیموری را که نیمه بیهوش بود، به‌حال بیاورد. به او نزدیک شد و گفت:

-به پزشک نیاز دارید؟ کمی آب بنوشید!

وجود تیموری را وحشت و اضطراب فرا گرفته بود. اطرافیانش آشفته بودند. اتابکی فریاد کشید:

-بهادری برای تو مصیبت زن و فرزند مهم نیست، امّا برای من پسرم پاره‌ی تنم بود که از دست دادم. همه زندگیم رو از دست دادم. اینا آدمای سمج و پررویی هستن. گذشته از این باید اضافه کنم که مغرور و از خود متشکر هم هستن که برای رضایت گرفتن به خودشون اجازه دادن به خونه‌ی منِ عزادار بیان.

عموی ارسلان با بغض خرناسی کشید و گفت:
-این غرور نیست، بیچارگی و منت‌پذیریه، این خفت‌پذیریه. چشم‌هات رو ببند و خودت رو جای این مرد قرار بده. پسرش زنده‌ست ولی مدتی دیگه به قتلگاه برده می‌شه تا کشته بشه.
در این حین اتابکی دچار عصبانیت شدیدی شد و صندلی کنار خود را محکم به دیوار کوفت و از شدت هیجان رنگش برافروخته شد. صداهای اطراف که با ملایمت آغاز شده بود به غرشی طوفانی بدل شد. اتابکی از شدت خشم می‌لرزید و از لای دندان‌های کلید شده‌اش گفت:
-پسرت رو قصاص می کنم. در ملاءعام به دار می کشم.
کمی آب به اتابکی دادند. او که عصبی بود، لیوان را گرفت تا سر بکشد؛ امّا دستش لرزید و لیوان به زمین افتاد و تکه تکه شد.
تیموری چشم‌هایش را به طرف اتابکی چرخاند. درد صورتش را مچاله کرده بود. نزدیک بود از عصبانیت خفه شود، فریاد زد:
-خدا میان من و تو گواه، من از تو بخشش خواستم تو نبخشیدی.
اتابکی فریاد زد:
-دیگه جای بحث باقی نمونده.
تیموری که داشت خفه می‌شد، از خانه‌ی اتابکی خارج شد.

اتابکی با پشت مچ دست، پیشانی سرد و مرطوبش را پاک کرد، به آسمان نگاه کرد و پلکی زد. با صدایی عاری از احساس گفت:
-خدایا مرگ پسرش را باید به چشم ببیند.
اتابکی گمان می کرد مرگ کسی را خواستن، خواست خالق است. چه

بیهوده می اندیشید که خداوند مرگ را به دست انسان سپرده است. «قتل انسان و عیش خالق» در مغز کوچک او شکل گرفته بود.

بهادری رنگ به رنگ شد و چشمانش به سوزش افتاد. لبخند غم‌آلودی زد و گفت:

-روی حرفای خودتون کمی تأمل کنید. کمی در فکرتون عاطفه بگنجونید. اون هم پدره مثل من، مثل شما. به یخ‌های نازک زیر پاهاتون اطمینان نکنین، به‌زودی سقوط می کنین.

اتابکی با نفسی عمیق تا آن‌جا که می‌توانست هوای گرم حیاط را فرو بلعید و با صدایی لرزان خطاب به بهادری گفت:

-من هرگز قاتل پسرم رو نمی‌بخشم. مثل تو بی‌رگ و ریشه نیستم.

بهادری کنار در که رسید، سرش را به‌سوی اتابکی گرداند و گفت:

-بعضی از والدین یک رابطه‌ی مریض رو به رابطه‌ی انسانی به‌خاطر فرزندشون ترجیح می‌دن تا آبروی خونواده فقط حفظ بمونه. انسان باش و کمی به فکر انسان دیگر باش.

بهادری از خانه بیرون رفت. به تیموری نزدیک شد و سعی کرد به تیموری قوت قلب بدهد، گفت:

-نترس، شجاع باش و از فرزندت دفاع کن!

تیموری که از میزان پریشانی و خشونتش کاسته شده بود، گفت:

-حس ترحم چه زیباست!

سپس با چشم‌های آتشین نگاهش را به بهادری دوخت. عصبانی بود و بغض گلویش را گرفته بود. دیگر نتوانست جلوی اشک‌هایش را بگیرد. دست روی صورتش گذاشت تا جلوی اشک‌هایش را بگیرد.

بهادری از آن‌ها جدا شد و به‌سوی خانه‌اش راه افتاد. با خود زمزمه می‌کرد:

-فرو کردن حرف حساب تو مغز آدم‌های بی‌منطق و بی‌عاطفه مانند نخ کردن آدم کور در سوراخ سوزن هست. بیچاره تیموری! اون باید تاوان خطای فرزندش رو بپردازه.

***

اردشیر در خانه به انتظار پدر بود. با دیدن بهادری با عصبانیت پرسید:

-پدرجان این چه آبروریزیه که شما می‌کنین؟ چرا از یه قاتل دفاع می‌کنی؟ چرا آبروی ما رو جلو مردم می‌بری؟ در دنیا هیچ نسخه‌ای وجود نداره که برای زندگی همه مناسب باشه، پس نسخه‌ای که برای خودت پیچیدی برای دیگری نپیچ!

چهره‌ی بهادری یک لحظه سرخ شد. با این حال زود آرامش خود را به‌دست آورد و بی‌آن‌که صدایش بلرزد، خونسرد و آرام، به اردشیر نگاه کرد و گفت:

-آبروی تو رو پیش مردم بردم؟ کدوم مردم؟ مردمی که برای اعدام سر و دست می‌شکنن تا در میدون اعدام زودتر خودشون رو به صحنه برسونن. تخمه بشکنن و پرپر زدن انسانی رو تماشا کنن. برای اون دسته از مردم سر و سینه نزن پسرم. مثل اون دسته‌ی دیگه که مخالف آدم‌کشی هستن و خالق رو پیش رو دارن، در نظر بگیر که می‌خوان ببخشن تا بخشیده بشن. پدر و مادر قاتل چه گناهی کردن که باید این‌طور زجر بکشن. پسرم همه برای امتحان اومدیم.

اردشیر با خشم فریاد زد:

-آخه پدر من، چی خیال کردی رفتی پیش اون خانواده‌ی مصیبت‌زده؟! می‌خواستی براتون بستنی و فالوده هم بیارن؟ من دارم دیوونه می‌شم از کارهای شما! شما چه‌تون شده؟ نکنه شما خیال بخشش دارید؟ به‌خدا من خودم رو می‌کشم.

«پسرم قسم نخور، جون اون‌قدر عزیزه که تو هرگز چنین کاری نکنی. تازه من کی گفتم می‌خوام ببخشم. از خدا کمک می‌خوام تا راهنمای ما باشه و وقتی جان انسانی در خطره ما رو یاری کنه. پسرم از غم‌های دنیا خسته‌اَم و روح و روانم پریشونه. هر لحظه بی‌تابم که نیفتم. فراق کمرم رو شکسته.»

بهادری دستی به چشم‌هایش کشید و تا خواست چیزی بگوید، اردشیر بین حرف‌های او دوید و گفت:

-حالا برای قاتل گریه می‌کنین یا مقتول؟

بهادری نگاهی به او انداخت و گفت:

-اشک‌های ما نهال دوستی و برادری را آبیاری می‌کنه. باشد که روزی نهال‌های کوچک به درختانی سرسبز و تنومند تبدیل بشن و زیر سایه‌ی اون‌ها آرامش و مهرورزی و خلاقیت در عشق‌پروری را بپرورونیم. پسرم، پرنده باش که هر کجا قلبی و ذهنی زیر سایه‌اَت آماده یافتی، همون‌جا فرود بیای و دانه‌های مهر و محبت و آگاهی و معرفت را بر روی اون‌ها بپاشی.

اردشیر عصبانی از جا برخاست و بدون خداحافظی پدر را ترک کرد.

پدر و مادر ارسلان هم وضع بهتری نداشتند. وقتی به دیدار خانواده‌ی

بامداد رفتند، در نگاه خانواده‌ی اتابکی از طبقه‌ی پایین جامعه به شمار می‌آمدند و آن‌ها را حتی لایق هم‌صحبتی ندانستند. وقتی تیموری به خانه رسید، در چشم‌هایش قطرات اشکی گرم حلقه بسته بود.

۱۸

مـردم بـه دخـتری کـه روی نیمکت سـالن دادگاه نشسـته بـود و گریـه می‌کرد، خیـره بودنـد. در آن لحظـات عـده‌ای به‌سویش می‌رفتنـد و او، بـا علامـت دسـت آن‌ها را کـه می‌خواسـتند جویای حالـش شـوند، از خـود دور می‌کرد. بـا دیـدن ارسلان، همچنـان کـه اشـک از گونه‌هایش سـرازیر بـود، تکانی خـورد، از جا برخاسـت و بـا حالتی لـرزان او را صـدا کـرد و به‌سویش دویـد. دو سـرباز کـه در دو سـوی ارسلان بودنـد، مانـع شـدند. ارسلان حاضـر بـود از همـه چیـزش بگذرد و در عـوض دخـتری را کـه از جانـش بیش‌تـر دوسـت داشـت، در آغـوش بگیـرد.

نـاگاه، زنی در راهـرو ظاهـر شـد. مشـتش را بـه طـرف ارسلان تـکان داد و بـا صـدای خشـنی نفریـن و ناسـزا را سـر داد. مـادر بامـداد بـود کـه بـا دیـدن ارسلان از خشـم منفجـر شـده بـود. صداهـایی از گوشـه و کنـار بـه آن خانواده پیوسـت و دیـری نپاییـد کـه تعـداد ناسـزاگویان چنـان گسـترده شـد کـه صدای‌شـان در تمـام سـاختمان پیچیـد.

اشک از صورت دختر جاری بود. دختر نامزد ارسلان، ترمه بود. آن‌ها به هم قول ازدواج داده بودند. آن دختر زیبا، به خاطر نامزدش رنج می‌برد و اشک می‌ریخت و سعی می‌کرد دندان‌های به هم قفل شده را باز کند. ناگهان دهانش بی‌اختیار باز شد و ناله‌اش بلندتر شد.

آن‌چه ترمه را میخکوب کرده و بیش‌تر متحیّر می‌کرد، صدای مردمی بود که آرزوی مرگ کسی را می‌کردند و صدای‌شان در سرتاسر ساختمان پراکنده بود. ترمه عصبی و وحشت‌زده فریاد می‌کشید «بس کنید. اون قاتل نیست.» ولی خانواده‌ی بامداد که عزیزشان را از دست داده و مغموم و عزادار بودند، غم از دست دادن بامداد مثل خوره درون‌شان را می‌جوید.

تردید عجیبی وجود ترمه را فرا گرفته بود و نمی‌دانست در دادگاه حضور یابد یا نه؟! در دو راهی گیر افتاده بود که برود یا بماند. می‌دانست رفتن یا ماندنش تا ابد در روانش ماندگار خواهد شد. یا شاید با شنیدن حکم ارسلان، از پا در آید و جان به جان‌آفرین تسلیم کند.

اما ارسلان وقتی او را دید، احساس کرد ترمه تمام زخم‌های روحش را می‌بوسد. در قلبش نوری روشن شد. غم از یادش رفت و لحظه‌ای هوش از سرش پرید. «همیشه جای بوسه‌های محبت روی زخم‌ها اثر مثبت می‌گذارد.» ارسلان با تکان دست سرباز به خودش آمد.

ساعت هفت صبح او را از سلول بیرون برده، و به دادگاه جنائی آورده بودند. لباس زندان به تن داشت. صورتش را اصلاح نکرده بود و با دمپایی زندان آمده بود. ضربه‌ی روحی به زندان افتادنش چنان محکم بود که تمام توان او را گرفته بود. به سختی قدم بر می‌داشت. شب قبل

هم به علت وحشت و اضطراب، نتوانسته بود بخوابد. حالا هم در برابر قانون قرار می‌گرفت.

هنگامی که در راهرو بودند، می‌خواست چیزی به ترمه بگوید. لب‌هایش به لرزه افتاد. فک‌اش بی‌اراده تکانی خورد. سرش فرو افتاد و دست‌هایش بی‌رمق آویزان شد. گویی از ترس، عقلش را از دست داده بود. سرباز از او خواست سمت دری برود که به سالن دادگاه جنایی باز می‌شد. با خود زمزمه کرد:

- چند لحظه دیگه من رو به یه قتل متهم می‌کنن. فقط خدا می‌دونه و می‌تونه من رو تبرئه کنه. بیچاره پدر و مادر گرفتار من. اونا هم باید مجازات محکومیت من رو به دوش بکشن.

چند دقیقه بعد، ترمه خودش را به سالن محاکمه رساند. جمعیت بسیاری آنجا حضور داشتند و وکلای مدافع با کت و شلوار رسمی نشسته بودند. دیدن وکلا و قضات، یکی از چیزهایی بود که قلب ترمه را فشرد. در چهره‌ی تماشاگران و خانواده‌ی مقتول، خیرخواهی و شفقتی دیده نمی‌شد. زمزمه‌ها حاکی از محکوم کردن‌های پیش از دادرسی بود.

وقتی ارسلان وارد شد، به جمعیت نگاهی انداخت. قیافه‌های آن‌ها عجیب و غریب، و گاهی رعب‌انگیز و عبوس در نظرش می‌آمدند. به پشت سرش که تماشاچیان دیگری نشسته بودند، نگاه گرداند. والدینش را که به او چشم دوخته بودند، دید. شروع به لرزیدن کرد. دندان‌هایش به هم می‌خورد و دست‌هایش می‌لرزیدند. ساق مرتعش شده بود. گویی

باری بیش از اندازه بر پشتش قرار گرفته که سنگینی‌اش او را از پای در می‌آورد. خمیده شد. نزدیک بود به زمین بیأفتد.

هوایی گرم، توأم با همهمه به صورتش خورد. این هوا از نفس افراد زیادی بود که با خشم و نفرت در آن سالن دادگاه جنایی نشسته بودند و انتظار او را می‌کشیدند. دستبند او را باز کردند و دستور دادند نزد وکیل مدافعش آقای کیوان نعمتی بنشیند. ارسلان متوجه نشد کِی دستبندش باز شد و روی صندلی نشست. وکیل سلام کرد و گفت «بشین، من تمام تلاشم رو می‌کنم تا اتهام تو رو از قتل عمد به دفاع از خود تقلیل بدم.» او بی‌حرکت ماند و در حالی که حواسش کاملاً به‌جا نبود، زمزمه کرد «من قاتل نیستم. لطفاً ثابت کنید که مرگ اون یه حادثه بوده.» سالن محکمه، ترازوی عدالت، جایگاه قضات، صف شهود، خانواده‌ی بامداد و وکلای حاضر در سالن او را گیج و مبهوت کرده بود.

وزوز داخل سالن دادگاه، مانند سوزن‌هایی که از یخ ساخته شده باشند، قلب ترمه را می‌درید. برای همین نتونست تاب بیاورد. سرش را به زیر انداخت و از سالن خارج شد. در این حین قضات که سه نفر بودند، وارد سالن شدند. رییس دادگاه در برابر کرسی و تریبون که در وسط سالن قرار داشت، ایستاد. دو نفر دیگر در سمت راست و چپش جای گرفتند. هم‌زمان با ورود قضات سکوت سنگینی بر سالن حکم‌فرما شد. همه بر پا ایستادند.

رییس دادگاه کت و شلوار سیاهی به تن داشت. پیراهن سفید با یقه‌ی گرد، ابروهای سیاه و پُر پشت، و با اندک مویی که در کنار گوش‌ها روئیده بود، نیمی از طاسی سر را پوشانده بود.

ارسلان بـه چشـم‌های رئیس دادگاه نـگاه کـرد. نمی‌توانسـت از نگاهـش احسـاسش را بخوانـد. آن دیگـری ریش و سبیل پُری داشت کـه بـر ابُهتش نمی‌افـزود. انـدام ریـزی داشـت و لاغـر بـود. قاضی دیگـر جوان‌تـر بـود و ریـش و سبیل داشت. هـر سـه قاضی در انتهـای سالن، خرسند و بی‌تفـاوت بـه حـال دیگـران، نشسـته بودنـد. به‌نظـر می‌رسـید کـه از کار خـود راضی و مطمئن هسـتند.

در جریان محاکمـه، رئیس دادگاه بـا بی‌طرفـی جلسـات دادگاه را اداره کـرد و بـا رفتارش بـه همـه فهمانـد کـه بـه عنـوان یک قاضی، بـه راستگویی و صداقت شـهود و مأمـوران پلیـس اعتقـاد دارد.

پرونده‌ی بامـداد در دسـت شهاب یـزدانی وکیـل پایـه یک دادگسـتری بود. همـه‌ی وکلای مدافـع از او حسـاب می‌بردنـد. از لحظـه‌ی نخسـت، ارسلان احسـاس کـرد کـه چشـمان یـزدانی مثل کرکـس به‌دنبال لاشـه می‌گـردد تـا طعمـه‌ی خـود کنـد. شـهادت‌های کـذب، اظهـارات مأمـوران پلیـس و پرونده‌ی تهـوع‌آوری کـه بازپـرس برایـش سـاخته بـود، او را آن‌قـدر قسی‌القلب نشان می‌داد کـه آزادی او دور بـه نظـر می‌رسـید.

دادگاه کارش را آغـاز کـرد. سکوتی سـنگین بـر فضـای دادگاه حکمفرمـا شـد. ارسلان در کنـار وکیلـش نشسـته بـود. همهمـه و جنجـال حضـار خامـوش شـد. ارسلان هـم بـه خـودش آمـد و فهمیـد کـه محاکمه شـروع شـده اسـت و دادگاه می‌خواهـد حقایـق را درباره‌ی او بشـنود.

رسیـدگی توسـط بازپـرس انجام شـده بـود و دادسـتان تحقیقات مقدماتـی را انجام داده بـود. حـال در دادگاه کیفـری، پرونده در دسـت‌های قاضُی بـود. ارسلان را بـه جایـگاه احضـار کردنـد. چنـان دچـار اضطـراب شـد کـه

دندان‌هایش به هم می‌خوردند. تمام بدنش به لرزه افتاده بود. قادر نبود از جا برخیزد. وقتی برخاست، پایش لغزید و نزدیک بود به زمین بیأفتد. با این حال، بی‌رمق خود را به جایگاه رسانید.

وکیل ارسلان به نیابت از ارسلان، قتل را به گردن نگرفت و دفاعیات خود را برای بی‌گناهی او به دادگاه ارائه داد. سپس وکیل بامداد از ارسلان پرسید «چرا او را کشتی؟» ارسلان اتهام را انکار کرد و پاسخ داد:

-من با او اختلافی نداشتم و اون رو نکشتم.

«دروغ می‌گی، چون چند شاهد تو رو دیدن که بامداد رو می‌زدی و چندین شاهد شنیدن که به مقتول گفتی، من تو رو می‌کشم.»

ارسلان جملات خود را با وقار امّا با ملاطفت آغاز کرد:

-من جداً با یه مشکل جدی روبه‌رو هستم و فکر می‌کنم این یه دید اشتباهه که من رو گرفتار کرده.

صدای او چنان پایین رفت که هنگام ادای برخی از هجاها به زوزه‌ای خفه بدل می‌شد. قاضی گفت:

-شما چقدر مهربان و ملیح هستید. البته انتظارش رو داشتم که در دفاعیه‌ی خودت مظلوم‌نمایی بکنی.

ارسلان احساس کرد زمینی زیر پای لرزانش نیست. تمسخر را غیرقابل تحمل دید و گفت:

-من اعتراض دارم، اونچه شما به تمسخر بیان کردین، بی‌ربط بود. من از قوانین منطق و عدالت استمداد می‌کنم.

قاضی به حرف آمد و چشمش جرقه‌ای زد و گفت:

-خُب ما هم برای همین این‌جا هستیم تا ببینیم چرا جوون مردم رو

کشتی؟ باید جرأت داشتی و حرف می‌زدی. به‌جای دعوا و پرخاشگری باید راه حل پیدا می‌کردی. به‌جای دردسرآفرینی به راه خودت می‌رفتی. ارسلان با بغض گفت:

- نمی‌دونم چطور ثابت کنم که این یک اتّفاق بود و من قصد کشتنش رو نداشتم. من نمی‌تونم، یعنی قدرتش رو ندارم آدم بکشم. من لحظه‌ای عصبانی شدم و به‌طرفش حمله کردم و متأسفانه هُلش دادم، افتاد و سرش به سنگ خورد. اون رفت، ولی من با این اتفاق تلخ نابود شدم.

بعد بغضش را بلعید و ادامه داد «باور کنین من نمی‌خواستم اون رو بکشم.» قاضی در جواب گفت:

- قصد کشتنش رو نداشتی ولی کشتی. معلوم شد اشتباه کردی و قدرتش رو نداری که اقرار کنی. توجّه کردی که از نردبان حق به راحتی نمی‌شه بالا رفت. در ضمن با اظهارات شهود، تو نقشه‌ی قتل رو قبلا کشیده بودی.

نطق رییس دادگاه رسمی و پر طمطراق بود و حضار نیز از شنیدن آن قیافه‌های مخوفی پیدا کردند. رییس دادگاه ختم جلسه‌ی دادگاه را برای آن روز اعلام کرد و رسیدگی را به روز دیگری موکول کرد.

خانواده‌ی ارسلان خسته، کوفته و پریده رنگ به نظر می‌رسیدند. آن‌ها تمام شب‌های پیش از دادگاه را به بیداری گذرانده بودند. ارسلان دچار شُک روحی شده بود. تکان نمی‌خورد. با صورت رنگ باخته همچنان به جلو خم شده و رو به پایین آویزان شده بود. در همین حال، سرباز دستش را روی بازوی او گذاشت و اشاره کرد تا از جایگاه بلند شود.

مدتی با چشمان بهت زده به اطراف نگاه کرد و بعد مطیعانه دستبند به دست راه افتاد.

وقتی به سلولش بازگشت، ر روی تخت‌خِواب نشست. چهره‌اش را با چشم‌هایی که خون در آن‌ها دویده بود، سمت زمین گرفت و سعی کرد افکارش را متمرکز کند. تأمل کرد و به تدریج قسمت‌هایی پراکنده از سخنان رییس دادگاه را به خاطر آورد. ولی بی‌درنگ احساس کرد حتی یک کلمه از حرف‌های او را هم نشنیده است. دادگاه لحظه‌های پر اضطرابی را برایش به همراه داشت.

پس از یک هفته، وقت جلسه‌ی بعدی دادگاه شروع شد. او را با نگهبانان به دادگاه آوردند. درِ سالن باز شد و او گیج و مبهوت وارد شد. دو سرباز محافظ با او حرکت می‌کردند. وقتی وارد دادگاه شد، باز هم جمعی منتظر تماشایش بودند و به او چشم دوخته بودند. همهمه‌ای از میان جمع برخاست و صندلی‌ها با سر و صدای زیاد جابه‌جا می‌شدند.

با دیدن قضات، شاکیان و شاهدان در سالن، ناگهان سرمایی در رگ‌های او به جریان افتاد. دندان‌هایش می‌لرزید و دست‌های یخ‌کرده‌اش می‌لرزیدند. پایش جلو نمی‌رفت. نزدیک بود به زمین بیأفتد که سربازان دستش را گرفتند و او، مانند موجودی بی‌جان، دستبند به دست به‌سوی وکیلش رفت و نشست.

دوباره قضات و وکیل مدافعش را دید، و وکیل اتابکی را که همه‌ی مهارتش را به کار می‌برد تا دادگاه را قانع کند او را گناهکار بشناسند و عملش را عمد و مستوجب مجازات، و اعدامش کنند.

با ورود ارسلان، وکیل مدافعش با چهره‌ی متبسم به سوی او برگشت و

گفت «من کاملا امیدوارم که قتل غیرعمد شناخته می‌شه. هرچند هنوز اطلاعی از مفاد حکم ندارم، ولی گمان می کنم که عمد رو از موضوع اتهام تو حذف کنند. در این‌صورت بزه ارتکابی غیرعمدی هست و مجازات شما فقط حبس ابد خواهد بود.»

دادستان رونوشت گواهی پزشکی‌قانونی را به اضافه چند برگه‌ی کپی‌شده دیگر به رییس دادگاه تحویل داد. ناگهان رییس دادگاه به ارسلان دستور داد از جا برخیزد و در جایگاه متهم بأیستد و از خودش دفاع کند. عرق سردی بر سراپای بدنش نشست و به میز تکیه کرد تا بر زمین نیفتد. رییس دادگاه خونسرد به ارسلان گفت:

–امیدوارم سر عقل بیایی و بگویی چرا جوانی به‌نام بامداد اتابکی را کشتی؟

ارسلان می‌خواست دهان باز کند و پاسخ بدهد. می‌خواست خیلی چیزها را بگوید و حقیقت را روشن کند؛ اما از هیجان چیزی بر زبانش نیامد. انگار زبانش به سقف دهانش چسبیده بود. وکیل مدافع او از جا برخاست. او فهمیده بود که ارسلان دچار بحران شده است و در آن لحظه نمی‌تواند چیزی بگوید و هر لحظه امکان پس افتادن او بود. وکیل از قاضی خواست چند دقیقه‌ای به ارسلان فرصت بدهد. پس از چند دقیقه ارسلان پاسخ داد:

– قسم می‌خورم که من قصد کشتن بامداد رو نداشتم. شاهدان دروغ می گن.

«چرا باید این شاهدها شهادت دروغ بدن و برات پاپوش درست کنن؟ تو رو در حین ارتکاب قتل دستگیر کردن.»

ارسلان چنان خوب، متین و شمرده صحبت می‌کرد که نمی‌شد فهمید یک قاتل است. نگاهش روشن و مصمم، و حرکاتش یک‌نواخت بود. او وقایع را بسیار ساده و همان‌گونه که اتفاق افتاده بود، بیان کرد. لحن سخنش بسیار متین و جدی بود و به هیچ وجه راه مبالغه را نپیمود. یعنی نه چیزی برخلاف واقع به نفع خود گفت و نه چیزی از ماجرا را حذف کرد. سپس به جای خود بازگشت و کنار وکیلش نشست و به دفاعیات وکیلش گوش داد.

وکیل مدافع ارسلان تلاش می‌کرد که از او دفاع کند و توانست با نطق حساب شده چند لحظه‌ای توجه قضات را به خودش جلب کند، اما دریغا که وقت و مدرک برای اثبات حقیقت کم بود. از طرفی دیگر، حریف قاضی و وکیل اتابکی نمی‌شد. سرانجام نتوانست قضات را متقاعد کند، و رییس دادگاه، هم بادی به غبغب انداخت و ختم جلسه‌ی آن روز را اعلام کرد.

وکیل ارسلان آشفته و خشمگین به‌نظر می‌رسید. خود ارسلان هم از خشم می‌لرزید. نفسش تنگ شد و تنها توانست بگوید «این غیرممکنه، که یه انسان بر علیه انسان و انسانیت قرار بگیره.» ارسلان از کاری که کرده بود، نادم و پشیمان بود. هر لحظه در عذاب بود. به عذاب روحی و روانی دچار شده بود. گویی از لحظه‌ی اتفاق، محکوم به اعدام شده بود.

یک هفته بعد، دادگاه دیگری تشکیل شد و این بار دادستان طوری شاکی بود که برایش مهم نبود این جوان بی‌گناه است یا نه! و فقط

بـر علیـه او حـرف می‌زد.

وقـتی دربـارهی ارسلان صحبـت می‌کـرد، گـویی می‌خواسـت هـر طور شـده او را از زمیـن بـردارد و او را جـوانی کثیـف و فاسـد معرفی می‌کـرد گـویی در تمـام طـول زنـدگی مجـرم و از جامعـه طـرد شـده بود.

ارسـلان احسـاس کـرد کـه وکیـل خانوادهی بامـداد نیـز وقتی علیـه او سـخن می‌گویـد، فقـط بـرای از پـا در آوردن اوسـت.

در آخریـن جلسـه، ریـیس دادگاه خونسـردانه از ارسلان خواسـت کـه برخیـزد! ارسلان از جـا برخاسـت. سـکوتی محـض بـر سـالن دادگاه حکم‌فرمـا شـد. نفس‌هـا در سـینه حبـس بـود. ارسـلان منتظـر دریافـت حکـم آزادی و نجـات خویـش بـود. قلبش تنـد می‌زد، تندتر از همیشـه. نتوانسـت آخریـن دفاعیه‌اش را بـه زبـان آورد. زیـرا وقتی دهانـش بـاز نمی‌شـد. زبانـش بـه سـقف دهـان چسـبیده بـود. بیـم و اضطـراب داشـت. بـه انتظار شـنیدن حکـم دادگاه مانـد.

ریـیس دادگاه حکـم دادگاه را خوانـد:

–رأی دادگاه مسـتدل بـر اسـتعانت از خداونـد متعـال و بـا توجـه بـه محتویات پرونـده و ادلـهی موجـود، حکـم شـما آقـای ارسلان تیمـوری را صـادر می‌کنـم. دادگاه شـما را مجـرم شـناخته و شـما را محکـوم بـه قصـاص و اعدام در ملاءعـام می‌کنـد. آقـای وکیـل مدافـع، آیـا در مـورد انطبـاق جـرم بـا مجازات اظهـاری داریـد؟

وکیـل مدافـع می‌کوشـید خطابـهی قاضـی را رد کنـد و مجازات اعـدام را بـه مجـازات حبـس ابـد تقلیـل دهـد. ولی موفـق نشـد و قاضـی ختم جلسـه دادرسـی را اعلام کـرد و از وکلا خواسـت کـه بـه دیـدار او برونـد.

دادسـتان بـا داشـتن چندیـن شـهود و مـدارک علیـه ارسلان، خیـلی زود پیروز

شد و باد به غبغب انداخت و به‌سوی خانواده بامداد برگشت و با نگاهش به آن‌ها تبریک گفت و پایان این بازی غم‌انگیز را به اطلاع‌شان رساند.

وکیل ارسلان پرونده را باخته و مات بر جایش نشسته بود. از این که ارسلان گناهکار شناخته شده و محکوم شده بود، آشفته و خشمگین بود. ارسلان از شنیدن حکم جا خورد، زیرا از قیافه‌ی قضات خوانده نمی‌شد که حامل حکم اعدام کسی باشند. در چهره‌شان نشان از شقاوت نبود. پاهایش به لرزه افتاد. میز را محکم با دست فشار داد تا نیفتد. بعد با صدای لرزانی با خود زمزمه کرد «به‌خدا من بی‌گناهم. من مقصر افتادن و مرگ بامداد نیستم.» سراپایش از آن حکم، یخ کرده و تنش در زیر فشار توان‌فرسای آن خمیده شده بود. هنگام گرفتن حکم، در چهره‌ی او امید کودکانه‌ای دیده می‌شد شاید کسی معجزه‌ای کند و نجاتش دهد. چنان بی‌حرکت نشست که گویی روی او سرب ریخته‌اند. صورتش داغ شد و خون به چشمانش دوید. صدای گریه، ناله و ضجه‌های والدین ارسلان فضای سالن را پر کرده بود.

بهادری هنوز در دادگاه حضور داشت و به مردمی که شادی می‌کردند، نگاه می‌کرد. اتابکی از دیدن بهادری در دادگاه آن‌قدر عصبانی شده و باد کرده بود که هر لحظه ممکن بود بترکد. هنگام عبور اتابکی از کنار تیموری، پدر ارسلان به او گفت:

ـ‌حالا فکر می‌کنی مرگ پسر من افتخار بزرگی برای خانواده‌ی تو ایجاد می‌کنه؟

اتابکی تمام کلمات زشت، نفرت‌انگیز و نادرست را که بلد بود، نثار او کرد. وقتی ارسلان از جا برخاست، به چهره‌ی اطرافیان نگاه کرد.

صورت‌های‌شان در نظرش تار می‌آمد. دندان‌های ارسلان قفل، و کتف‌هایش منقبض شده و درد شدیدی گرفتند. سر را به هر سو می‌چرخاند و به اطراف نگاه می‌کرد. چهره‌ها را نمی‌دید تنها یک چهره در ذهنش روشن شد و آن هم پدرش بود. پاهایش خسته شد. بغض کرد و بی‌اختیار شروع به گریه کرد.

هنگام خواندن حکم، گویی جریان برق از بدن حضار گذشته باشد. همه یک آن ساکت شده بودند، ولی پس از استماع حکم، فریاد برآوردند و هورا کشیدند و کف زدند. صدای شادمانی خانواده‌ی بامداد از رضایت‌مندی حکم اعدام تا حیاط دادگاه شنیده می‌شد.

ارسلان، حالت تهوع داشت، و عرق سردی روی پیشانی‌اش جوشید. پاهایش درد می‌کرد و سرش گیج می‌رفت. سربازها جلوی او ایستادند و دستبند به دست‌هایش زدند. وقتی او را به حیاط می آورند، ارسلان از سربازها سیگار خواست. سرباز سیگاری روشن کرد و به او داد. هر بار که ارسلان سیگار را روی لب می گذاشت یا برمی‌داشت، سرباز مجبور بود دستش را همراه او بالا و پایین ببرد. در محوطه‌ی بیرون دادگاه، اتابکی خود را به ارسلان رساند و با خشم به او گفت:

–اگه خیال می کنی می‌تونی رضایت بگیری، کور خوندی. از چنگ من سالم در نمی‌ری، با چنگ و دندان تو رو تکه تکه می کنم. من باید تو رو روی چوبه‌ی دار ببینم. باید لگد به چارپایه‌ی تو بزنم تا دلم خنک شه .

بهادری که از کنارشان می گذشت، موهای بدنش سیخ شد. با این وصف، با قدم‌های یک‌نواخت و آرام از کنارشان گذشت. طوری

وانمود کرد که اصلاً حرف‌های آن‌ها را نشنیده است.
خانواده‌ی اتابکی جز انتقام به چیز دیگری نمی‌اندیشیدند، و حکم اعدام ارسلان برای‌شان یک پیروزی بزرگ محسوب می‌شد. سربازان تا اتومبیل مخصوص زندان، ارسلان را همراهی کردند. دو سرباز با راننده و یک سرباز دیگر کنار دست راننده نشسته بودند. گناهکاری را می‌بردند که جنایت را بر دوشش بار کرده بودند، و می‌رفت تا ذلت و وحشت جهان خاکی را ترک گوید.

***

هنگامی که ارسلان می‌خواست سوار ماشین شود، پدرش فریاد زد «ارسلان ناراحت نباش، پشت تو هستم. پسرم، می‌دونم تو بی‌گناهی، خدا هم می‌دونه. من شجاعت تو رو تحسین می‌کنم.» ارسلان به گریه افتاد و زمزمه آرام زمزمه کرد:
-من پدرم رو می‌شناسم. من کمرش رو شکستم. من همه‌ی امید و آینده‌ش رو خراب کردم. اون از من بیش‌تر رنج می‌بره.
تیموری به پسرش دلداری می‌داد و از او دفاع می‌کرد، ولی هر بار که در اندیشه‌اش محکومیت پسرش را مرور می‌کرد، می‌لرزید و پاهایش سست می‌شد، و با گریه و هق هق بریده بریده زمزمه می‌کرد:
-خدایا خانواده‌ی اتابکی، چطور راضی به خونه رفتن؟ حتماً سرشار از احساس شادی هستن. حتما شربت شادی هم می‌نوشن! چطور می‌تونن بخوابن؟ چطور می‌تونند اسم تو رو به زبون بیارن؟

***

سربازها ارسلان را به نگهبان زندان سپردند و رسید گرفتند و آن‌جا

را ترک کردند. ارسلان سر به زیر انداخته بود و به کندی قدم بر می‌داشت. گویی تردیدی در دل داشت. جدال شدیدی از شب پیش در باطنش در گرفته بود که هنوز پایان نیافته بود و اکنون داشت مراحل تازه‌ای از آن را طی می کرد.

زندانبان او را به سلولش برد و دستبند را باز کرد. به اطراف نگاه کرد و نگاهی به خودش انداخت. متحیّر با خودش فکر می کرد «این محکوم منم؟ این اعدامی منم؟!» بیست و چهار ساعت بود که غذا نخورده بود، ولی گرسنگی را احساس نمی کرد. حسی در وجودش باقی نبود. گیج و منگ و سرگردان در افکارش، چشمش به هم بندانش افتاد. زندانیان دیگر، وقتی از حکم او آگاه شدند، دلداری‌اش دادند و گفتند:

–امیدت به خدا باشه، اگه بی گناه باشی سرت تا پای دار می‌ره، ولی بالای دار نمی‌ره.

ارسلان که در آغاز آرام بود، کم کم به هراس افتاد و چشم‌هایش به وحشت آغشته شد. قطرات عرق از میان موهایش بیرون می‌زد و بر شقیقه‌هایش جاری می‌شد. زندانی‌های پیرامونش سکوت کردند. نفسش تنگ شد. لغزید و خواست روی زمین پهن شود که هم‌بندهایش او را گرفتند و روی تخت نشاندند. سردش بود و عرقش روی پیشانیش یخ بسته بود. لرزان نشست و گفت «من رو می کشن.» احساس می کرد مرگ جلوی او دهان باز کرده است. می‌ترسید همان لحظه او را ببلعد. ناگهان از عمیق‌ترین نقطه‌ی جانش فریاد زد و گریست.

***

فردای آن روز که آرام‌تر بود، با خود اندیشید که از رأی صادره،

استیناف بخواهم. باید از وکیلم بخواهم که این کار را بکند. وکیل از قاضی دادخواست برای دادگاه عالی تقاضا کرد. پس از چند روز جواب آمد و دادخواست از دادگاه عالی رد شد، و حکم همان ماند که بود. بعضی وقت‌ها با خود نجوا می‌کرد «خانواده‌ی من بیش‌تر رنج می‌برند. پدرم، پدر و مادر بیچاره‌ام، با بدنامی و دشواری خواهند توانست در آن محیط زندگی کنند و برادر و خواهرانم چگونه در مدرسه سر بلند کنند.» ناگهان تنش می‌لرزید. هرگز فکر نمی‌کرد به چنین مجازات سنگینی محکوم شود. صدایی از درون دل او بر می‌خاست و می‌گفت «چطور ممکنه قاضی‌ای که بر حق نشسته حکم اعدام را صادر کنه؟» هر لحظه به لباس زندان نگاه می‌کرد و به فکر صحنه‌ی اعدام می‌افتاد. به گره طناب و دست‌هایی به پشت بسته و آویزان و چشم‌بند شوم و ظلمانی می‌اندیشید. گاهی تمام شب را به فکر آزادی و نور خدا و آگاهی و هدف از آمدن و رفتن ما به این دنیا می‌گذراند. صبح که بیدار می‌شد، حالش بدتر می‌شد. تشنج و لرز مزمن داشت جانش را می‌گرفت.

یکی از روزها افکار وحشت‌انگیز مرگ، بر او فشار عصبی آورد و باعث شد که برخیزد و بر در و دیوار بکوبد. وقتی که بر اثر مشت کوبیدن به در و دیوارهای سلول دستش غرق خون شد، چند تن از هم سلولی‌ها برخاستند و مانع شدند بیش‌تر آسیب ببیند. نگهبان را صدا کردند و باند و چسب گرفتند و دست‌هایش را باندپیچی کردند.

شب‌ها تاریک و شوم بود. زمستان شروع شده بود و هوا خیلی زود تاریک می‌شد. گاهی از سپیده‌ی صبح هم بیزار بود. احساس می‌کرد تاریکی و روشنایی دیگر فرقی نمی‌کند.

همین که دراز می‌کشید خاطره‌ها به ذهنش هجوم می‌آوردند و توی گوشش همهمه‌ای بر پا می‌شد. در آن لحظات، خاطرات او غلیظتر می‌شد. خاطره‌ها جسته و گریخته روز و شب ادامه می‌یافت. وقتی بیدار می‌شد و برای هواخوری بیرون می‌رفت، چشم به بیرون می‌انداخت، نمی‌دانست روشنی روز صبح است یا غروب! با دیدن غذا حالت تهوع پیدا می‌کرد. بازی رقت‌انگیز تقدیر، افکارش را متزلزل کرده بود داشت او را به‌سوی مرگ می‌کشاند و دیوانه‌اش می‌کرد.

۱۹

دادگاه اجرای حکم ارسلان را مدتی عقب انداخته بود تا شاید کسی بتواند از اتابکی و خانواده‌اش بخشش بگیرند. آخرین روز دادگاه علنی ارسلان، بهادری در دادگاه حضور داشت. او با خانم شفیعی و یک مرد دیگر -که او هم از خیّرین بود- ته سالن نشسته بودند. بهادری تمام دادگاه ارسلان را دنبال می کرد. پس از آخرین دادگاه هم از حکم اعدام ارسلان، غمگین و خشمگین و آشفته بود.

روزی با خیرین دیگر در سالن کنفرانس خیریه نشسته بودند و درباره‌ی حکم اعدام ارسلان، صحبت می کردند، بهادری گفت «توی صورتش که باریک می‌شم، رد و نشونی از کار خلاف و بزهکاری و شرارت نمی‌بینم. توی زبان بدنش هم فقط پشیمانی به چشم می‌خوره. حیف که جوونا به این راه کشیده می‌شن. اینا سرمایه‌ی این کشورن. چه بسا که اگه تحصیل کنن، جون چندین نفر رو نجات بدن.»

جامعه باید جوانان را پرورش دهد، تعلیم دهد، تربیت کند، اخلاق حسنه

به آنـان بیامـوزد، اگـر خطـای فاحشی کـرد، در بنـد نگـاه دارد؛ ولی سـاقه را قطع نکنـد و ریشـه را نسـوزاند. یـک قتـل دیگـر نکنـد. اعـدام، مخالـف دسـت بـرادری و برابری‌سـت، به‌خاطـر همیـن خـون ریختن‌هـا، جامعـه هرگـز رنـگ آزادی و آرامـش را نخواهـد دیـد، مگـر توبـه کننـد و دسـت از قتـل بردارنـد.

مـددکاران بـا بهـادری و خانـم شفیعی قـرار گذاشـتند تـا بـرای گره‌گشـایی نـزد خانـواده بامـداد برونـد و آن‌هـا را متقاعـد کننـد از اعـدام چشـم بپوشـند. ولی بهـادری امیدش روز بـه روز بـرای نجـات ارسـلان کم‌رنـگ و کم‌رنگ‌تـر می‌شـد. روزی کـه می‌خواسـتند بـه خانـه‌ی اتابکی برونـد، از صبح حالـش خوب نبـود. شـب را نخوابیـده بـود. حتی مـژه بـر هـم نگذاشـته بـود. قبل از این‌کـه از خانـه خـارج شـود، خانـم شفیعی بـه خانـه‌ی بهـادری زنـگ زد و گفـت:

- صبـح به‌خیـر، مـا بـا کمـک خیریـن مقـداری پـول جمـع کردیـم کـه بـا خودمـون می‌آریـم و تـا اونجـا کـه امـکان داشـته باشـه، تـلاش خواهیـم کـرد پـدر و مـادر بامـداد رو بـرای رضایـت راضی کنیـم. امیدواریـم شـما هـم همـراه مـا بیاییـن.

از خانـه کـه بیـرون آمـد، آفتـاب بـر آمـده بـود و درختـان روی زمین سایه‌ای دراز و مشبک و مرطـوب از شبنم، افکنـده بودنـد. سـایه‌های گسـترده روی زمیـن بـه اشـکال مختلـف خودنمـایی می‌کردنـد. بهـادری نگاهـش را بـه یـک درخـت بیـد دوخـت کـه سـر تـا پـا می‌لرزیـد. برگ‌هـای آن مرطـوب به‌نظر می‌رسـید. گویی او هـم تـا صبـح گریـه کـرده بـود.

از بی‌خوابی تمام اندامش درد می‌کرد. مانند این بود که بازوان و زانوانش را خرد کرده‌اند و پهلوهایش را با ضربات چوب کوبیده‌اند.

امّا بهادری شور و حرارت ملکوتی داشت. پس از تماس خانم شفیعی و با طلوع آفتاب به‌خاطر آزادی جوانی، با قدرت صبحگاهی نیرو گرفت و به‌سوی خیریه‌ی خورشید حرکت کرد. در طول راه با زبان مخصوص خود با طبیعت صحبت می‌کرد و نیرو می‌گرفت.

در خیریه‌ی خورشید، چند تن از اعضای فعال و خانم شفیعی منتظر او بودند که پس از رسیدن بهادری به‌سوی خانه‌ی اتابکی حرکت کردند. وقتی رسیدند، به در کوبیدند. در باز شد. داخل خانه رفتند. اتابکی که هنوز عصبانی بود و خشمش را فرو نمی‌داد، با دیدن بهادری بیش‌تر عصبانی شد و به او گفت:

ـتو چرا اومدی؟ کم دردسر درست کردی!؟ برای چی دوباره اومدی؟ من واقعاً از عاقبت کار تو می‌ترسم.

تمام حاضران متّفقا عقیده داشتند بهادری مهربان‌ترین مرد جهان است، ولی اتابکی این سئوال را با چنان خشم و خشونتی مطرح کرد که همه با بهت‌زدگی به یکدیگر نگاه کردند.

اتابکی فوراً به چهره‌اش حالت متفکر و عمیقی داد. سپس از جا برخاست و کلاهش را که در گوشه‌ای از هال آویزان بود، برداشت و خواست که از اتاق بیرون برود. در را تا نیمه باز کرده بود که همسرش او را صدا کرد:

ـحاج‌آقا بشینین. به‌خاطر مهمونای دیگه، بشینین، و با قاطعیت جواب رد بدید.

اتابکی بازگشت و کنار همسرش نشست. خانم شفیعی شروع به صحبت کرد:

-آقای اتابکی، مرگ یک جوون دیگه فرزندتون رو بر نمی‌گردونه. اگه به خدا اعتقاد دارین، به‌خاطر اون که بخشش رو سفارش کرده، این جوون رو ببخشین. ما می‌خوایم بدونیم اگر دیه‌ی فرزند شما رو بپردازیم، رضایت می دین؟

«این پول، دیه یا هر کوفت دیگه، اقدامی شرم‌آور و ننگینه. اون پسر جرمی مرتکب شده و باید غرامت زندگی از دست رفته‌ی فرزندم رو بپردازه.»

مردهایی که همراه بهادری آمده بودند، به حرف‌های خانم شفیعی سراپا گوش بوده و گه‌گاه بین خودشان اشاره‌ای رد و بدل می‌کردند. بهادری با لحن پندآموزی گفت:

-آقای اتابکی، ما اومدیم تا جای پامون تو این دنیا بمونه. برای اومدن و رفتن ما باید وزنه‌ای باشه. باید حضور داشته باشیم. بی‌حضور ما زندگی چیزی کم داره. اومدیم تا بازیگر خوب صحنه‌ی زندگی خودمون باشیم. بشتابید به اونجایی که غمگینی هست و اونجا که مسکینی هست. اونجا که یاری، طالب محبت هست و اونجا که رفیقی محتاج مروت...

مادر بامداد میان حرف‌های او دوید و گفت «هر چی تو دنبال مادر و خواهر قاتل زن و پسرت می‌دوی کافیه. لازم نکرده ما دنبال کسی بریم. می‌بینم چقدر هم قشنگ دنبال کار خیر می‌ری.» بهادری رو به مادر بامداد کرد و گفت:

-خداوند بر چشمان زیبای زنان عنایت بفرماید که همیشه در هر قضیه‌ای فقط طرف خوب رو می‌بینن. مواظب زخم زبون‌تون باشین. گناه ارتعاشی هست که از تابش آن در همین دنیا شامل حال انسان می‌شه.
اتابکی رو به بهادری کرد و گفت «لازم نیست تو تمام قوانین طبیعت و تمام علوم زیستی رو به دیگران بیاموزی، خودت هنر زندگی و دوراندیشی و تسلط بر نفس خودت رو بیاموزی، کافیه.» بهادری سرفه‌ی کوتاهی کرد و گفت:
-بله کاملاً صحیح می‌فرمایید. متوجه‌ام. ولی باید بدونی که این خدمت من، ربطی به اون‌چه منظور شماست، نداره.
خانم شفیعی که با قیافه‌ای آرام روبه‌روی اتابکی نشسته بود، گفت:
-اون‌چه ما را به این‌جا کشونده، اینه که با یک حرکت خداپسندانه از شما تقاضای عفو کنیم. هدف ما مقدسه.
همسر اتابکی وسط حرف او دوید و گفت:
-همسرم حالش خوب نیست. علایم تب از چهره‌اش هویداست. وضع رو براش بدتر نکنین. صحبت کردن در این حال براش مساعد نیست.
بهادری گفت:
-به هرحال دعای خیر از قلبی دربند و شکسته و والدینی گرفتار، می‌تونید از اون منبع فیض بزرگی درخواست کنید تا همواره زندگی شما رو از سعادت و شادمانی لبریز کنه.
اتابکی به طعنه گفت:
-هر چی تو درخشانی و بین مردم می‌درخشی و شادمانی، بسّه.
بهادری سرش را به‌سوی دیگران برگرداند. خانم شفیعی گفت «در

مورد بخشش فکر کنین! و جان انسانی رو نجات بدید. لطفاً بیش‌تر فکر کنین.» اتابکی از جا برخاست و با دست، راه خروج را به آن‌ها نشان داد و گفت «بفرمایید، بفرمایید بیرون.» در را باز نگه داشت و خروج آن‌ها را تماشا می‌کرد. هنگام خروج، اتابکی با نگاهی به طعنه آمیخته و برانگیزنده به بهادری گفت:

-به بچه‌های دیگه‌ت هم فکر می‌کنی که چه عذابی می‌کشن؟

سپس به او چشم دوخت و به طعنه پوزخند زد. بهادری دیگر نمی‌توانست بی‌حرمتی را تحمّل کند. سینه را سپر کرد، بادی در قفسه‌ی سینه انداخت، گردن برافراشت و با شانه‌های بالا انداخته، به‌سوی او برگشت و گفت «اتابکی این اختلاف‌ها و ستیزه‌جویی‌ها و این همه غم و اندوه در دل دیگران فشردن رو چه کسی جبران می‌کنه؟ بندگان خدا رو چه کسی اصلاح می‌کنه و راه روشن خدا رو چه کسی به جوون‌ها نشون می‌ده؟ حرف‌های امثال تو تأثیری در من نداره، می‌دونی چرا؟ به قول سعدی:

به جهان خرم از آنم که جهان خرم از اوست
عاشقم بر همه عالم که همه عالم از اوست»

نگاه‌ها به او دوخته شد. لحظه‌ای به اطراف نگاه کرد. دیدن چهره‌های حیرت‌زده‌ی دیگران امیدی را در دلش بیدار کرد. دوباره سر به‌سوی او گرداند و با چهره‌ای برافروخته گفت:

-از کوزه همان برون تراود که در اوست. خودت رو صاف کن. زلال کن. با این اخلاق، برای رفتن به ملکوت خدا راهی نیست.

اتابکی با خشم فریاد زد:

-باید قصاص بشه. حقش قصاصه. خیلی خوشحال می‌شم اون رو به دار

آویخته ببینم.

با تمـام تلاشـی کـه خیریـن در خانـه‌ی اتابکـی انجـام دادنـد، مذاکـرات پیشـرفتی نداشـت و بـرای بهـادری هـم جواب‌هـا منفـی و شـرم‌آور بـود. وقتی از خانـه‌ی اتابکـی بیـرون آمدنـد، بهـادری به حاج‌سـماک کـه مـردی باتقـوا بـود، گفـت «گفتـن قصـاص بسـیار آسـان و چشـم‌گیر و جـوابی قطعـی بدون پاسـخ بـه شـنونده هسـت. قصـاص رو نشـان قـدرت و سـندیت نزدیکـی بـه خـدا و حجـت خـدا و مالکیـت بـر مـردم معیـار ایـن جامعـه کـردن.» بعد درحالی‌کـه خشـمگین بـود، سـرش را پاییـن انداخـت و ادامـه داد «وقتی انسـان بـه هـر عمـلی معتقـده و هـر خرافاتـی رو قبـول می‌کنـه و رشـد می‌ده، اون‌وقت اعتقاداتـش مقـام و مرتبـه‌ی انسـان رو پاییـن می‌آره و انگشـت اشـاره، دسـتور و تهمت‌هـا را بـه‌سـوی خـدا می‌بـره.»

حاج سـماک سـخنان او را نمی‌فهمیـد. مـدتی سـاکت و صامـت بـا او قـدم برداشـت و چشـم بـه زمیـن دوختـه بـود. پـس از چنـد دقیقـه بهـادری را تسـلّی داد و تأکیـد کـرد «هیـچ مـوردی نـدارد کـه در مقابـل سـتم‌گری ایـن خانـواده خشـمگین شـود و کفـر گـویی کنـد، زیـرا خانـواده عزادارنـد و خشـمگین.» در چهـره‌ی بهـادری آثـار یـأس و نومیـدی هویـدا بـود. حاج‌سـماک بـا لحـن آرام و مؤدبانـه‌ای ادامـه داد «از گسـتاخی مـرد مأیـوسی کـه در شـرف غـرق شـدن در مصیبـت فرزنـد هسـت، خشـمگین نبـاش و ایـن سـقوط وحشـتناک رو بـه او خـرده نگیـر.» بهـادری بـا نهایـت احتـرام گفـت:

ـ بسـیار متأسـفم کـه ایـن موضـوع آشـفتگی شـدید در شـما ایجـاد کـرده و به اعتقادات شـما لطمـه وارد کـرده. نمی‌دونسـتم شـما تـا ایـن حـد در اعتقادات خودتـون پافشـاری می‌کنیـد، ولی بـرای این کـه جهـان پیرامـون خودمـون رو

تغییر بدیم، بایـد اول خودمـون رو تغییر بدیم.

سماک سخت غافلگیر شد. نخست خـود را باخت و از فرط شرمساری تا بناگوش سرخ شـد و ناگهان لحن توهین‌آمیز خـود را کاملا تغییر داد و با نهایت ادب گفت:

-ناطق زبردستی هستی، ولی من از گفته‌های تو متقاعد نمی‌شم.

بهادری سکوت کـرد و از آن‌ها جـدا شـد. به منزل بازگشت و نومیدانه در انتظار فرزندانش نشست.

هنگام غـروب مهتـاب بـا مهـرداد نـزدش آمدنـد. پـس از احوال‌پرسی مهرداد گفـت «آقـای بهـادری؛ ما شـنیدیم شما می‌خواین قاتل رو ببخشین، شـما نبایـد از خـون پسـرتون به راحتی بگذریـن. اون پسـره هم قاتل پسـرتونه و هـم قاتل همسـرتون!» مهتـاب میـان حرف‌هـای شـوهرش دویـد و گفـت: «جواب اردشیر رو چی می‌دین؟»

بهادری بابی‌حوصلگی گفت:

-مـن در کمال احتـرام از شـما خواهـش کـرده بـودم کـه دیگـه دربـاره‌ی اون جـوون بـا مـن این‌طـور حرف نزنین.

در ایـن هنگام در خانـه به‌صـدا درآمـد و بهـادری حتـی در صـدد بـر نیامـد کـه خـود قـدمی به‌سـوی در بـردارد. مهـرداد سـمت در رفت و آن را بـاز کـرد. بهادری بی‌حرکت مانـد و چشـم بـه در ورودی دوخـت. پـس از چنـد لحظـه اردشیـر در آسـتانه‌ی در ایسـتاده بـود. منتظـر بـود کـه پـدرش چیـزی بگویـد.

بهـادری افسـرده دل، اکنـون بـا دیـدن فرزندانـش چنان شـاد و حیرت‌زده شـد کـه نفسـش بـه شـماره افتـاده بـود. حال و وضع کـسی را داشـت کـه

انگار یک فرشته در میان هاله‌ای از نور دیده باشد. نزدیک بود از حال برود. یک لحظه او را با اَوستا اشتباه گرفته بود. آن دو برادر بسیار شبیه هم بودند. بهادری به‌سوی مبل رفت و نشست. اردشیر کنار پدر نشست و پرسید:

-درباره‌ی چی حرف می‌زدین؟

مهتاب گفت:

-درباره‌ی اعدام قاتل. بابا هم انگار حالش خوب نیست.

اردشیر دوباره پرسید:

-مگه غیر از اینه که باید اعدام بشه؟

بهادری رو به دخترش کرد و گفت:

-بله، وضع و حال من اینه. شماها آفتاب آینده رو پیش روی خودتون دارین و من حتی یک شعاع نور رو در مقابل خودم نمی‌بینم. روز به روز بیش‌تر در ظلمت فرو می‌رم. کسان بسیاری هستن که مثل شما فکر می‌کنند. امّا شاید یک نفر هم مثل من دیوانه باشه که نمی‌خواد شرمنده‌ی خالق خودش بشه. من با چه رویی مهربانی و بخشش از او تقاضا کنم، در حالی که خودم او را نادیده می‌گیرم و به میل خودم قتلی را به گردن می‌گیرم.

مهتاب با خشم گفت «نگین که اون بی‌گناهه. قاتل، یه جوون بی‌سر و پاست. یه دزد بدکاره‌ست. یه آدم ناسپاس و خودخواهه. نه قلب داره نه روح. آدم مغرور و شروریه و قاتل پسرتون. مظلوم‌نماییش یه فریب شرم‌آوره.» بعد سرش را بلند کرد و دست لاغرش را روی میز کوفت و لرزان و خشم‌ناک ادامه داد «ولی باید تابع قانون باشید پدرجان و قانون

قاتـل را محکـوم بـه قصاص مـی‌کنـه. جا تـهی کـردن، اون گمراه رو گسـتاخ می‌کنـه.»

بهـادری خـودش را روی مبل جابه‌جا کـرد تا راحت‌تـر بنشینـد. سپس بـه مهتاب پاسـخ داد:

«البته قتـل بـا رضایت مـن صـورت می‌گیـره، جواب خـدا رو مـن بایـد بـدم و در صفات خـدا، قتـل و انتقام و ظلـم جایـی نـداره. پـس مـن چطـور خـدا رو نادیـده بگیـرم. مـن روزی هـزار بـار صـداش می‌کنـم و بـا او درد دل مـی‌کنم.»

بعد در جـای خـود راسـت نشسـت. مثل جنـازه‌ای بـود کـه ناگهـان از خواب مـرگ رهایـی یافتـه باشـد. بـه گوشـه‌ای خیـره شـد. امـا بهـادری بـه چـه چیـز دیگـری می‌اندیشیـد کـه در ورای آن، سوسـوی چـراغ عدالـت می‌درخشیـد؟! مهتـاب افکار پـدرش را پـاره کـرد و گفت:

ـاو فعـلا مظهر محکـومیتی بی‌رحـم و تصمیمی تغییرناپذیره.

بهـادری بـا لحن پدرانه‌اش گفت:

ـدخترم، من شمـا رو این‌طور تربیت نکـردم.

غـم و خشـم ترکیـب عجیبـی در ذهـن مهتاب به‌وجـود آورده بـود کـه او از بیـم آن‌کـه مبـادا سخنـش باعـث بـر هـم زدن رابطـه‌اش بـا پـدرش شـود، شتابان خانـه‌ی پـدری را تـرک کـرد.

***

وقتی بهـادری بـه حیـاط آمـد، هـوای زنـده و جان‌بخـش صبحـگاهی جـان تـازه‌ای در او دمیـد. سـرش را بلنـد کـرد و بـه آسـمان نگریسـت. آسـمان صـاف و آبـی بـود. اشـعه‌ی خورشیـد هنـوز گرمـای سـوزانش را به‌سـوی زمیـن حوالـه نکـرده بـود. صـدای بـال پرنـدگان کـه از شـاخه‌ای بـه شـاخه‌ی

دیگر می‌پریدند، شنیده می‌شد. گویی با صدای دلنشین خود برای دل او آواز می‌خواندند. تا او را شادتر و سرزنده‌تر کنند.

بهادری درِ مغازه را باز کرد و پشت میز رفت و نشست. تنهایی و فکر و کمی اضطراب، او را آشفته کرده بود. تصمیم گرفت به بازار بزرگ برود شاید کمی از اضطرابش کاسته شود. هنوز تصمیمش جدی نشده بود که تلفن زنگ زد:

–بفرمایید

«سلام، شفیعی هستم. آقای بهادری می‌تونم با شما صحبت کنم؟»

بهادری خوشحال از این که کسی می‌خواهد وقت او را پر کند، گفت:

–بله، بله، حتماً. وقت دارم. بفرمایید!

«پای تلفن نمی‌شه. باید شما رو ملاقات کنم.»

–امر بفرمایید. در خدمت هستم.

هم‌زمان مشتی بابایی هم وارد مغازه شد. بهادری به او اشاره کرد در مغازه بماند و بنشیند. خانم شفیعی گفت:

–اگه می‌تونید بیایین خیریه تا با هم حرف بزنیم. اگرنه من بیام.

بهادری پس از آن همه بدنامی، می‌ترسید زنی به مغازه او بیاید، گفت:

–خودم خدمت‌تون می‌رسم. الان بیام؟ یا یه وقت دیگه؟

«اگه می‌شه الان بیایین.»

مغازه را به مشتی بابایی سپرد و رفت. وقتی وارد خیریه شد، خانم شفیعی به استقبالش آمد و بهادری را با خود به دفترش برد. تعارف کرد و بهادری نشست. خانم شفیعی رفت و پشت میزش نشست و آرنج دست

را روی میز گذاشت و دست‌ها را به شکل دعا خواندن رو به بالا گرفت و انگشتان دست را به هم فشرد و گفت:

-آقای بهادری ببخشید که وقت‌تون رو گرفتم، ولی واقعاً باید با شما حرف می‌زدم. شما می‌دونید که چند سال هست من شوهرم رو از دست دادم و الان تنها زندگی می‌کنم. بذارید برم سر اصل مطلب. سال‌های ساله من شما رو دوست دارم و از روزی که همسرتون فوت کردن، بیش‌تر مشتاق شدم و حالا نمی‌تونم از فکر شما خلاص بشم. روز و شب ندارم. همه‌ش تو فکرم. من می‌خوام شما رو شریک زندگی خودم کنم. مدتیه که در رؤیاهای خودم در این فکرم که در چنین لحظه‌ی سعادت‌آمیزی چطور آن همه ساعاتی رو که در سکوت و خاموشی با عشق به شما به سر بردم، به خاطرتون بیارم و اونوقت دست شما را برای عقد محبتی عمیق که در من ریشه کرده طلب کنم. من امروز قلبی را که با تمام وجود به شما تعلق داره، به پاتون می‌ندازم و هستی و آبروی خودم رو برای شنیدن پاسخ به این پیشنهاد برای بار چندم به خطر می‌ندازم.

رفتار شما اون‌قدر شرافتمندانه و نجیب هست که این بار به من جواب رد نمی‌دید. من آدم بی‌احساس و حق ناشناسی نیستم. به شما اطمینان می‌دم که من در جهان مطمئن‌ترین و محکم‌ترین و وفادارترین همسر برای شما می‌شم.

سکوت برقرار شد و خانم شفیعی که چهره‌اش را با یک دست پنهان کرده بود، شروع به گریستن کرد. بهادری، در حالی که بر تأثراتش

مسلط می‌شد، گفت:

ـ ببخشید، شما این همه مطلب رو کی حفظ کردید؟ این‌طور که شما گفتین، انگار کسی دیکته کرده و شما حفظ کردید و خوندید.

خانم شفیعی لبخند زد و بینی‌اش را پاک کرد و گفت «نه، باور کنین من شما رو دوست دارم. اگه عشق من رو بپذیرید، از تلخی و ناامیدی زندگی من کم می‌کنید. این چندمین باره که عشق از شما گدایی می‌کنم.»

ـ نمی‌خوام لطمه‌ای به شما بزنم، ولی من در شرایطی نیستم که دنبال هم‌دَم و هم‌زیست باشم. بذارید به نحو دیگری بگم. این صحبت‌ها برای من دردناک و ناگواره. من به اندازه‌ی کافی از شایعات رنج می‌برم، نمی‌خوام بیش‌تر از اینا بشنوم.

خانم شفیعی از جا برخاست و گفت:

ـ ولی روابطی که بین ما قراره صورت بگیره، ما رو به‌طور سعادتمندانه‌ای به هم‌دیگه مربوط و متّحد می‌کنه.

«من برای شما سعادت پایدار آرزو می‌کنم. از من بگذرید. احساس بدی به من دادید که بعد از این، آمدنم به خیریه رو ناگوار می‌کنه.»

خانم شفیعی با اضطراب گفت:

ـ خواهش می‌کنم به من جواب رد ندید. بعد از این همه شایعات، من می‌خوام آبروی رفته‌ی شما رو نجات بدم.

بهادری از جا برخاست و گفت:

ـ من رو برای پاسخ دادن تحت فشار نذارید! جواب من منفیه.

خانم شفیعی با تبسمی حزن‌آلود گفت:

ـ ولی پشیمان می‌شین.

بهادری با لحنی قاطع جواب داد «شما خانم جوان و زیبا و مهربان می‌تونین صاحب همسر و دوستان زیادی بشین. مردان کثیری هستن که با نوازش، قلب شما رو لبریز از محبت و گرمی کنن. ولی از قلب تکه پاره شده‌ی من چی می‌تونه نصیب شما بشه. می‌دونم می‌خواین به من ترحم کنید.

خانم شفیعی با حالت تعجب گفت:

-خدای من نه، من شما رو دوست دارم.

«وقتی مصیبت به من وارد شد، غرورم شکست. من رو قضاوت کردن و قلب من رو تکه و پاره کردن. زمانی که پسر و همسرم را گرفتن و درد و رنج رو توی سفره‌م، توی دلم، توی رخت‌خوابم و در جانم گذاشتن، من رو هم با کفن پیچوندند. در ضمن خانم شفیعی، شما من رو نمی‌شناسین، من پس از این به احترام و خاطرات همسر و فرزندم می‌خوام بقیه‌ی عمرم رو بگذرونم. می‌بینین؟! بغض گلوم رو توی فشار گذاشته. من رو فراموش کنین. من لایق شما نیستم. من لایق کسی نیستم. در این حالات در قلب من جز خدا کس دیگری راه پیدا نمی‌کنه.»

بهادری برای این که خانم عاشق را از یک عشق و علاقه هوسی خلاص کند و آفت و ضرر را از بُن بر کند و به آزار و شکنجه‌ی او پایان دهد، به او گفت که هرگز پیوندی بین آن‌ها نخواهد بود و رشته‌ی دوستی‌شان نیز اکنون، از هم گسسته است. با این که خانم شفیعی چندین بار به او قول حمایت و پشتیبانی داد، ولی بهادری زیر بار این عشق نرفت و عشق خانم شفیعی نافرجام ماند. بهادری صادقانه قول داد که این راز را

با کسی در میان نگذارد.

هنگامی که بهادری از اتاق بیرون می‌رفت، خانم شفیعی برای این جواب، چنان می‌گریست که باور کردنش دشوار بود. بهادری، اندوهگین از در خیریه خارج شد. با خودش حرف می‌زد و برای همسرش می‌خواند و زمزمه کرد «تو آن نفسی/ که اگر نیایی/ جانی نیست/ اگر جانی بخواهی/ دیگر نفسی نیست/ مرده‌ای/ متحرک هستم/ که اگر نباشی/ زندگی نیست/ در پشت/ لب‌های فروبسته‌ام/ طاقت انتظار نیست.»

ذهنش را با خاطراتی فراوان از عشق و امیدهای گذشته، مشغول کرد و این خاطرات مانند برگ خزان می‌ریخت و می‌گذشت و با نسیم ثانیه‌ها به آلبوم سرد زمان چسبانده می‌شد. چشمانش را پر از اشک می‌کرد و همین اشک‌ها مایه‌ی تسکین و آرامش خاطر او می‌شد.

***

سپهر با لحنی سوزناک و ملتمسانه برای تحقق رویایش تمنایی عاجزانه از خدا می‌کرد. زیرا او آمیزه‌ای از شکست و نفرت را در افکار خود نسبت به زندگی درک نموده بود. این ادراک به این معنا بود که زندگی را باخته است و به تنهایی تاب برگشت ندارد.

روزی بهادری به دیدار او رفت. بی‌صدا، رنگ پریده و عمیق روبه‌روی او نشست. سپهر در مقابل چهره‌ی آرام و غمین او نیش‌خند بی‌ادبانه و عصبی زد و گفت «فعلاً مرگ و زندگی در دست شماست. زودتر، بهتر. من سال‌هاست احساس می‌کنم محکوم به مرگ شدم.» بهادری می‌خواست بخششی را که در دل داشت و پنهانش کرده بود، بازگو کند. دلش می‌خواست به او بگوید «من تو رو بخشیدم.» اما سپهر ظاهرش را می‌دید

و پی به حقیقت نمی‌برد و بهادری را خشمگین می‌کرد. او به بی‌حسی و بهت دچار شده بود.

سپهر در شگفت بود. اوایل در زندان دوستی نداشت و از همه دوری می‌کرد و با هیچ کس دم‌خور نمی‌شد و به‌سختی کسی را می‌پذیرفت و همه از او روی‌گردان بودند. بی‌نهایت مغرور بود و با کم‌تر کسی گرم می‌گرفت. گویی سرّی نهفته دارد. اما اکنون چیزی او را به‌سوی دیگران می‌کشانید. مثل این بود که تحول تازه‌ای در او رخ می‌داد، و کشش به‌سوی دیگران را در او زیاد می‌کرد. معاشرت می‌کرد و در سرگرمی‌ها شرکت می‌کرد و با تمام نیرو به تحصیل مشغول بود. به دیگران کمک می‌کرد و به این جهت به او احترام می‌گذاشتند. یک روز عصر بهادری نوشته‌ای را روی دیوار خانه‌اش دید که به او هشدار داده بودند. روی دیوار نوشته بود «غیرت چیز خوبی‌ست که تو نداری.» دلیلی نداشت از این تهدیدها بترسد، چون وجدانش پاک بود.

وقتی وارد خانه شد، لباس عوض کرد و کنار پنجره، قاب عکس‌های همسر و فرزند جگر گوشه‌اش را روبه‌رویش گذاشت. اشک مجال دیدن نمی‌داد. در چهره‌ی او سیلاب راه افتاد، با این وجود با حالتی گرفته به عکس‌های عزیزانش چشم دوخته بود.

او می‌توانست نقاب از چهره‌ی شایعه‌سازها برگیرد و خجالت و شرم نصیب آنان کند، امّا این کار را نکرد. از نظر او، این کار پستی و رذالت می‌خواست، که او درباره‌ی زیردستان و ضعیفان به کار می‌برد. با خود می‌گفت «چه کنم تا آن‌ها این‌قدر بر خودشان و دیگران بی‌رحم و سخت‌دل نباشند؟»

چند روز بعد وقتی به دیدار سپهر رفت، لابه‌لای مهر و نور و نصایح این مرد چیزی وجود داشت. آن‌قدر خوب و دلنشین و کریمانه و پدرانه که سپهر آن را احساس کرد و از نومیدی به‌سوی امید رفت. چهره‌ی بهادری آن روز نورانی شده بود و پیش از آن‌که بنشیند، گفت «بله... می‌تونی من رو پدر صدا کنی.» سپهر بی‌حرکت مانده بود. خشکش زده بود. نمی‌توانست چیزی بگوید. با تکان دادن سر به بهادری فهماند که منظورش را درک نمی‌کند. بهادری دوباره تکرار کرد و گفت:

ـ من نمی‌خوام از خدای تو شرمنده باشم. من گناه تو رو می‌بخشم و مثل فرزندم ازت حمایت می‌کنم. به‌خاطر همین تو هم با خدا پیمان جدید ببند تا از راه دوستی به او نزدیک باشی و از راه درست منحرف نشی. ما به‌وسیله‌ی رشته‌های لرزان به خدا متصل هستیم، این‌ها رشته‌های اعمال ما هستند که به خداوند متصلن، رشته‌ی اعمال مثل خودداری از دروغ گفتن و مثل دزدی مثل قتل، مثل زنا. شناخت خدا و خود، هدف از آمدن و رفتن ماست.

بهادری از بهت‌زدگی سپهر متوجه شد که او تحمل این معلومات را ندارد و حیرت‌زده به او نگاه می‌کند. با لبخندی به گوشه‌ی لبش کاشت و گفت «تلاش برای رهایی و بال گشودن به سوی کمال کار آسونی نیست.»

سپهر مانند صاعقه‌زدگان بر جا ماند. حتی نفس کشیدن برای او دشوار شده بود. گویی یک پنجه‌ی قوی گلویش را می‌فشرد. او در انتهای تونل تنگ و تاریک زندگی‌اش به دنبال نوری درخشان و چشمک‌زن می‌گشت تا به سوی او حرکت کند و او را از باتلاق سردرگمی بیرون

بکشد. اکنون شهامت لازم را به دست آورده بود. وقت آن بود که از لابه‌لای سراشیبی زندگی‌اش به سمت بالا گام بردارد. پس از بازگشت به سلول غرق در افکارش بود.

وقتی بار دیگر بهادری را ملاقات کرد، به حرف آمد و گفت «حالم چنان هست که انگار روشنایی رو کشف کردم. در این زمان کوتاه چه چیزهایی رو تجربه کردم.»

بهادری گفت:

ـ دوست دارم این طور فکر کنی. چون، حالا تو رو بهتر از هر کس دیگه می‌شناسم من چیزهای قشنگی در روح تو می‌بینم که دیگران نمی‌تونن ببینن. اصلاً توجه ندارن. اون‌قدر شتابزده هستن که تشخیص نمی‌دن.

سپهر تا آن زمان چیزی مانند سخنان بهادری را نشنیده بود. در این گفته‌ها بیش از تاریکی، روشنایی را می‌دید. بیش از ابهام، شفافیت را می‌دید و آجر به آجر در درونش معبدی ساخته می‌شد که در او اثر می‌گذاشت.

در میان این کشمکش‌ها و سختی‌ها به خاطرش آمد شاید آن پیرمرد، خدا بود که مرا دعا کرده بود و امروز در لبه‌ی بام این دنیا و حیات دیگر، در انتظار قصاص به فریادش رسیده است.

«بشر فراموش کار است، اما نباید فراموش کنیم که خداوند را در چه مکانی و در چه زمانی و با کدام چهره ملاقات خواهیم کرد. پس همیشه مهربان باشیم و یاری‌رسان.»

بهادری اندیشه‌ها و احساسات خود را گاه به گاه و جمله به جمله، گاهی

با نظم و گاهی بی‌نظم و ترتیب و بی‌هدف، روی کاغذهای روی میز می‌نوشت و پس از رفتن او، سپهر آن‌ها را جمع می‌کرد و می‌خواند.
سپهر با خود می‌اندیشید که هر یک از جمله‌های او پیچیده و پر از رمز و راز است. مدام از روح و معنویت با او سخن می‌گوید و قلب و روحش را پُر از نور می‌کند. قبل از این‌که بهادری را ملاقات کند، از عشق چیزی نمی‌دانست. از آتش عشق، از سوختن و شعله‌ور شدنش چیزی نمی‌دانست.
حال برافروختن آتش امید در قلب سپهر بیش از طاقتش بود. گریه را آغاز کرد. اشک از دیدگانش فرو ریخت و گفت:
- چرا من توانایی نداشتم که خودم رو اصلاح کنم و کمی معتدل‌تر باشم. این ستیزه‌جویی و دعوا کردن‌ها، عربده کشیدن‌ها و ترساندن مردم که جز غم و اندوه چیزی برام حاصل نشد رو چطور جبران کنم. چقدر می‌تونم زندگیم رو اصلاح کنم؟

بهادری می‌اندیشید که چگونه یک حرف، یک قلم، یک کتاب می‌تواند دنیای یک نفر را عوض کند. به‌خاطر همین خستگی ملایمی که مدام عمیق و عمیق‌تر می‌شد، در مقابل اراده و قدرت تسلیم‌ناپذیری او کاری از پیش نمی‌برد و همچنان به کار خود ادامه می‌داد.
اردشیر و مهتاب سرسختانه با پدر مبارزه می‌کردند و به هیچ وجه راضی به بخشش نبودند. بهادری احساس می‌کرد، تلاشش برای آزادی سپهر، محکوم به شکست می‌شود. با این‌که وجود سپهر، مردی شد که مظهر آگاهی، عشق و شور شده و جوانی بزهکار و قاتل را به رمز زندگی و

آفرینش پُر کرده بود. فارغ از های و هوی اطرافیان عشقی که زبان عاجز از توصیف آن است در دل جوان روشن کرده بود.

«گاهی سقوط به معنای واقعی رخ می‌دهد؛ اما دست‌های پنهانی در واپسین لحظات آن را نگه می‌دارد و این دست‌ها، دست‌های آسمانی بود که در تدارکات آزادی سپهر بودند.»

بین بهادری و اتابکی چه می‌توان گفت، غیر از این‌که یکی سوی پایه‌ای مستحکم تلاش می‌کرد، دیگری سوی پلی لرزان و بی‌ثبات. یکی سوی کین و خشم، دیگری مظهر فضلیت و جوانمردی. مردی را که مظهر بدنامی و ننگ می‌شناختند، عالم مردانگی بود. زیرا سپهر اکنون مانند پروانه‌ای که بال به‌سوی شمع بگشاید، پر می‌گشود، و به‌سوی عشق و جان می‌شتافت. سپهر در ملاقاتی دیگر به بهادری گفت:

ـ حالم هیچ‌وقت به خوبی اوقاتی که در خدمت شما گذراندم نبود، ولی از تمام آنچه پشت سر شما گفتند، شرمسارم و از تمام بلایایی که بر سر شما آوردم و آوردند، شرمگین و از خودم بیزارم. به نارسایی‌هایم به دیده اغماض بنگرید.

بهادری استادانه در جوابش گفت:

ـ اولاً که کلماتی که استفاده می‌کنی، نشان از مطالعه‌ی تو داره، دوماً این بدگویی‌ها و نکوهش‌های عوام بسیار ارزنده هستن، چون هم نشانه‌ی اینه که راه را درست رفتم و هم این‌که آدمی رو از دام تکبر و خودشیفتگی مصون می‌داره و موجب می‌شه تا انسان خودش رو گم نکنه و به فلاکت درونی دچار نشه.

زندگی را با دل آغاز کن. امروز فردایی است که دیروز نگرانش بودی.

زندگی را با محبت محکم و با صداقت زیست کن. زندگی با تبسم آرام می‌شه و با عشق زیبا می‌شه. به یاد داشته باش خداوند منشأ زیبای و مهربانی و مِهر هست. محبت، پنجره‌ای به‌سوی اوست. قلب و روحت رو به او بسپار تا وسعت بیش‌تری بیابی. برات آرزوی آرامش می کنم، زیرا آرامش تحفه‌ای گران‌بهاست با رنگ عشق از جانب خدا، به زیبایی اندیشه آزاد، تفکر کن.

بهادری زخم دل او را به سخن شیرین ترمیم می کرد. و به او هشدار می‌داد تا از پستی و رذالت بر حذر باشد و مواظب وسوسه‌های شیطان باشد. در یکی از ملاقات‌هایش به سپهر گفته بود:

-می‌دونی که رفتار انسان از اراده سرچشمه می گیره و از هدایت عقل انجام می گیره، امّا بعضی از رفتارها با غریزه‌ی حیوانی انجام می گیره، و در اثر این نیرو حرکت انسان حرکتی فیزیکی پدید می‌آره و این حرکت همان خواسته‌ی نفس شیطانی هست که باید مراقب باشی به دام نیفتی. تا وقتی زنده‌ای و نفس می کشی و استخوان برای ایستادن داری، نیرو داری و می‌تونی بایستی باید خودت رو بسازی. هیچ کس حق نداره خطا کنه، حتی اگر به او ستم شده باشه.

سپهر با شنیدن این سخنان بهادری، به فکر فرو می‌رفت و میزان و معیارهایش به هم می‌خوردند. یک کفه‌ی ترازوی او تا قعر نیستی پایین می‌آمد و کفه‌ی دیگرش تا بلندگاه آسمان بالا می‌رفت.

وقتی به سلول بازگشت، روی تخت دراز کشید و بار دیگر به فکر فرو رفت. به حقایقی که هرگز به آن‌ها علاقه‌مند و پای‌بند نبود. در ذهنش می‌نشستند و فکر او را در هم می‌ریختند. هر چند احساس می کرد

حالا انگیزه‌ای برای زنده ماندن دارد، او را به فکر کردن وادار می‌کرد. در زیر بار سنگین تفکر می‌گداخت و طوفانی سهمگین او را در میان می‌گرفت، با نفس خود می‌جنگید، اشک می‌ریخت و ناامیدانه به خود می‌پیچید و با خود می‌اندیشید. درون خود را می‌کاوید. حرکات ترازوی مرموز روشنایی و تاریکی را می‌نگریست، و همه چیز را در ذهنش سبک و سنگین می‌کرد. دوستان و آشنایانش را که برای او افراد بی‌قاعده و نامعقول و تبهکار بودند در قعر پرتگاهی هولناک می‌دید. خود را در برابر نور خیره کننده‌ای کشف می‌کرد. زیرا تا آن زمان عادت نداشت تصور کند موجود ناشناخته‌ای بالای سر اوست.

تا طلوع آفتاب در همین وضع بود. در بسترش، در زیر فشار بار سنگین افکار بی‌خواب شد. تا صبح بی‌حرکت بر تخت افتاد و فکر کرد. صبح روی لبه‌ی تخت نشست از خودش پرسید:

– من یه زندانی سابقه‌دار، یه قاتل، اونم قاتل پسر این مرد بینوا، این‌قدر زجرش دادم. حالا که من رو توی چنگال خودش داره به فکر انتقام‌جویی نیست.

سپهر به این مسئله پی برده بود که در دنیا نیکی و مهر وجود دارد، و یک زندانی سابقه‌دار هم می‌تواند مهربان و نیکوکار باشد. زیرا خوبی و نیکویی در انسان پرورش داده می‌شود.

۲۰

صبح زود، شهر در سکوت فرو رفته بود. خانواده‌ی ارسلان قبل از این که پسرشان به سوئیت اعدام منتقل شود، به دیدنش رفتند. لحظه‌ی دیدار دردآور و وصف‌ناشدنی بود. صدای گریه برخاسته بود و این آغاز یک پایان بود بر نفرت و بیزاری ارسلان به دنیای اطرافش. وقتی چشمش به خانواده‌اش افتاد، با دست صورتش را پوشاند و صدای هق‌هق‌های بی‌امان در سالن ملاقات پیچید. نام پدر و مادرش را تکرار می‌کرد و می‌گریست.

برادر و خواهرانش که متوجه حالت معذب و شرم درونش شده بودند، برای دیدار برادر از او پیشی گرفته و به طرف او قدم برداشتند. والدین ارسلان تلاش کردند چهره‌شان را شاداب نگه دارند، با این وصف نمی‌توانستند رنج و غم‌شان را پنهان کنند. گاهی قطره اشکی از گوشه‌ی چشم‌های‌شان روی گونه می‌چکید.

بازوی مادرش در بازوی پدر گره خورده بود. ارسلان نگاهی به مادر

انداخت. مادر تمام وجودش بود. نگاه پر از عطوفت مادر را تاب نیاورد و منتظر نماند. خودش را در بغل مادر انداخت. دستش را دور گردن مادر حلقه زد و او را بوسه‌باران کرد. مادر سر و صورتش را نوازش می‌کرد. عشق مادری را در گوشش نجوا می‌کرد.

با دیدن پدر، دردی قوی در قلبش احساس کرد و زخمی که تارهای درونش را به صدا در آورد. این موج درون، می‌رفت که بر وجودش مسلط شود. به خود نهیب زد «حالا نباید اجازه‌ی چنین کاری رو بدم. هر لحظه یه دنیا برام ارزش داره. باید روی پا بایستم. باید او را در آغوشم بفشارم.» تلاش می‌کرد آنچه در قلبش می‌گذشت، انعکاسی در چهره‌اش نداشته باشد. به مادرش گفت که اصلا هراسی ندارد، و در حالی که لب‌های خود را جمع می‌کرد، سعی داشت اضطراب خود را از والدینش پنهان کند.

می‌دانست که همه را به رنج انداخته است. رنجی که اینک اثرش بر چهره‌ی تمام خانواده آشکار بود. خانواده‌اش ضربات سختی را تحمّل می‌کردند. لحظه وداع، کشنده‌تر و سوختن در جهنمی بود که آتشش را خود ارسلان روشن کرده بود. به‌خاطر همین دلش می‌خواست فریاد بزند. آن‌قدر فریاد بزند تا متلاشی شود.

وقتی مادرش را برای خداحافظی بغل کرد، مادر دستانش را حلقه کرد و به گردن او انداخت. در آغوشش کشید. گریه امان نمی‌داد حرفی بزند، فقط موهای پسرش را نوازش می‌کرد و بوسه می‌زد. ارسلان لحظه‌ای درنگ کرد و مادر را از خود جدا کرد و آهسته گفت:

ـ‌مامان‌جان، مواظب بابا باش. همدیگه رو نگه‌دارید. تقصیر شما نیست

که این اتفاق افتاد.

پدر عاشق پسرش بود و لحظه‌ای از او چشم بر نمی‌داشت. مرد بینوا شیفته پسرش بود. او را می‌پرستید. کلاهی را که در دست گرفته بود، رها شد و بر زمین افتاد. توان نگه داشتن کلاهش را نداشت. به‌سوی او آمد و ارسلان را در آغوش کشید و زار زار گریست. ارسلان به‌سختی توانست خود را از چنگ پدر رها کند. زیرا پدر محکم او را در آغوش فشرده و شانه‌هایش را بوسه باران می‌کرد. ارسلان با هیجان موهای سفید پدرش را می‌بوسید و با اشک خیس‌شان می‌کرد.

نگهبان زندان آن‌ها را از هم جدا کرد و پایان وقت ملاقات را اعلام کرد و ارسلان را برای ابد از آن‌ها گرفت. ارسلان برای پدر می‌گریست و پدر برای عصاره‌ی جانش، مادر برای جان جوانش می‌گریست و ارسلان برای قلب شکسته‌ی مادرش.

وقتی به سلول بازگشت، خسته و گریان و تب‌آلود بود. اندکی بعد به فکر مرگ افتاد. زیرا هرگز به این سادگی مرگ را به وضوح در برابر چشم مجسم نکرده بود. از فکرش هر آن از جا می‌جهید. با دهان باز، بدنی سوزان و در اوج ترس و خشم برخاست و در طول و عرض سلول قدم زد. وضعیت او چنان رعب‌انگیز بود که زندان‌بان‌ها با این‌که با چنین مناظری کاملاً آشنایی داشتند، برای پرهیز از دیدار او با وحشت روی خود را بر می‌گرداندند.

ارسلان که در اندیشه‌ی مرگباری به‌سر می‌برد، اکنون با خود می‌اندیشید چرا این‌گونه در هم شکسته است. با خود زمزمه می‌کرد:

- این زندگی در طبیعت خدا، این هستی بی‌نظیر، زندگی شیرین و آرام،

هدیه‌ای بود که به من داده شده بود. آزادی یگانه هدف زندگی من بود. شاید من نمی‌دونستم چطور ارزش واقعی این هدیه‌های پروردگارم رو بدونم. شاید کفران نعمت کردم. شاید ارزش آزادی رو نمی‌دونستم. ولی زمان برای من هر روز و هر ساعت معنی و مفهومی خاص داشت، در مغز جوان و پر بار من هزاران آرزو بود که همچون کارآگاه عظیم هزاران فکر و خیال زیبا و پرنقش داشتم.

تمام شب افکار مرگ و قفس بر ذهنش سنگینی می‌کرد. می‌خواست آخرین وظیفه‌اش را پیش از عروج به آسمان، انجام دهد. پس از شست‌وشوی دست و صورت، با چشمانی اشکبار به عبادت نشست. کمی که گذشت در جزء جزء بدنش شور و شعف موج زد. در آن لحظه احساس رهایی می‌کرد. رها از همه چیز و وصلت با خالق را در خود حس می‌کرد. می‌دانست آن‌چه در شرف تکوین است، تحقق همین عبادت است. دستش را روی موهای تراشیده‌اش کشید و ناگهان با سرعت کم به موزات زمین پرواز کرد. این احساس لذّت فراوانی برایش داشت. زمین مسطح پیش رویش رخ می‌نمود و منظره‌هایی که تا آن لحظه تصویری محو و نامشخص بودند، زیر نور مهتاب با جزئیات دقیق ظاهر شدند. به موازات ابرهای پراکنده حرکت می‌کرد. سرتاسر مرغزارها و برکه‌ها را دیدن کرد. از بالای دریاچه‌ای زیبا و نیلی رنگ گذشت. نور ماه زیر پایش در آب دریاچه شنا می‌کرد. ماه پشت سرش بود، ولی سایه‌ی رنگ باخته‌اش پیشاپیش پرواز می‌کرد.

عجیب بود که در آن لحظات از مرگ پروایی نداشت. امید بازیافتن آرامش و دیدار با حق، بی‌پروایش کرده بود. طولی نکشید که از جایی

در دوردست کورسوی چراغی دیده شد. به نور نزدیک‌تر شد. جلوتر که رفت، ظلمت محو و نور نمایان‌تر شد. چنان مشتاق و هیجان‌زده شده بود که دندان‌هایش به هم می‌خورد و لرزه بر اندامش افتاد. اما از میان نور صدایی گفت «خدایا اگر زندگی جاودانه‌ای وجود دارد، او را در بهشتی که مقدسین و پاکان چون خورشید در آن می‌درخشند، قرار بده. دوست من به‌اندازه‌ی یک دنیا به ترحم احتیاج دارد و حال به تو نیاز دارد. خدایا بر او رحم کن و کاری کن که از عذاب و شکنجه رنج نبرد.»

ارسلان با دیدن بامداد که در مقابلش ظاهر شده بود، با ناله‌ی جگرخراشی گریست و تمنا کرد. آن‌قدر نالید و تمنا کرد و روی زمین غلتید که بیهوش شد. بیهوشی‌اش دوام نیافت. هنگامی به خود آمد که مغز قدرت بیدار شدن نداشت و دوباره به خواب عمیقی رفت. در خواب بامداد را ملاقات کرد. بامداد به او گفت:

- ارسلان، از محبت و بخشش خالق هر چه بگویم کم گفتم. اون‌چه رو که تو دوست داری، آرزو می‌کنی و توی خودت پرورش می‌دی و تجسم می‌کنی به تو بخشیده می‌شه. حال که با عشق خالق هستی، هم‌نوا شدی، در اطراف خودت بهشت رو آفریدی. مرگ و زندگی نوعی تعادل و هماهنگی با خالق هستیه.

«از مرگ نهراسد کسی که از راز خلقت آگاه است. همه چیز آغاز و پایانی دارد، حتی زمینی که در آن ایستاده‌ای، حتی خورشیدی که نبض کهکشان در وجود آن است.»

نور محو شد و او از خواب بیدار شد. در اصل به بیداری معنوی هم

رسیده بود. توبه‌ی او بـرای خشمـی کـه بـر بامـداد گرفتـه بـود، در حیـاتی دیگـر مـورد بـررسی بـود. امیـد در دل او همچـون خورشید تابیـدن گرفت و آرزو می‌کرد کـه هـر چـه زودتـر حقیقت روشـن شـود و او حکـم آزادی خـود را به‌دسـت آورد. بـه خـودش گفـت:

ـمحالـه کـه انسـانی خوش‌قلـب و مهربـان و خداشـناس حکـم اعـدام مـن رو صـادر کنـه. مگـه نـه ایـنه کـه خداونـد قـادر و حکم‌دهنـده و جزاءدهنده‌سـت. انسـان کـه دوبـار بـرای یـک جـرم حکـم نمی‌گیـره و مجـازات نمی‌شـه. اگه این‌جا محکـوم بـه اعـدام بشـم، پـس از مجـازات خـدا، رهـا می‌شـم.

۲۱

ارسلان در زندان دوستان زیادی پیدا کرده بود. کنار هم می‌نشستند و هر کس داستان جرمش را تعریف می‌کرد. روزها بیش‌تر بیرون از سلول بودند و زندانیان در ساعات تنفس آزاد بودند. او چه در حیاط و چه در سلول، با زندانیان دیگر صحبت می‌کرد. آن‌ها هم سرگذشت خود و داستان گرفتاری‌های‌شان را برای ارسلان تعریف می‌کردند. بعضی از آن‌ها مردمان شریف و پاک‌نهادی بودند که زندگی کمر آن‌ها را خم کرده بود. گروهی دیگر از قصه‌های وحشت‌انگیز و رُعب‌آورشان می‌گفتند. بعضی احساس پشیمانی و ندامت می‌کردند و بعضی از ناآگاهی از اعمال خود راضی و خشنود بودند.

کم کم حالات هیجان و تشویش و وحشت و رنج و شکنجه بر ارسلان اثر می‌گذاشت. از زمان صادر شدن حکم اعدام، او دیگر با کسی تماس نمی‌گرفت، زیرا رنج‌های روحی او ساعت به ساعت و دقیقه به دقیقه و مرحله به مرحله بیش‌تر و بیش‌تر می‌شد.

«در حقیقت حکم اعدام یکی از ترسناک‌ترین اقدام‌های قانونی بشر از گذشته تاکنون است و این اصول و احکام و قوانین نیز عاری از خطا نیستند و همه مسائل را در مجموعه قوانین نمی‌توان یافت، هیچ جامعه‌ای در حد کمال نیست که مرگ را برای شهروندانش کمال بداند.»

ارسلان در سلولش ایستاده و به نقطه‌ای خیره شده بود. در فکر فرو رفته و با انگشت اشاره بر چانه‌اش می‌زد. گویا به چیزی دور فکر می‌کرد. شاید به گذشته‌ای دور و زندگی کوتاهی که داشت. شاید به مسئله‌ی مرگ فکر می‌کرد که همه باید بمیرند و آن هم در موعد مقرر، هیچ کس زودتر یا دیرتر نخواهد مرد. بسیار کسان ممکن است از من زودتر یا دیرتر بمیرند، شاید آن‌کس که مشتاق اعدام من است و خود را آماده تماشا کرده است، زودتر از من بمیرد. کسی چه می‌داند شاید قاضی زودتر از من بمیرد و زودتر به آنجا برسد و وقتی من برسم که محاکمه‌اش در محضر خدا شروع شده باشد.

از طرفی دیگر باید خوشحال باشم که از دست رفتن این زندگی را زودتر می‌بینم. در حقیقت از ایام تیره و تار زندان، لحظه‌های پر غصه، گلوگیر، بی‌رمقی و ناامیدی در دوران محکومیت و از تحمل خشونت‌ها و ناملایمات رها می‌شوم.

روز و شب در چنگال آهنین زندان‌بانان گرفتار بودن چه لطفی دارد!؟ شاید برای بعضی‌ها زندان شکوه و عظمتی به‌دنبال دارد. ولی برای کسی مثل من که نام زندان دلم را می‌آزارد، چیزی شرم‌آور و نکبت‌بار است، که شرافت را به زشتی و کثافت می‌آلاید و مثل خوره به جان من چنگ می‌اندازد و رویاهای زیبای زندگی که به جانم چسبیده‌اند را تکه تکه

می‌کند. گویی مرا در شب سیاه به سوراخ تنگ و تاریک می‌کشاند. زندگی دیگر به هیچ وجه برایم اهمیتی ندارد. ناگهان نقطه‌ای روشن به‌سویش هجوم آورد. فکری زیبا، رؤیایی شیرین که درآن بود.

ترمه، دختری که به حد پرستش دوستش داشت. دختر شیرین و جوانی که به او دل بسته بود. فکرش به گردش‌های با او، زیر درختان انبوه پارک رفت و مدتی لحظه‌ی شیرین با او را جشن گرفت. فکرش دوباره به سلول بازگشت و خود را اسیر و دربند یافت. روحش در ظلمت اندیشه‌ای مرگبار گرفتار شد. با خود زمزمه کرد:

- من که دلی باریک و با شفقت و ذوق و احساس رقیق و لطیف دارم، چرا این دنیا به من خیانت کرده؟ چرا من براش غیر قابل تحمل شدم. این مدتی که در اندیشه مرگ به سر می‌برم. سراپام از احساس آن لحظه مرگبار یخ می‌کنه و تنم زیر فشار سنگینی توان‌فرسای اون خمیده می‌شه...

دقایق به آهستگی می‌گذشت و ارسلان با افسردگی و چشم‌های مرطوب آهسته زمزمه می‌کرد «خدای مهربان، خدای من، خدای زمین و زمان، خدای هستی، این چه کابوسیه. این چه امتحانیه که به‌سوی من فرستادی؟ این چه سرنوشتی بود که در دفترم نوشتی؟ با مرگ من چه چیزی از طبیعت تو تغییر می‌کنه؟ زندگی کوتاه من چه بهایی داره که مرگ در جوانی رو نصیبم کردی؟ من چه خطایی کردم که باید این‌طور بمیرم؟»

رفتار متین و موقر و فرمان‌برداری او و عنایت و توجه منحصر به‌فرد او نسبت به سایر زندانیان و زندانبانان باعث شهرت او شده بود. ولی او

خـود احسـاس بدبختی می کـرد. در خفا گریـه می کـرد. روزهـای او بی امیـد گذشـت. سـاعت‌ها در اعماقش غوطـه‌ور شـد، و در آن لحظـات نگاهـش چیـزی نمی‌دیـد و در چهاردیـواری تفکـرات زنـدانی می‌شـد.

صدایـش کردنـد تـا بـا زندانبـان بـرود. مـدتی طـول کشـید تـا او از اعمـاق افکارش بیـرون بیایـد. گاهی از تـرس می‌لرزیـد. لـرزشی شگفت‌آور کـه تـا تمـام سـلول‌های قلب او را منجمـد می‌کـرد. بـرای او چیـره شـدن بـر ایـن ترس‌هـا محـال بـود. او را بـه سـوئیت اعـدام، قرنطینـه‌ی ۴۸ سـاعته بردنـد. دو شبانه روز کـه هـر ثانیـه‌اش هـزار سـال اسـت و هـر لحظـه‌اش یک قرن سـکوت. در آن مـکان آخریـن خواسته‌های زنـدانی اجابـت می‌شـود.

وقتـی وارد سـلول انفـرادی شـد، هـوا آن‌قـدر سـنگین بـود کـه حتـی می‌توانسـت خـس خـس سینـه و تپش‌های قلبـش را بلندتـر از هـر وقت دیگـری بشـنود. آن‌قـدر سـنگین شـده بـود کـه پاهایـش بـه سـختی حرکـت می‌کـرد و دست‌هایش تـاب تکـان خـوردن نداشـتند. بـا راهنمایـی نگهبـان بـه داخـل سـوئیت هدایـت شـد. صـدای بسـته شـدن در، گوش‌خـراش بـود. پـس از یکـی دو سـاعت نگهبـان بـرای او غـذا آورد، ولی ارسلان امتنـاع کـرد و فقـط سـیگار تقاضـا کـرد. وقتـی نگهبـان چنـد نـخ سـیگار را بـه او داد، ارسلان سیگار را روشـن کـرد و بـا ولـع دودش را در حلـق و بینـی خـود پـر کـرد. سـیگار دومـی را بـا تـه سـیگار اولی روشـن کـرد و بـه آتـش سـیگار نـگاه کـرد. پشـت دسـت خـود را بـا سـیگار سـوزاند و خاکسـتر از محـل سـوختگی بـه زمیـن ریخـت. زندانبان کـه کنـارش ایسـتاده بـود، عصبـانی شـد و فیلتـر سیگار را از او گرفـت.

در ایـن هنـگام زندانبان دیگـری در سـلول را بـاز کـرد و بـه دسـت‌های او

دستبند زد. گمان کرد وقت اجرای حکم اعدام است، پرسید:
–الان وقتشه؟
«نه باید بری معاینه پزشکی و بعد وصیت‌نامه‌ت رو تحویل بدی.»
تمام شب به خودش گفت «وقتش رسیده. مرگ شتابان به‌سوی من می‌آد. وقتش رو می‌دونه. دنبال گردن من می‌گرده.»
ارسلان داشت از چیز وحشتناکی حرف می‌زد! موهای تنش سیخ شد و لرزید. ترسی ناشناخته او را فرا گرفته بود و اجازه نمی‌داد فکر دیگری بکند. نمی‌توانست با آن بجنگد. از نفوذ افکار بد و وحشتناک به شدت ترسیده بود. زیرا احساس می‌کرد دست مرگ روی شانه‌ی او نشسته است.
از لحظه‌ی ورود به سلول انفرادی ذهن او از احساس خردکننده‌ی قبر که در برابرش دهن باز می‌کرد غافل نبود. این فکر دائماً در خاطر او به گردش در می‌آمد.
وقتی به سلول بازگشت، روحانی برای بار اول به دیدار او آمد تا کمی موعظه کند. ارسلان روی تخت نشسته بود و چهره‌اش شبیه پرنده‌ی گرفتارِ به دام افتاده‌ای بی‌قرار بود. روحانی سلام کرد و گفت «آقای ارسلان حالت چطوره؟» ارسلان نگاهی به او انداخت و چیزی زیر لب زمزمه کرد که شنیده نمی‌شد. روحانی گفت «من اومدم تا با هم دعا کنیم. شاید فرجی بشه و تو بخشوده بشی.» ارسلان سرش را بلند کرد و در چهره‌ی او دقیق شد. روحانی از او پرسید:
«می‌خوای با هم دعا کنیم؟»
ابروهای ارسلان از شنیدن این سخنان گره برداشت و گفت:

-شیطان انسانیت را بر باد داد و چیزی جز بدی، مرگ و نفرت باقی نگذاشت.

روحانی گفت:

-این دعا کردن‌ها رسم و فرهنگ ماست. این دعاها پلی هست که تو رو به خدا می‌رسونه. تو جوان دین‌داری هستی.

ارسلان با صورت برافروخته گفت:

-داشتن اجداد با ایمان، مؤمن و نمازخون اسمش فرهنگ غنی نیست، تاریخ هست. فرهنگ طرز رفتار و برخورد مردم و قانون انسانی جامعه هست. تو می‌خوای من رو بهسوی خدا ببری؟ شما خدا رو هر روز با کلام خودش اعدام می‌کنین. قتل می‌کنین.

روحانی احساس کرد موقع مناسبی برای وعظ نیست، گفت «این توصیف‌های شایسته‌ای نیست. باز هم به دیدنت می‌آم.» و رفت.

پس از رفتن روحانی، ارسلان تقلا کرد بر خودش مسلط شود، ولی نمی‌توانست. سپس یک رشته فریاد متوالی زد که تا اعماق دیوارهای سیمانی ضخیم فرو می‌رفت. نزدیک بود از فشار خشم از هوش برود و چنان ضعیف شده بود که تا ساعتی نمی‌توانست روی پا بایستد.

ارسلان مظهر محکومیتی بی‌رحم و تصمیمی تغییرناپذیر بود. با خودش می‌اندیشید:

-خدای من، اعدام! ولی چرا در ملاءعام؟ کسانی که از درد و رنج روزافزون و شوریدگی و اختلال فکری یک محکوم به اعدام رو احساس نمی‌کنن، چطور می‌تونن در فکرشون بگنجونن که مرگ انسانی، عبرتی برای دیگران هست؟!

۲۲

ارسلان بـه سـاعت نـگاه کـرد. احسـاس کـرد خـراب است و عقربه‌هـا از حرکت ایستاده‌اند، یـا این‌که آنقـدر کنـد حرکت می‌کننـد کـه انگار گیـر کرده‌انـد.

حرکت عقربـه‌ی ساعت مرگ را به او یادآور شـد. این هیولای مخـوف کـه ماننـد سُـرب گداختـه در مغـزش می‌جوشیـد و همـه‌ی اندیشـه‌های آرام‌بخـش و خیـالات شیرین و خواب‌هـای دل‌نـواز او را از سـر بـه در می‌کـرد. هر وقت سعی می‌کـرد که از فکر طنـاب دار بیـرون بـرود، مـرگ دسـت‌های سـرد و منجمـد و بی‌روح خـود را به‌سـوی او دراز می‌کـرد و تکانش می‌داد و نمی‌گذاشت از یـادش غافل شـود. در تمام لحظات همراه او بـود. هنگام خـواب، هنگام نشسـتن، هنگام غذاخـوردن. قبل از خـواب و در خـواب همـراه او بـود. مغـزش در خـواب فیلمنامه‌نویـس و کار گردان بـود و چـون هنرپیشـه‌ای نقش‌هـا را بـازی می‌کـرد و او را وادار می‌کردنـد تـا نقـش اعدامـی را بـازی کنـد و همزمان تماشـاگر هـم باشـد. بعـد از اتمام بـازی

از صحنه بیرون می‌رفت و بیدار می‌شد. بالش و رخت‌ِخواب او خیس می‌شد. عرق از سر و رویش جاری می‌شد و پلک‌های سنگین و نمناک خود را می‌گشود و نقش‌آفرینی را همچون لوحی حقیقی و برجسته در محیط اطراف خود حس می‌کرد.

روزهای آخر وظیفه‌ی زندان‌بانان بود که او را صحیح و سالم نگاه دارند و با او مهربان‌تر باشند و از او مراقبت و پاسداری بیش‌تری شود. به غذای او افزودند، ولی برای صرف غذا کارد و چنگال به او ندادند. زندان‌بانان مسئول جان او بودند، تا دست به خودکشی نزند، زیرا هنگام مرگ باید به هوش و آگاه باشد.

«یک اعدامی در تمام لحظه‌ها به اندیشه‌ی این که طناب چگونه گردنش را خواهد فشرد و ستون فقرات گردنش را خرد و متلاشی خواهد کرد و رگ گردنش را پاره خواهد کرد و نفسش بریده و تمام خواهد شد، فکر می‌کند. قبل از اعدام او از پای در می‌آید.»

شب‌های آخر بسیار عجیب بود. ارسلان لاینقطع به یاد خدا بود. گاهی افکار صحنه‌ی اعدام در نظرش می‌آمد و گاهی احساس می‌کرد زمزمه‌هایی پی‌درپی در گوش او نجوا می‌کنند. سعی می‌کرد خودش را گول نزند؛ اما باز صدایی در گوشش می‌پیچید «خدای زمین در آسمان هم هست. تو او را ترک نمی‌کنی، او نیز تو را ترک نمی‌کند. او مرگ تو را نمی‌خواهد، از تو اصلاح و خودآموزی می‌خواهد. مرگ تو پایان زندگی نیست. اوّل زندگی بعدی تو خواهد بود. تو می‌توانستی در همین زندگی تکامل پیدا کنی، اما افسوس که انسان‌ها جای خدا تصمیم می‌گیرند. انسان‌هایی که مانند تو از گوشت و استخوان ترکیب شده‌اند

و به خود اجازه می‌دهند که حیات و آزادی و هستی کسی را بگیرند.»
ارسلان در رویا غرق بود. به دیوار تکیه داده بود و چنان می‌نمود که گویی علایم حیات در او نیست. دچار ترس و وحشت و خشم و اضطراب شده بود. چشمانش را نیمه باز کرد. چشمی بود خالی، کدر، وحشت‌انگیز. نفسش سرد و منجمد بود. با دیدن نگهبان و روحانی به لرزه افتاد و عرق سرد بر سراپایش نشست.

نگهبان در را باز کرد. روحانی برای وعظ دوباره آمده بود. می‌خواست از خدا و توبه و مهربانی و بخشش سخن بگوید، یا برای تسلی‌دادن، یا احساس آرامش و دل آسودگی می‌خواست کلماتی به او تزریق کند. امّا آیا در چنین لحظاتی می‌توان چیزی شنید، یا چیزی جز مرگ و ظلمت دید.

«در این لحظات آدمی پرده‌ی سیاهی بر چشم‌ها و ارتعاشی در گوش دارد، که مانع حس استماع و باصره می‌شود.»

ارسلان غمگین و افسرده و مأیوس و پریشان بر لب تخت نشست. روحانی از او وضعیتش را پرسید:

-آقای ارسلان حال شما چطوره؟

ارسلان گویی هپنوتیزم شده است، جواب داد:

-من حالم خوبه. آروم هستم.

با این که ارسلان این حرف را قاطعانه می گفت، ولی درست نبود و حالش سخت خراب بود و ترس با نیرویی ویران‌کننده به او حمله کرده بود. سرش را به افسردگی و تسلیم پایین انداخت. سعی کرد آرام باشد، ولی چشم‌هایش هنوز از ترس می‌پرید و دست‌هایش می‌لرزید.

تلاش می‌کرد شانه‌ها و دست‌هایش را حرکت دهد و عرق پیشانی‌اش را پاک کند. وضع او در این ساعات دشوار و تنگنای مرگبار تمام مغز او را به اوهام غم‌انگیز فرو برده بود. از روحانی که حوصله‌اش را سر برده بود، پرسید:

- شما راهی بی‌هزینه برای بهشت رفتن من انتخاب کردید؟

روحانی این توهین را به حساب ترس او از مرگ گذاشت و گفت:

- می‌خوام بدونی که در جهان تنها یک اصل وجود داره، و اون هم سلطه‌ی آدمی هست بر نفس خویشتن، بر خودت مسلط باش و با نفس توانا بر ترس غلبه کن و بدون که اگر مردم خاکی تو رو نبخشیدن، ولی آفریدگار ما، تو رو می‌بخشه.

روحانی می‌خواست احساساتش را تحریک کند و او را به توبه وادار کند و اشکش را درآورد؛ امّا سخنانش مجذوب و مسحور کننده نبود، برعکس مبهم و پیچیده بود. در آن شرایط حرف‌هایش عمق و معنا نداشت. گویی واژه‌ها در فضا معلق و سطحی و بی‌معنی بودند و به‌نظر ارسلان نامربوط و نارسا می‌آمد. گویی مرثیه می‌خواند. گاهی کلمات عربی هم می‌گفت که ارسلان از آن‌ها چیزی نمی‌فهمید.

هنگام صحبت روحانی، ارسلان به چشم‌های او نگاه کرد، هیچ نور ایمان در چشم‌هایش نبود. حتی دلسوزی و صداقت را از گفتارش در نمی‌یافت. او آمده بود تا برای تسکین دل ارسلان سخن بگوید. می‌خواست به او مژده بدهد که از سوی خدا بخشیده می‌شود به شرط آن‌که به قوانین ایمان بیاورد. او به ارسلان گفت:

- این حکم یه دستور آسمانیه و یک قانون، که نامش قصاصه، یعنی

قتلی که در پی قتل دیگر صورت می گیره.

ارسلان در چشم‌های او خیره نگاه کرد و گفت:

-شما من رو به جلاد می‌سپرید و من رو به قتل می‌رسونین، می‌دونین که شما و قاضی و جلاد، شریک جرم و شریک قتل هستین؟ یک قتل عمد قانونی.

روحانی گفت:

-فرزندم این قانونه که تصمیم می گیره نه من. تو یک سرباز رو کشتی و حکم قصاص گرفتی. در قصاص، چون مقتول دیگه وجود نداره، این خانواده یا اولیای دَم هستن که حق دارن در پاسخ با قصاص تصمیم بگیرن. دوماً این احکام قصاص یعنی همان احکام اعدام، مبنای شرعی و فقهی داره و بر اساس این مبانی در قوانین به آن‌ها پرداخته شده.

ارسلان با تبسمی بر گوشه‌ی لب گفت:

-اگه خداوند توانا و قادره و من رو تنبیه می کنه! پس چرا شما من رو می کُشین؟ شما که خودتون آلوده‌ی گناه هستین؟

«تو یه نفر رو کُشتی، پس اگر تو رو نکشن، چه کنند؟»

-اگه من فردی گناهکارم و وجود من برای دیگران مسموم کنندمست و ممکنه باز دچار اشتباه بشم و برای جامعه خطرناک باشم، خوب من رو در بند نگه دارید. تا زمان مرگم من رو تو حبس نگه دارین.

روحانی سری تکان داد و گفت:

- تو متوجه نیستی، این قانون از سوی خداوند اومده و اعدام یه حکم شرعی و قانونیه! قانون خدا، حالا خود خدا هم نمی‌تونه اون رو تغییر بده. اعدام، قتل محسوب نمی‌شه، به‌خاطر همین قانون کشور ماست.

ارسلان که عصبانی شده بود، گفت:

ـچه کسی با خدا حرف زده؟ به چه کسی گفته و اجازه داده انسان‌های او را بکُشن؟ و او، به دار کشیدن بنده‌ش رو تماشا کنه و لذت ببره! آیا شما می‌دونین بالای دار و طناب در گردن، چه احساسی داره و آدم چطور با گردن شکسته جون می‌ده. هرگز اون احساس وحشتناک و هراس‌انگیز رو چشیدی؟ اون لحظه‌ی هولناک و رعب‌انگیز رو احساس کردی؟

این حرف‌ها اثری در روحانی نداشت. گویی قطرات باران سردی بر شیشه‌های یخ‌زده‌ی در و پنجره بلغزد، زیرا او، در جواب ارسلان گفت:

ـولی دولت بودجه نداره برای زندانی‌ها خرج کنه. پس مرگ اونا رو به زنده موندن‌شون ترجیح می‌ده.

این حرف مثل بمبی در درون ارسلان منفجر شد و فاصله‌ای شد به اندازه‌ی زمین تا آسمان، میان حق و باطل. درک دولت و ملت. مات و منجمد مثل یکی از دیوارهای سلول بر جا ماند. ارسلان از جواب‌های سرد و نامربوط روحانی یکه خورد و با خود اندیشید این روحانی برای من چه فایده‌ای دارد؟ روحانی را از خود راند و حتی دست وداع نیز به او نداد. از دیدن او حالش بد شده بود و می‌کوشید که عرق پیشانی خود را با دست‌های سرد خود خنک کند. دیگر کار تمام شده بود. او خود را حاضر و آماده برای مردن کرد. با شهامت و ثبات قدم به قدم با اندیشه‌ی جلاد و سربازان مسلح و جمعیتی که برای تماشا می‌آمدند، حاضر می‌شد. در طول و عرض سلول شروع به قدم زدن کرد. با خودش زمزمه می‌کرد:

ـقاضی جلاد و کسانی که در مرگ من شریک هستند، قضا و قدر دیر

یا زود در این زندگی یا زندگی دیگه، پاشون رو مثل من به پای اعدام خواهد رساند. کسانی که امروز توی مرگ من دخالت دارن، فردای خودشون رو می‌سازند.

صداهایی در گوشش می‌پیچید، زمزمه‌ای که از افکار درهم و پریشان واپسین لحظات عمر بر می‌خاست. دچار تشنج شدیدی شده بود و گاه‌گاهی مانند این‌که جریان برق از بدنش گذشته باشد بی‌حس می‌شد. پسر جوان در تنهایی و سکوت مطلق کارش به جنون کشیده شد. با خودش حرف می‌زد. گاهی می‌خندید و گاهی گریه می‌کرد. تنها یک شب از عمرش باقی مانده بود. احساس حزن‌انگیز نومیدی و ضعف سراسر هستی او را فرا گرفته بود. او تا آخرین لحظه امید و اطمینان از عفو و بخشودگی بشری داشت.

صبح، هنگام اذان صبح، درست زمانی که نور خدا به‌سوی زمین سرازیر می‌شود، دنبال او آمدند و دست و پایش را زنجیر کردند. بغض داشت خفه اش می‌کرد و سیل اشک صورت و ریشش را خیس کرده بود. کسی با او حرف نمی‌زد، ولی او گاهی فضای ساکت آن‌جا را می‌درید و می‌گفت:

-من بی‌گناهم.

وقتی به‌سوی محل اعدام حرکت کردند، دیگر گوش‌هایش نمی‌شنید. انگار کر و لال شده بود. زانوهایش سست شده بود. کشان کشان با زندان‌بان حرکت می‌کرد. دیوارها تنگ‌تر و سقف‌ها کوتاه‌تر می‌شدند. زبری و کلفتی طناب را دور گردنش احساس می‌کرد. به‌سختی نفس می‌کشید، صدای لرزش و به هم خورن دندان‌هایش به وضوح شنیده می‌شد.

۲۳

ماشین آهسته آهسته پیش می‌رفت. چشم‌هایش را قبل از حرکت بسته بودند. ارسلان احساس می‌کرد در ماشین پنجره‌ای نیست، زیرا هوا خفه بود و اکسیژن در اطرافش وجود نداشت. پنجره‌ی کوچک ماشین را با چند میله‌ی عمودی حفاظ کرده بودند و زندانی نمی‌توانست از زیرچشم‌بند آن را ببینند.

سر و صدای در هم و برهمی بود. عده‌ای با علاقه و شوق ایستاده بودند تا جان سپردن انسانی را ببینند. هر لحظه از جمعیت سر و صدای زیادتری به گوش می‌رسید. قهقهه‌ی تند و زننده و خنده‌های مشمئزکننده از جمعیت بر می‌خاست.

برخی برای گذران زمان، سیگار می‌کشیدند و پسته می‌شکستند. جمعیت به هم تنه می‌زدند و شوخی می‌کردند. همه جا نشان زندگی بود، غیر از چوبه‌ی دار و طناب و چهارپایه و... که از آن‌ها مرگ می‌بارید. عده‌ای از جوان‌ها خود را به ستون‌های بلند و درخت‌های اطراف رسانده بودند

تا صحنه‌ی دارآویختن را بهتر ببینند. وقتی ماشین زندان رسید، یکی از آن‌ها که روی درخت بود، فریاد زد:

-آوردن، اعدامی‌ها رو آوردن.

عده‌ای هاج و واج به این طرف و آن‌طرف و گاهی هم به ماشین نگاه می‌کردند. جمعیت را کنار زدند و بین مردم شکاف ایجاد شد. صدای ماشینی که پیش می‌آمد، به گوش رسید. ماشین زندان بود که جلوی جمعیت ایستاد. چند مأمور مسلح از آن پایین آمدند و خودشان را به جلوی خودرو رساندند و جمعیت را کنار زدند تا راهی به‌طرف جلو باز کنند.

در ماشین را باز کردند و چند اعدامی یکی پس از دیگری آهسته و چشم بسته پایین آمدند و با حالتی سست کمر راست کردند. آن‌ها لاغر و استخوانی، و مانند اشباحی رنگ پریده و لاغر شده بودند.

ارسلان آهسته با چشم‌بند آمد. کمر راست کرد و دست‌هایش را به طرف چشم‌هایش برد. صورتش رنگ پریده و بی‌حال، ودست‌هایش می‌لرزید و از عرق نمناک بود.

سرباز دست‌های او را محکم گرفت تا نیفتد. چند بار کمرش خم شد؛ اما به زحمت پشت راست کرد و سرپا ایستاد. جوانک هنوز گیج و منگ بود. با حالتی افسرده و شرم‌زده، پشت خم کرده و قدم بر می‌داشت. از سرباز خواست چشم‌بندش را باز کند. سرباز به قاضی و رئیس زندان نگاه کرد. آن‌ها اشاره کردند می‌تواند چشم‌بندش را بردارد. چهار محکوم به اعدام را به‌سوی چوبه‌ی دار بردند. چشم‌بند را از دیگر اعدامی‌ها هم برداشتند.

ارسلان چشمش به نیما هوشمند افتاد. او کسی را نکشته بود. فقط اعتقاداتش با دیگران فرق می‌کرد. او هرگز دست به روی کسی نکوبیده بود. چرا او را می‌کشتند.

ماموران چهار اعدامی را به نزدیک چوبه‌ی دار هدایت کردند و در کنار یکدیگر به فاصله‌ی معلوم رها کردند. ارسلان به مردم نگاه کرد و زمزمه کرد «آه ای قوانین نارسا، ای مردم بدبخت و بینوا که نمی‌دونید با این قوانین چه به سر شما می‌آرن، همون‌طور که به سر من آوردن. باور کنین من بی‌گناهم. من شرور و بزه‌کار نیستم.» نزدیک سکوی اعدام ازدحام غریبی بود. مردان و زنان و جوانان کنار هم ایستاده بودند. ارسلان سر بلند کرد و با دیدن جمعیت، لرزه به زانوانش افتاد و خمیده شد. همان‌طور که لنگان می‌رفت، همهمه و فریاد خشم‌آلود مردم بلند شد که فریاد می‌کشیدند و ناسزا می‌گفتند.

محکومین را به‌سوی سکوی اعدام می‌بردند. همهمه‌ای سهمگین به راه افتاد. ارسلان هنوز گیج و منگ بود. پاهای سست و لرزانش را به نرمی بر زمین می‌گذاشت. گویی در میان ابرها راه می‌رفت. نیما بسیار کوشید که خونسردیش را حفظ کند و وقار و متانت ذاتی‌اش را از دست ندهد، ولی قلبش یاری نکرد و حال او دگرگون شد. نیما هر چه جرأت و شجاعت در خود سراغ داشت، برای این دقایق نگاه داشته بود تا بتواند راه برود. با قدم‌های شمرده و محکم جلو می‌رفت تا به جایگاه اعدام برسد.

گاهی گمان می‌برد این انبوه جمعیت برای تسلی او ایستاده‌اند، یا برای هم‌دردی با او صف کشیده‌اند. ولی در آن لحظه، وقتی چشمش

به حاضران افتاد، فقط بی‌اعتنائی را در آن‌ها یافت. دلش لک زده بود برای دلسوزی هم‌نوعانش، ناگهان سرما به جانش آویخت و هوا در جانش چنگ انداخت. او لحظه‌ای به‌طرف اجتماعی که ارزشی برای آن‌ها قائل نبودند چشم دوخت و با خود گفت «اینا نگاه‌شون رو به کسانی دوختن که حتی نمی‌خوان به خودشون زحمت بدن و حقیقت رو درباره‌شون بفهمن.» اعدامی دیگری که کنار ارسلان بود، هم‌بندش مهیار بود که همسرش را یک دزد به اشتباه کشته بود. چون او چاقوی دزد را از دستش گرفته بود، اثر انگشت بر آلت قتاله نشسته بود و همه‌ی شواهد بر علیه او جمع آوری شده بود. دادگاه پرونده را ناموسی تلقی کرده بود و مهیار را قاتل همسر، و دزد را معشوقه‌ی همسرش شناخته، و او را محکوم به مرگ کرده بود.

اشک در چشم‌های مهیار جمع شد و به صورت قطره‌ای درآمد و بر گونه‌اش غلتید. گاهی قطره‌های اشک تا کنار لب‌هایش می‌دویدند و او مزه‌ی تلخش را احساس می‌کرد. زبری طناب را دور گردنش احساس می‌کرد. چند بار زانوانش سست شدند و به زانو نشست. سربازها او را بلند کردند. مجبور بود به راهش ادامه بدهد. تمام بدنش می‌لرزید. با دیدن جمعیت، کینه‌اش به اجتماع بیش‌تر شد.

حلقه‌های طناب دار آماده و منتظر جان گرفتن بود. مأموران آن‌ها را به سوی چوبه‌ی دار و چهارپایه‌ها هدایت کردند. در صحنه‌ی اعدام، منشی قاضی صادر کننده حکم، رییس زندان، نماینده‌ی نیروی انتظامی، پزشک قانونی، وکلای محکومان، اولیای دَم و روحانی حضور داشتند. منشی دادگاه حکم‌ها را یک به یک خواند. صدای جمعیت مانع از

شنیدن حکم بود. ارسلان حیران و مبهوت بود و صدای منشی دادگاه را به زحمت می‌شنید.

جمعیت پشت هم متراکم ایستاده بودند. افراد پشت سر، به جلویی‌ها فشار می‌آوردند. همه حواس‌شان به کشمکش صحنه‌ی اعدام بود تا هر چه زودتر انجام شود، غافل از این که خودشان سازنده و شکل‌دهنده فرهنگ این جامعه‌اند.

پزشک قانونی در چند قدمی اعدامی‌ها ایستاد. نام، سن، و شغل‌شان را پرسید. می‌خواست بداند زندانی هوشیار است یا نه و آیا او می‌داند که چه اتفاقی قرار است بیأفتد.

«جوان قتل را در پی جنون آنی مرتکب شده است، ولی اکنون در عین هوشیاری باید کشته شود.»

پزشک اعدامی‌ها را هوشیار و عادی اعلام کرد و اعدام را مجاز دانست.

ارسلان نگاهش دیگر هیچ چیز را نمی‌دید. انگار در جایی بیرون از زمان و مکان، در عالم دیگری ایستاده است. نگاه‌ها و نفس‌های پیرامونش هیچ تأثیری در روحیه‌ی او نمی‌گذاشت، زیرا چیزی را نمی‌شنید. چشمانش خالی از حس شده بود و در برابر حرکات بینندها هیچ بازتابی نداشت. زندگی‌اش مانند فیلمی از جلوی چشم‌هایش گذشت. کودکی، نوجوانی و خانواده‌اش که سرشار از عشق، تربیت و درست‌کاری و نجابت بود. صدای مادرش که زن ظریف و مهربانی بود. صدای پدر که زحمت‌کش و نوازش‌گر بود در گوشش طنین‌انداز شده بود. گویا حقایق زندگی او بود و او دَم آخر آن را تماشا می‌کرد.

پس از قرائت حکم از سوی منشی، آن‌ها را به سکو هدایت کردند.

نگاه همراهان و محافظان هم آن‌ها را مشایعت می‌کرد. ارسلان بی‌تابانه انتظار می‌کشید کسی از آسمان فرود آید یا از میان جمع، کسی فریاد بی‌گناهی او را سر بدهد. در انتظار مهربانی کسی بود تا او را از مرگ برهاند. در چنین لحظاتی حتی ثانیه‌ای هم پرارزش می‌شود. ارزش آن لحظه به قیمت تمام جان می‌ارزد. جمعیت به‌وسیله‌ی سربازان عقب رانده شدند.

اعدامی‌ها بر روی چهارپایه ایستادند. وقتی می‌خواستند طناب را به گردن ارسلان بیاندازند، نفر چهارم نمی‌خواست تن به طناب بدهد و خود را روی تخته‌های زیر پا انداخت و با دست‌های بسته تلاش می‌کرد از دست جلاد رهایی یابد.

نامش محمد علی بود. هنگامی که هفده ساله بود در یک نزاع خیابانی، باعث قتل یک نوجوان دیگر شده بود. اکنون پس از گذشت سال‌ها محکومیت، روز مرگش فرا رسیده بود. جوانک از ترس و وحشت با دست‌های به پشت بسته، به تخته‌ی زیر پا چنگ می‌انداخت، و همان‌طور دراز کشیده دست و پا می‌زد. از بیم جان جرأت از دست داده بود و کمی طول کشید تا او را روی چهار پایه بیاورند و طناب را دور گردنش بیأندازند.

در روزهای آخر، محمدعلی دچار انزوا و اضطراب شده بود و حال روحی‌اش در زندان وخیم گزارش شده بود. شب‌ها با کابوس از خواب بیدار می‌شد و دیگر خواب به چشمش نمی‌آمد. زیرا حبس طولانی مدت، اثرات منفی بیش‌تری در عملکرد روانی دارد. وقتی او تن به طناب دار نداد، باعث شلیک خنده‌ی حضار شد. خنده و سوت و سرور

مردم فضا را پر کرده بود.

هنگامی که طناب را به گردن ارسلان انداختند، هلهله و فریاد شادی تماشاگران به‌حدی بود که هرگز برای آزادی یک فرد چنین شادی‌ای نمی‌کردند.

نیما هوشمند بود با لبخند، چشم در چشم مردمی که برای تماشا آمده بودند، انداخت. به آنان که در انتظار چیدن بال‌های بلند پرندگان بودند. مردمی که آرام و بی‌خیال به تماشای مرگ آن‌ها آمده بودند. او که به‌خاطر آزادی آن‌ها مبارزه کرده بود و اکنون در آخرین دقایق بر خاک وطن ایستاده و در حال سقوط از لبه‌ی بام دنیا بود. هنگامی که مامور اعدام طناب را به گردنش انداخت، خشکی گره طناب روی گوشت گردنش خراش داد و چنان او را منقلب کرد که لرزه بر اندامش افتاد. نظری به اطراف انداخت. تا چشم کار می‌کرد جمعیت بود.

چهار جوان با طناب دور گردن روی چهار پایه ایستادند. چند لحظه بعد با اشاره‌ی مامور اهرم کشیده شد. جوانی که از طناب دار ترسیده بود و امتناع می‌کرد، پیش از اجرای حکم به دلیل سکته از دنیا رفت. ارسلان در دم جان سپرد و نیما که آدم با اعتماد به نفسی بود، در حال بیهوشی زندگی را وداع گفت. مهیار مدتی به دار آویخته ماند و با مرگ دست و پنجه نرم کرد. چند دقیقه بعد، مرگ رخ نشان داد و جوانان آویزان مانند مرغ سر کنده جان کندند.

نگاه ارسلان در لحظه‌ی فرو افتادن مانند سقوط از پرتگاه با شتاب به‌سوی مرگ پریدن بود. گویی در آن چند ثانیه زمان متوقف شده بود و غیر از تاریکی و ظلمت چیزی وجود نداشت.

جمعیت آرام گرفت و جنازه‌ها را کم‌تر از یک ساعت بعد پایین کشیدند، و پزشک قانونی مرگ‌شان را تأیید کرد. وقتی آن‌ها را پایین آوردند، هنوز بدن‌شان گرم بود و سردی مرگ هنوز بر تن‌شان چیره نشده بود. در چهره‌ی مرده‌شان رنج بسیار پیدا بود. گویی هنوز تلخی زندگی را حس می‌کردند. چشمان‌شان بازمانده بود و مردمک‌ها هر یک به سمتی رفته بود. دقایق وحشت‌انگیزی بود. مردم پیرامون چوب‌بست اعدام جمع شده بودند. اجساد به سردخانه منتقل شد تا خانواده‌ها برای تحویل و تدفین‌شان مراجعه کنند.

ارسلان در دادگاه گفته بود خانواده‌ی من توان پرداخت هزینه‌ی کفن و دفن را ندارند. نمی‌خواهم والدینم پولی پرداخت کنند. مرا بسوزانید یا هر کجا که می‌خواهید بگذارید یا در طبیعت بکارید. آن‌که مرا فرستاده برای بردنم می‌آید. آن‌که مرا در تولد همراهی کرد، به هنگام مرگ هم همراه من خواهد بود. خانواده‌ام را عزادار خواهید کرد. مادرم در غم من خواهد شکست. کمر پدرم تا خواهد شد. برادر و خواهران معصوم من چه گناهی کرده‌اند که باید بی‌آبرو و نابود شوند.

خانواده‌ی بامداد از مرگ او سپاسگزار بودند. فراموش کرده بودند هر خونی ریخته می‌شود بهایی دارد. خون مقتول را قاتل می‌پردازد و خون اعدامی را خودشان باید بپردازند.

ارسلان از خانواده‌اش خواسته بود که هنگام فرو افتادن از سکوی زندگی به سرازیری مرگ، نمی‌خواهم شما را در میان جمعیت خندان ببینم. با خود می‌گفت:

ـمن که این‌جا اسیرم، جسم و روحم را در دخمه‌ای تیره و تار به زنجیر

کشیدند و روحم در ظلمت و اندیشه‌ام مرگبار، در چنین شرایطی که مرگ را پیش چشم دارم، شما را نمی‌توانم در کنار خودم داشته باشم. در کنار جمعیتی که پیش و پس از مرگ کسی، هلهله بر پا می‌کنند و مثل بت‌پرستان برای خدا قربانی می‌فرستند، کشته خواهم شد و ندای الله‌اکبر در فضا خواهد پیچید. این مردم گمان می‌برند اگر نام خدا را این‌گونه بر زبان برانند، از گناهانشان کاسته می‌شود.

نام خدا، زیبا و شیرین است، ولی شناخت و لمس آن بر مردمی که مرگ انسان دیگری را می‌خواهند، بی‌معنی‌ست. باید از این‌ها پرسید؛ آیا فکر می‌کنید با این ایمان و اندیشه، به‌سوی خدا صعود خواهید کرد؟

۲۴

آه، چه انتظار مهیبی است! انسان باید بی‌حرکت در انتظار بنشیند و خبر مرگ عزیز دل و عصاره‌ی جانش را بشنود. فرزندش را به‌سوی مرگ ببرند و او در انتظار پایان کار بماند.

روح انسان در زیر افکار دردناکی که بر آن هجوم می‌آورند دچار شکنجه می‌شود. ضربان قلب شدیدتر و تنفس دشوارتر می‌گردد. از این که نمی‌توان کاری کرد، احساس زبونی و حقارت می‌کند. این احساس روح را ذلیل و درمانده می‌سازد. کدام تلاش می‌تواند در این لحظات مایه‌ی تسکین این آلام شود؟!

با طلوع خورشید، صبح در نهایت طراوت قد می‌کشد و روزی دیگر آغاز می‌شود. در خانه‌ی کوچک ارسلان همه ساکتند. گاه‌گاهی با صدایی آهسته حرفی می‌زنند. چهره‌های مضطرب در کنار هم نشسته‌اند. زن‌ها و مردها با چشمان پر از اشک در خانه رفت و آمد می‌کنند.

تیموری از فکرهای منفی تنش به لرزه در می‌آید، زیرا احساس می‌کند که با اعدام پسرش، مرگ تا کنار جسم او پیش آمده است. در قلبش زخمی کاری داشت و جای زخم عمیقی بود و نه تنها پاک نمی‌شد، بلکه عمیق‌تر هم می‌شد.

در دوران کوتاه محاکمه‌ی فرزندش و حکم اعدام، موهایش سفید شده بود. به پیرمردی نود ساله می‌مانست و در عمق نگاهش، غم و مصیبت خانه کرده بود.

تیموری تمام شب را به اندیشه‌ی مرگ فرزند گذرانده بود و هر لحظه با خود می‌گفت:

ـ خدای من، آنان در کمال خونسردی و بی‌اعتنائی و به حکم قانون و مقررات و تشریفات و به خاطر خیر و صلاح عمومی حکم اعدام را اجراء خواهند کرد. این چه سرنوشتی بود که برای پسرم بود نوشته شد. از خودم خجالت می‌کشم. فرزندان دیگرم را در جامعه طرد و تحقیر خواهند کرد و نزد مردم بی‌آبرو خواهیم شد. خدایا شکایت پیش کی ببرم؟ نزد کی بنالم تا فغان مرا بشنود و فرزندم را نجات دهد؟ خدایا مگر این جوان فرستاده‌ی تو نیست؟ مگر تو از نهان او با خبر نیستی؟ پس چطور اجازه می‌دی با دوست تو این‌چنین کنند؟

تیموری مردی خوش‌خلق و مهربان بود و قیافه‌ای بسیار موقر و محترم داشت. مردی بزرگوار و نیکوکار بود، امّا چرا روزگار این‌چنین برای او خواسته بود؟

مادر ارسلان تمام علایم حیات از چهره‌اش زدوده شده و تنها چهره‌ی خشک و افسرده‌ای از او باقی مانده بود. لب‌هایش فشرده و مانند نخ

نـازك شـده بـود و رنـج مـداومی كـه همـراهـش بـود، بـر آن نقـش بسـته بـود. وكیـل مدافع ارسـلان –كـه از وكلای باسابقه‌ی تهـران بـود– تمام تلاشـش را بـه كار بـرده بـود تـا رضایت بگیـرد و اجـرای اعدام را متوقـف كنـد. او تـا دَم آخـر امیـد بـه بخشـش و رضایـت داشـت؛ امّا مذاكـرات او بی‌ثمر مانـد. پـس از اجـرای حكـم اعـدام، بـه خانـه‌ی تیمـوری زنـگ زد. وقتی ارمغان گوشی را برداشت، از آن‌سـوی گـوشی، بـا صـدای غـم گرفتـه، گفـت «تمـام شـد، اعدامـش كردند.»

گـوشی از دسـت ارمغـان افتـاد و زار زد «اعدامـش كردنـد.» همـه‌ی خانواده گریه می‌كردنـد. مـادر ارسلان حالـش بد شـد و قلبـش را بـه چنـگ گرفت. تیمـوری بـا بغـض گفـت:

–اعدامـش كردنـد؟! چـه جملـه‌ی كوتـاه و مختصـری! یـك دنیـا حـرف در یـك جملـه‌ی كوتـاه، اعدامـش كردنـد. تمـام شـد.

لب‌هایـش می‌لرزیـد. اشـك گونه‌هایـش را خیـس كـرده بـود. هـق هـق می‌زد. تیمـوری آب دهانـش را بـا بغـض قـورت داد و گفـت «آه كـه چـه رنـجی، چقـدر وحشـتناك. قبلاً تصـوّر چنیـن عـذابی را نمی‌كردم. گمان می‌كـردم خانـواده‌ی خوشبختی هسـتیم و كسـی در خانـواده‌ی مـن حماقتی نمی‌كنـه. كجـا رو اشتبـاه كـردم! تسـلیت و تسـلایی وجـود نـداره، قلـب و روحـم بـا پسـرم مـرده.» احسـاس پرنده‌ای را داشـت كـه بـه دام افتـاده و تیغـه‌ی پولادینـی در گلویـش فـرو رفتـه باشـد.

گلی‌خانـم اشـك‌هایش را پـاك كـرد و بـا نالـه گفـت «آروم بگیـر، خواهـش می‌كنـم آروم بگیـر آقـا، بـه بچه‌هـای دیگـرمون فكر كـن.» تیمـوری بـا خشـونت گفـت «پسـرم بـه نامـردی آویـزون شـد و جونـش رو گرفتـن، مـن

هنوز در خوابم و ...»احساس این‌که فرزندش مرده است و بدنش بدل به لاشه‌ی پوسیده‌ای خواهد شد، او را به جنون کشانده بود. همسر و فرزندانش بی‌اندازه ناراحت بودند و گریه می‌کردند.

در سایه روشن صبحگاهی، اشکان برادر ارسلان در آستانه‌ی در ایستاده بود و به گل‌های قالی زیر پاهایش نگاه می‌کرد. به فرشی که تا به‌حال دقیق نگاهش نکرده بود. نمی‌دانست نقش گل‌های زیبا سال‌هاست زیر پاهای‌شان در حال زوال است.

اشکان با سکوتی غم انگیز، به فکر فرو رفت. به دیوار اتاق پذیرایی نگاه کرد. عکس‌های ارسلان از دیوار آویزان بود. پدر و مادرش عکس‌های ارسلان را به تمام در و دیوار خانه آویخته بودند.

آن‌طرف کنار پنجره، میز چوبی حکاکی شده‌ای بود که روی آن رومیزی گلدوزی و سنگ‌دوزی شده‌ای انداخته بودند. عکس ارسلان و دو شمع‌دان کریستال در دو طرف عکس قرار داشت. شمع‌ها به‌خاطر ارسلان می‌سوختند و اشک می‌ریختند.

اشکان با تعجب به شمع‌ها نگاه می‌کرد و از خودش می پرسید «چرا اشک شمع از خودش اثر باقی می گذارد، ولی ما مدت‌ها اشک می‌ریزیم و اثرش را کسی نمی‌بیند. چرا، ما خودمان را آب می کنیم، خمیده و فرسوده می‌شویم و آخرش مثل مشتی خاکستر در زیر خاک پنهان می‌مانیم.»

تیموری، هر چه از دستش بر می‌آمد کرده بود. حالا دیگر به بعضی از اصول بنیادی هم بی‌اعتقاد شده بود.

«گاهی در درون ما همه چیز در هم می‌ریزد. وقتی که آدمی به یأس

کامل می‌رسد.»

گویی اشباحی ترسناک، از جنگل تخیلات تیموری بیرون می‌دویدند. ناگهان عقل و شعورش را از دست داد و دیوانه‌وار فریاد زد و باران ناسزا و دشنام از سوی او باریدن گرفت. صدای فریاد و نفرین او در فضا پیچید. تیموری با چشم‌های شعله‌ور و چهره‌ای که گویی در جنگ با دشمن روبه‌رو شده است. مصمم از جا برخاست و محکم گفت «بیرون، همه بیرون.»

«وقتی که رنج و درد از حدودی فراتر رود، تقوای آدمی حتی در بالاترین سطح آن شکست می‌خورد.»

تیموری در آن لحظه، احساس کرد کنار پرتگاهی ایستاده است که باید عمق آن را شناسایی کند. اما حالا فرصت آن را نداشت که عمق را بررسی کند، زیرا در کنار پرتگاه نبود، بلکه در ته پرتگاه بود و گمان می‌کرد تا عمر دارد، نور آفتاب زندگی را به چشم نخواهد دید. به حیاط رفت و با پیت حلبی بنزین بازگشت.

صدای فریاد خانواده باعث رعب و وحشت در تمام ساختمان و بیرون از حیاط این خانه شد. سروصداها مدت زیادی طول نکشید و چند دقیقه بعد خاموش شد. گلی‌خانم بود خود را زیر دست و پای تیموری انداخته بود تا او را از این کار منع کند. در چهره‌ی بچه‌ها حیرت مطلق دیده می‌شد؛ امّا تیموری پروایی از این عمل نداشت و بنزین را کف اتاق ریخت و با آتش فندک ناگهان آتشی به بلندای سقف شعله‌ور شد.

گلی‌خانم و بچه‌ها در اتاق به تکاپو افتادند و در حالی که لباس‌های گُر

گرفته‌شان را خامـوش مـی‌کردنـد و از روی فرش سـوزان می‌پریدنـد. همـه به حیـاط دویدند.

اتاق تنـد و سـخت می‌سـوخت و شعله مـی‌کشید. دود از کاغذدیـواری بلنـد شـد و بـر پرده‌هـا آتـش نشسـت و گُر گرفت. قاب پنجره‌هـای شعله‌ور شـده بـه کنـدی شعله‌ور می‌شـد و می‌سـوخت. هر لحظه شعله‌هـا درون خانه بیش‌تـر و بیش‌تـر می‌شـد.

خانـه از دود و آتـش پـر شـده بـود. پـس از دقایقـی، صـدای دلخـراش ماشین‌هـای بـزرگ و سـرخ‌رنگ آتش‌نشـانی شنیده می‌شـد کـه از سرتاسـر شـهر به‌سـوی کوچـه و محلـه‌ی آن‌ها می‌شتافتند. همسـایگان وحشـت‌زده، خانـه‌ی آتش گرفته و بداقبـال را تماشـا می‌کردنـد.

تیمـوری و گلی‌خانـم آسیـب زیـادی دیدنـد. تیمـوری بـر زمیـن افتـاد و صورتـش کـج شـد. گوشـه‌ی راسـت دهنـش پاییـن افتـاد و چین‌هـای عمیقـی بـه مـوازات ابروهایـش پیشانی‌اش را شیـار داد. دسـت‌ها و نیمی از صورتـش در آتـش سـوخت. کمـی بعـد از میـان انبـوه مـردم هیجان‌زده، پلیـس و آمبولانـس رسیدنـد. زندگی‌شـان خاکسـتر شـد و بچه‌هـا دچـار صدمـه روحـی و جسـمی شـدیدی شـدند و بعضی از اعضـای بدن‌شـان سوخت و داغ دیگری بـر دل ایـن خانـواده نشسـت. آن‌ها رنگ پریـده، غم‌زده و خسته در کنـار دیـوار سـر کوچـه نشسـته بودنـد و حیـران بـه آتـش نگـاه می‌کردنـد. روز بعـد، وکیـل ارسلان بـرای ملاقـات تیمـوری بـه بیمارسـتان رفت و نامه‌ای از طـرف ارسلان بـه او داد. تیمـوری نامـه را بـاز کـرد و بـا چشم‌هایـی کـه از اشـک و خـون بـر اثر سـوختگی از او می‌باریـد، نامـه را بـاز کـرد.

«پدر و مادر مهربانم»

سلام، عشق مرا نسبت به خودتان بپذیرید و حتی یک یک آن فکر نکنید که شما در تربیت من کوتاهی کرده‌اید. حادثه‌ای بود که پیش آمد، یا سرنوشت این طور برنامه‌ریزی کرده بود، نمی‌دانم.

من در این مدت کوتاه عمرم افتخار داشتم که در خدمت انسان‌های وارسته‌ای چون شما پدر و مادرم بوده‌ام. در این لحظات آخر نمی‌دانم چرا زندگی را چون پرده‌ی سینما می‌بینم و آدم‌ها را بازیکنان این فیلم جهانی.

می‌دانید که افسردگی و غم‌زدگی شما روح مرا می‌آزارد. پس در جمع خانواده زندگی را به‌خوشی ادامه بدهید. من کنار تک تک شما خواهم بود. این جمله مرا به یاد شعری می‌اندازد که برای‌تان می‌نویسم.

پس از من/ باد/ خاک مرا/ با گل خوشبوئی/ معطر خواهد کرد/ شاید هم/ که غبار غم زده‌ام/ بر شیشه‌های پنجره قاضی/ شاید بر قاب عکس فرزندش بنشیند/ خاکستر من/ روی موهای سفید قاضی نشسته را/ باران می‌شوید/ شاید باد/ خاک مرا به خانه ما ببرد/ و در سینه عزادار مادرم/ بفشاند/ شاید روزی / باران /نام مرا /از سنگ مزارم/ برباید/ اما روزی / با ندای مبهم باد/ در گوش شما/ زمزمه خواهم کرد/ مرگ حق است/ به‌دست او/ که می‌میراند و زنده می‌کند/ نه آن قاضی/ که اکنون/ نزد من است

«ارسلان همیشه عاشق خانوده‌اش»

خانواده‌اش بی‌پشتیبان، بی‌پناه در چنگ حوادث افتادند. کم کم، در همان

مِه غلیظ منجمد فرو رفتند و چندی بعد آن محل را ترک کردند.

***

پس از اعدام، وقتی اتابکی و همسرش به خانه رسیدند، اتابکی دست در جیب کرد و کلید خانه را بیرون آورد و در سوراخ قفل انداخت، ولی کلید در دندانه‌های قفل گیر نمی‌کرد، با این حال آن‌قدر چرخاند تا در دندانه‌ی قفل گیر کرد. زنگ خانه را زد و دخترش در را باز کرد، و کمک کرد کلید را از قفل بیرون کشیدند.

اتابکی از پله‌ها بالا رفت و کلید را روی میز کوچکی که توی هال بود، گذاشت. تسبیح و مهرش روی میز بود. سالیان دراز مؤمنانه با آن‌ها مناجات کرده بود. نگاهی کرد و با خود گفت «من محترم و مفتخر می‌مانم. به جامعه‌ام خدمت می‌کنم. فقیران را سیر می‌کنم. یتیمان را پرورش می‌دهم و هزینه می‌کنم. با تقوا در میان مردم زندگی می‌کنم. هم‌زمان با انتقامی که از تیموری و بهادری گرفته‌ام، زندگی راحتی خواهم کرد.»

عرق از پیشانیش می‌چکید. بر اثر شب‌های بی‌خوابی از شوق انتقام، ضعیف شده بود. به آینه نگاه کرد تا عرق روی صورت و پیشانی را پاک کند. در آینه با حیرت نگریست. در آینه کس دیگری با او سخن می‌گفت. مات و مبهوت ساکت به سخنان او که در آینه بود، گوش سپرد. صدایی در درونش طنین انداخت «همه تو را تحسین خواهند کرد. تو را ستایش خواهند کرد. دعای خیر در حق تو خواهند کرد. با دیدن تو در مسجد و منبر هیاهویی خواهند کرد. امّا، کسی تو را لعنت خواهد کرد. کسی که جهان از اوست. کسی که مرگ و تولد در دست

اوست. کسی که پاداش و مکافات در دست اوست. کسی که حکم به قضا و قدر سپرده است، نه در دستان تو. تمام دعاهای خیر مردم برای تو پیش از آن که به آسمان برسند، فرو خواهند ریخت، و چیزی جز نفرین طبیعت به درگاه خدا صعود نخواهد کرد.»

این صدا در آغاز ضعیف بود و از تاریک‌ترین نهانخانه‌ی وجدانش بیرون می‌آمد، سپس با صدایی رساتر و از درون و بیرون با او سخن گفت. تمام شکنجه‌هایی که از او بیرون جسته بود، از نو نهادش را برانگیخت. می‌کوشید تا هوش خود را باز گیرد. در ظاهر چون باطن متزلزل شد. احساس کرد چیزی از او می‌میرد و به گودالی سقوط می‌کند و آرامش و تقوایش از هم می‌گسلند. بدین گونه جان بی‌رمقش زیر بار فشار دست و پا می‌زد. مثل کودک نوپایی راه افتاد تا به اتاق خواب برود. تلو تلو می‌خورد. سعی کرد با دستش دیوار را بگیرد، ولی دستش به دیوار نرسید و او بر زمین سرنگون شد.

«وقتی معنویت متفاوتی به‌وجود می‌آوریم و بر اساس آن زندگی می‌کنیم. کل ساختار سلطه بر وجدان متزلزل می‌شود.»

۲۵

کامـران بـه خانـه‌ی بهـادری آمـد و بـا جسـارت، مغرورانـه و نفرت‌انگیـز خبـر مـرگ ارسلان را بازگـو کـرد. خبر چنان ناگـوار بـود کـه تحمّـل آن بـرای بهـادری دشـوار می‌نمـود و از شـنیدنش گیـج و مبهـوت شـد. بغـض کـرده بـود. نـه می‌توانسـت گریـه کنـد و نـه حرف بزنـد. پیـدا بـود حوصلـه‌ی بحث و گفت‌وگـو را نـدارد، امّـا به‌ناچـار، بـه حرف‌هـای کامـران گـوش داد، سپس گفت:

ـ اومـدی ایـن خبـر نفرت‌انگیـز رو بـه مـن بـدی کـه چـه کنـم؟ مـن بـاز می‌گـم افـرادی کـه قانـون رو نادیـده می‌گیـرن، بایـد بـه حبس محکوم بشـن و افـرادی رو کـه قتـل می‌کنن بایـد اون‌قـدر در زنـدان بموننـد تـا مسئولیت رفتارشـون رو بپذیـرن و پشـیمون بشـن. بعـد هـم در پروژه‌هـای سـاختمانی، جاده‌هـا، سـاخت مـدارس و کتابخونه‌هـا کار کنـن، تـا دِینشـون رو ادا کنـن.

کامران او را دیوانه فرض می‌کرد. رو به او کرد و گفت:

ـ من نمی‌دونـم چطور تو این‌قدر راحت از گذشت، حرف می‌زنی؟

بهادری با وقار و ملاطفت پاسخ داد:

ـ چشـم و گـوش و دل و هـوش خـودت رو بـاز کـن. در آغـوش خرافات نـرو کـه بـاعـث سـرافکنـدگی تـو می‌شـن. از بی‌ایمـانی و بی‌عاطفگی بـه‌جـز ننگ و پسـتی، سـتونی نمی‌تـونی اسـتوار کـنی. خداونـد آزادگـان، بـه تـو عقل و هـوش داده تـا تـو بهـره ببـری از آزادگی. بـا خواسـتن مـرگ ایـن و اون، هر گـز رسـتگار نمی‌شـی.

کامـران، تـو مـرد بـا تقـوایی بـودی؛ ولی در مـرگ انسـانی پافشـاری می‌کنی و بـه مـن تهمـت و دروغ می‌بنـدی. بچه‌هـام رو بـر علیـه مـن تحریـک می‌کنی. ایـن چـه مرامیـه کـه تـو داری؟ تـو چطـور عبـادتی می‌کنی کـه تهمت هـم می‌زنی و آبـروی انسـانی رو می‌ریزی؟ می‌گی چـه کنـم؟ وقتی نَفَس یکی از بنـدگان خـدا بریـده شـد، ولی دیگـری هنـوز نفس می‌کشه. کدوم‌شون رو نجـات بـدم؟ اون‌کـه رهگـذر بـود و رفت، یـا اون رهگـذر کـه هنـوز مرکب مـرگ بـرایش نیامـده؟ مـن بـه جهـان اومـدم تـا بـه کسـی جـون بدم، یـا جـون کسـی رو بگیـرم؟ کامـران، وقتی کسـی رو می‌بخشی، یعنی پیمانت رو بـا خدا محکم‌تـر می‌کنی و دوسـتی خـودت رو بـا او پیونـد می‌زنی. ایـن چـه ایمانیـه کـه تـو داری؟

کامران عصبانی شد و گفت:

ـ مـن تهمـت نـزدم، تـو خـودت بـاعـث رسـوایی خـودت شـدی. تـو به‌خاطـر دختـره از قاتـل پسـرت گذشـتی. چـرا نمی‌فهمـی از سـنگ نمی‌شـه تهذیـب اخلاق شنید.

بعـد بلنـد شـد و می‌خواسـت بـدون خداحافظی از در بیـرون بـرود کـه بهـادری بـه او گفت:

ـهیچ جرمی فقط یک مجرم نداره و هیچ قتلی فقط یک قاتل نداره. ما بی‌هیچ رد و نشونی، شریک بسیاری از قتل‌های روزگاریم. در قتل جوانان همه‌ی مردم و دست‌اندرکاران دولتی که در مقابل اعدام سکوت می‌کنند، حتی مأمور کفن و دفن، مردم بی‌تفاوت؛ در قتل و اعدام شریک جرم هستند. کمی صادق باش! صداقت زینت وجود آدمیه. تو انسانی نه عقرب کاشانه‌ی من. تو از بخشش قاتل ناراحتی یا نجات خانواده‌ی او؟ در ضمن تو همین حالا گفتی که شایعه‌پراکنی نمی‌کنی. با آبروی اون دختر جوون بازی نکن. جامعه رو بر علیه او تحریک نکن.

کامران که با زبانی گزنده و آزاردهنده به سراغ برادرش آمده بود، سخت‌ترین انتقادها و تهمت‌ها را نثار مرد بیچاره کرد و رفت. کامران در ظاهر مرد باتقوا و مومنی بود ولی از نظر بهادری، برادرش سقوط کرده بود. در نظر او آن شکوه و عظمت ایمانش در گرداب تاریکی ناپدید شده بود. آن همه تقوا پرتوِ گذرا بود که پشتوانه‌اش حباب نامرئی بود. کامران متعصب، خشک و تلخ‌رفتار بود که هیچ انعطافی در رفتار و گفتار خود نداشت و به سفارش همسرش خود را محق بر تعصب خود می‌دانست.

«در اصل با مدد طهارت جسم و روح، به تهذیب و تزکیه نفس باید پرداخت، خداوند عارف عاشق می‌خواهد نه مشتری بهشت.»

***

وقتی بهادری تنها شد، از اتاق بیرون آمد. روی پله‌ها نشست و بازوهایش را روی زانویش نهاد. با دستمال چشم‌هایش را پاک کرد. آن‌قدر گریه کرد که چشمانش کاملا سرخ شد. چهره‌اش غم زده و تاریک بود. سعی

داشت خـودش را کنتـرل کنـد؛ چهره‌اش نشـان می‌داد کـه از یـک جراحت ابـدی رنـج می‌کشـد. اکنـون بـه مـرگ آن جوان فکر می‌کرد.

ارسلان را جلـوی چشـمش مجسـم می‌کـرد. جوانی متوسط‌القامه، بـا چهره‌ای زیبا و گشـاده. رفتـاری جذاب و گیـرا داشـت. بهـادری چندین بار کنجکاوانه بـا محبـت پدرانه‌ای ارسلان را بر انـداز انداختـه بـود. بسیار بـا ادب تربیـت شـده بـود. بـا خـودش زمزمـه کـرد:

پرورد گارا/ سپیده دَمی/ کـه فلـک بیدار شـد/ حدیـث آزادی/ بر ساقه‌های جـوان / بر ایـوان/ دل پریشـان، بنشان/ قبل از آن‌کـه/ غنچـه‌ای به خـاک افتـد/ در گـوش بـاد/ زمزمـه کـن/ کـه ایـن جوانه‌هـا/ بـه عشـق/ آشنایند/ زیـر چتـر مـن/ دوبـاره/ سـبز می‌شـوند/ شـاخه شـان/ بـه آفتـاب/ ریشه شـان بـه آب/ یـاران/ بـه آزادی/ خواهنـد رسـید

بهـادری سپس بـه تخیلاتـش پناه بـرد. وقتـی بـه رختِ خـواب رفت، ابلیس بـه ملاقاتـش آمـد. ابلیـس، در آن لحظـات تمـام تلاشـش را می‌کـرد تـا بهـادری را بـه‌سوی خـود بکشـاند. بـا وعده وعیدهـای رنگیـن و قـدرت و اعتبـار، می‌خواسـت بهـادری را بـه‌سوی خـود بکشـاند و قدرتـی چـون آتـش را بـه او وعـده مـی‌داد و از این‌که قصـاص را کـه فرمـان خداسـت می‌خواهـد نـا دیـده بگیـرد، او را سـرزنش می‌کـرد. ولی بهـادری در جـواب او می‌گفت:

-تـو در تمـام لحظـات نفرت‌انگیـز بـه مـن چسـبیدی. تـوی خـواب، تـوی بیـداری در کمینـم نشسـتی. بـا ایـن تکیه‌کلام مکـرر، دل‌آزاری می‌کنی. هـر چی می‌خـوام ازت فـرار کنـم، بـاز بـه شـکلی تـازه و بـا کلام تـازه و وسوسـه‌انگیز کنارم می‌شینی. بایـد آخریـن کلام رو بـه تـو بگـم تـا از وجود نفرت‌انگیـزت خلاص بشـم. مـن از خاکـم و خـاک خواهـم شـد، پـس

چطـور بـا آتـش مـی‌تونـم مقابلـه کنـم؟ مـن رو کـه خاکسـترم چطـور بـه آتـش قـدرت می‌رسـونی. فرزنـدم و مـال و مرگـم در مالکیت اوسـت. مـن صاحـب چیـزی نیسـتم. اَوسـتا هدیـه‌ای بـود کـه از سـوی او بـه مـن داده شـده بـود و حـالا اون هدیـه در دسـتان خـود اوسـت.

ابلیس گفت:

ـاگـه بـه مـرگ قاتـل کـه حـق تـوئه و قانـون خداسـت رضایـت بـدی، بهشـت روی زمیـن، امـوال، ایمـان و گوهـر حقیقـی بـه تو هدیـه می‌دم.

بهادری با خشم پاسخ داد:

ـنـه ثـروت می‌خـوام نـه بهشـت تـو رو. چیـزی نمی‌خـوام کـه تـو بـه مـن هدیـه کنـی. اصـل، زندگیـه. نـه، در حقیقـت اصـل زنـدگی نیسـت، بلکـه اعمـال منـه کـه ارزش داره. عشـق او هسـت کـه جاودانـه‌ست. آخریـن کلام، مـن اون جـوون رو بخشـیدم. روی قلبـم مُهـر کـردم. از نظـرم دور شـو.

***

سـپهر بـه گونـه‌ای نامحسـوس، بی‌آن‌کـه خـود ملتفـت باشـد، تیرگـی غـم از جانـش رخـت بـر بسـته بـود. به‌خاطـر همیـن از دیـدار بهـادری خوشـحال شـد. وقتـی بهـادری روبه‌روی او نشسـت، از حـال او پرسـید و سـپس گفـت «پـس معلـوم شـد فهمیـدی اشـتباه کـردی و قـدرت تحملـش رو نـداری. توّجـه خواهـی کـرد کـه از نردبـان حـق به‌راحتـی نمی‌شـه بـالا رفـت. ولـی تـو موفـق شـدی و ایـن رو هـم فهمیـدی کـه مـردم از سـخن‌چینی و غیبـت خوش‌شـون می‌آد کـه در کار هـم دخالـت کننـد. یعنـی نـان و نمـک هـم رو می‌خـورن و بی‌درنـگ بـه روی هـم آب دهـن می‌ریـزن. یـادت باشـه هـر چنـد وقـت یک‌بـار بایـد بر علیـه گناهـان خـودت عصیـان کنـی. بایـد بـه جنـگ نفـس

خودت بری و در صفات خودت تحوّل ایجاد کنی.» بعد کمی مکث کرد و رو سوی سپهر برگرداند تا ببیند که او به حرف‌هایش گوش می‌دهد، یا خیر، سپس ادامه داد «شیطان از طریق آراستن و زینت دادن صحنه، و فریفتن، همیشه آماده‌ست. وسوسه و اشتیاق برای لغزیدن، تو رو به سوی سقوط سوق می‌ده. قدم اوّل او ایجاد شک و شبهه، سپس تهمت و افتراء در منحرف کردن حقیقت هست. به این انحراف چراغ سبز نشان نده. او با ابزار شهوت، خیال و وهم، انسان را به سمت خودش می‌خونه. تا زمانی که در مرحله‌ی وسوسه قرار داری، درمانش آسون هست. وقتی به عمل رسید سقوط تو حتمیه. حالا اگه دنبال تربیت و ساختن خودت هستی باید بدونی راه سختی در پیش داری. نمی‌دونم، شاید به وجود ابلیس معتقد نباشی. می‌توانی مثل بعضی از مردم اون رو نفس اَماره، اراده، وسوسه یا هر چیز دیگه اسم بذاری. مهم نیست چی می‌ذاری، فقط از وسوسه‌هاش دوری کن.»

روابط بهادری و سپهر تغییر یافته و آن جوان یاغی و بزه‌کار به‌کلی دگرگون شده بود. سپهر با شرمندگی سرش را پایین انداخت و نگاهی به بهادری انداخت و گفت «انسان‌ها به خانواده و جامعه‌ی مناسب نیاز دارن تا آدمی درستکار و صالح بشن. آدم که قاب عکس نیست به دست یه نفر ساخته بشه، آدمی به چندین مرجع و منبع نیاز داره تا بهادری بشه. من تنها بزرگ شدم. تنها پای همه چی ایستادم. در تنهایی زخم‌هام رو بستم و در تنهایی دردهام رو تحمل کردم. در تنهایی، هم درد بودم و هم درمان خودم.»

بهادری صورت خودش را خاراند و سرش را کمی کج کرد و گفت:

-متأسفم کـه چنیـن گذشتـه‌ای داشتـی، ولی دلیـل نمی‌شـه کـه آدم‌کش در بیای. حالا آموختی کـه قلب انسـان جنگل تاریکه. بـرای رسیدن بـه نـور بایـد صعـود کنی و بـا هر بالـی کـه به‌سوی آسمان می‌زنی، بـه نـور نزدیک‌تـر می‌شی. پـرواز هـم بـا بال‌هـای سنگین نمی‌شـه، پـس بال‌هـای خـودت رو بتکـون تـا از گـرد و غبـار بدی‌هـا خالـی و سبک بشی و بـه راحتی پرواز کنی.

ایـن کلمـات کلیـدی او خطـاب بـه سپهـر بـود. می‌خواسـت بـر او تأثیـر بگذارد و نردبانی برایش بسازد تـا بـا پلـی محکـم به‌سوی معرفت صعـود کنـد. بهـادری به‌خاطـر تنفـر از شیطان مرتـب بـه او هشـدار داد:

-شیطـان رو فرامـوش نکن. شیطان مثل دریاست، تـا وقتی در اون غرق نشـدی تـو رو می‌خـواد، غـرق کـه بشـی تـو رو پـس می‌زنـه. این قانـون، روابـط بیـن آدم و شیطان هسـت. سـعی کـن در راه شیطان بـه منجلاب کشیـده نشـی. قلمـروی شیطان بـه نفـوذ در اندیشه‌ی تـو محـدود نمی‌شـه. او بـه شـکل یـه قـدرت قاهـر بـر وجـود بشـر مسلـط هسـت. خـدا رو از روی عشـق درک کـن، وقتی درک کـردی و از شگفتی‌هـای آفرینـش آگاه شـدی بـا جهان هم‌وزن و همگام و هماهنگ می‌شی. هـر لحظه کـه در جست‌وجوی او هستی، بـدون کـه در کنـار تـو هسـت و تـو به‌سوی او هدایت می‌شی. نبـض کائنـات بـا نبض جهـان و نبض تـو هماهنگ می‌شـه و تـو بـه کشف اسرار نایـل خواهی شـد.

حرف‌هـای حکیمانـه‌ی بهـادری دل سنگ را می‌شکسـت. رگ جهان را در سپهـر بیـدار می‌کـرد. مـوجی از دانـش و حکمـت و آرامـش به‌سوی او روان می‌کـرد. می‌خواسـت او را بیـدار کند، تـا قـدمی بـرای تکامل خـودش

بردارد. بهادری در ادامه گفت:

-من از زندگی قبلی تو و حکم تو از آسمان خبر ندارم، امّا می‌دونم تو رو برگزیدند تا بخشیده بشی، تو رو برگزیدند تا به روشنگری برسی، در کل تو رو به جنگ نفس خودت فرستادن، امّا بعد از این که از این‌جا بیرون رفتی کارِت بسیار مشکل‌تر خواهد بود. اون وقت، جنگ با ابلیس که سخت‌ترین مشکل در مقابل وسوسه‌هایش را در پیش داری.

سپهر در همان دقایق اولیه پی برد که زندگی را یک‌سره در اشتباه بوده است و باید جان و روحش را عوض کند. نمی‌دانست به چه فکر کند. می‌لرزید. بهت‌زده گوش می‌کرد و وحشت‌زده می‌نگریست و با آن کلمات بخشش، احساس کرد که در وجودش ظلمات موحش محو می‌شود. نمی‌دانست چه چیز حرارت‌بخش و وصف‌ناپذیر در قلبش به وجود می‌آید. این سعادت بیش از آن بود که او قادر به تحملش باشد. رهایی از مرگ، از درد و غم و بی بند و باری، در بحبوحه‌ی بینوایی و گرفتاری و در کنار مرگ زانو زده، ناگهان شکفتگی همه‌ی این حقایق بهشتی را به چشم دیدن! با نگاهی بهت‌زده به بهادری نگریست، و فقط چند ناله از سینه‌اش بیرون آمد.

وقتی به سلول بازگشت، نیرویی از عشق در قلبش جوشید. به زانو نشست و دست‌ها را به‌سوی آسمان برد و نیایش کرد و با خالق خود، بی کلام و با بغض در گلو نشسته ارتباط برقرار کرد. با خود گفت:

-اگه با رحمت ستیزه کنم؛ باز همان محکوم به مرگ خواهم بود، ولی اگر رحمت روا دارم، مرد آزاده‌ای خواهم بود که جان رو فدای خالق

می کنه.

بین شر و خیر گرفتار و در حال مبارزه بود. زمزمه‌ی اسرارآمیزی در روح خسته‌اش شنید «غرورت رو بشکن تا با شکوه بشی، به نیکی‌ها تفکر کن تا عروج کنی، مانند فرشتگان به‌سوی پاکی قدم بردار تا در ملکوت من جای گیری.» سپهر دیگر همان شخص قبلی نبود. درونش غوغایی بر پا بود. همه چیز درونش در حال تغییر بود. ولی به‌درستی نمی‌دانست به کجا رسیده است. هنوز در اعمال خودش کور بود و شعاع خیر را از تیرگی شر نمی‌توانست تشخیص دهد. درست در همین لحظه که او از خویشتن مجزا می‌شد، به یاد حرف بهادری افتاد که گفته بود:

-هنگام تولد و بلوغ معنوی چیزی در تو زنده می‌شه که اون چیز آگاهی هست. در مسیری که در پیش داری، اگر مستقیم بری اون رو می‌بینی، امّا قبل از دیدار او، باید بدونی که او مثل گردباد به‌سوی تو می‌آد. تو رو تسخیر می کنه. قطعه قطعه می کنه. ریشه کن می کنه، تو رو می کشه، و از نو به تو حیات می‌بخشه. حیات ابدی. سیراب از زندگی، از طراوت و دوستی، از صلح و آرامش. از عشق و اشتیاق خواهی چشید.

سپهر از ظلمات به نور می‌رسید، از عنصری کدر به مصفا می‌رسید. باز به یاد بهادری افتاد که او را چون فرزندش راهنمایی می کرد، با خود اندیشید «او جان بدبخت و خلافکار من رو سرشار از نور و روشنایی کرده و روحم رو با شکوه ساخته.» مدتی طولانی با اشک‌های آتشین گریست. با ضعفی که در جان نهفته داشت زار زد. هنگامی که گریه می کرد، نور آگاهی در مغزش می‌درخشید. محبت‌های بهادری و

بخشش‌های پی در پی او یکایک از مغزش می‌گذشتند و بـر او نمـودار می‌شدند.

کـسی را کـه او بیگانـه می‌داشت و از قلب بیرونـش کرده بـود، اکنون بـه درون آمـده بـود. چیزی کـه می‌خواست پنهان کنـد، خـود آشکارا آمـده بـود. در خـواب بـود. بیدارش کـرد، و این وجدان بـود. شاهد ساکت بـود که نامـش خـدا بـود.

٭٭٭

اختـر و کامـران هم‌چنـان بـه شایعه‌پراکنی مشغول بودنـد. بـا این‌کـه بهادری از دورویی و بی‌پـروایی اختـر آگاه بـود، ولی ترجیح می‌داد او بـه آن بـازی ریاکارانه‌اش ادامـه دهـد؛ امـا بالاخـره طاقتش تمام شـد و سخت برآشفت و نقاب از چهـره‌ی آنها کنار زد.

در بین جمعـی کـه یک روز بـرای نجات یک اعدامی بـه خیریـه‌ی خورشید آمـده بودنـد، اختـر و کامـران هـم بودنـد. اختـر بـا شـخص دیگـری صحبت می‌کـرد و هم‌زمـان بـه بهادری اشاره می‌کـرد و او را عصبانی کـرد. بهـادری می‌دانسـت راسـت و دروغ را کنـار هـم می‌چینـد و بـه او نسـبت می‌دهـد. از اختـر پرسید:

ـشما این‌جا چه می‌کنین؟ شما کـه موافق اعدام هستین.

اختر گفت:

ـمن مخالف اعدام هستم؛ اما در ضمن مخالف بی‌شرافتی هم هستم.

بهادری گفت:

ـشـما می‌تونیـن هـر فکـری رو مثل دانـه‌ای بپاشیـد، ولی از ایـن دانـه واقعیت ایجـاد خواهـد شـد. مـن تعجب نمی‌کنم اگـه بدونـم شما از نطفـه‌ی ابلیس

باشید، من از چنین امری به هیچوجه تعجب نمی‌کنم. تنها قلب نیست که جایگاه ما رو از حیوانات رفیع‌تر می‌کنه، بلکه تمام اعضای بدن ماست، زمانی که حرف می‌زنیم، فریب می‌دیم، دروغ می‌گیم، زخم زبون می‌زنیم، یا شهادت کذب، تهمت و دروغ به دیگران می‌بندیم. تو و شوهرت جملگی این خصلت‌های شیطانی رو در خودتون دارین. این‌جا حیوانات بر شما ارجحیت دارند.

اختر که خشمگین شده بود گفت:

-من تهمت نزدم، فقط انتقاد کردم.

بهادری گفت:

-همه‌ی انسان‌ها قدرت انتقاد دارن، ولی جرأت اصلاح نه. این وقت‌های شایعه‌سازی را برای اصلاح خودتون بذارید.

سپس بهادری دندان‌ها را به‌هم فشرد و ابروها را بالا و پایین کرد و گفت:

-حالا، همه می‌دونن که در پس اون نقاب متین، عقربی جرار می‌لوله که دروغ‌گو هست و مایه‌ی ننگ جامعه‌ی ما. چندین ماه هست که با سرسختی ابلهانه‌ات حوصله‌ی همه رو از شایعاتی که می‌سازی، سر بردی. به خونه‌ت برو و عذاب همون جهنمی که خودت برای خودت خواب دیده بودی رو تحمل کن.

خانم شفیعی خواهش کرد که در حضور دیگران بحث نکنند و از اختر خواست که احترام جمع را نگه دارد. بهادری گفت:

-آخرین کلامم به کامران هست که شرم دارم او را برادر بنامم. او که مانند سایه به‌دنبال منه، ولی همراه من نیست، پس بود و نبودش برام

فرقی نمی‌کنه. تا دست از راه شیطانی برداره. از جمع عذر می‌خوام که این مسائل رو پیش کشیدم، ولی لازم دیدم در جمع گفته بشه تا فرد شایعه‌ساز و آلوده به نفاق رو بشناسید. حالا با کمال میل به سخنان شما برای آزادی جوان محکوم به اعدام گوش می‌دم و برای آزادیش تلاش می‌کنم. امیدوارم مادر و خواهر نداشته باشه تا مورد هجوم بدخواهان قرار نگیرم.

با این جمله اختر و کامران از جا برخاستند و از سالن بیرون رفتند. حاصل کار این شیادان اصلاح‌ناپذیر، بی‌آبرویی خودشان بود و دردسر برای خود و خانواده‌شان.

بهادری پس از جلسه و دیدار بیزار کننده با کامران و اختر، به خانه بازگشت و نومیدانه در انتظار فرزندانش نشست. ساعتی بعد، اردشیر و مهرداد آمدند. اردشیر پرسید:

–حال شما چطوره پدر؟

«مسلماً بهتر که نیستم.»

–پدرجان ناراحت نشین، ولی برای قاتل چه تصمیمی گرفتین؟ سر زبون‌ها افتاده شما به‌خاطر خواهر قاتل می‌خواین قاتل رو ببخشین!

بهادری آرام سرش را بلند کرد و دست لاغرش را روی میز گذاشت و لرزان گفت:

–من به‌خوبی از رنج‌ها و عذاب‌هایی که هم برای شما، هم برای خودم و هم برای خانواده آن پسر بابت این شایعات پیش اومده، آگاهم. همه‌ی ما رو در عذاب گرفتار کردن. چند بار بهتون گفتم کم‌تر به شایعاتی که دیگران می‌سازند، گوش کنید؟! به سخن‌چینی‌ها بها ندین، ین

اشتباه اساسی شما بود که حرف‌های اون‌ها رو باور کردین.

اردشیر با خشم گفت:

-من به شایعات اهمیت نمی‌دم، ولی شما نباید از خون پسرتون به راحتی بگذرین. اون قاتل دو نفر هست. اگه وقتی بیرون اومد یکی دیگر رو بکشه، شما چه جوابی دارین بدین؟

بهادری با تبسم گفت:

-من در کمال احترام از شما خواهش کرده بودم دیگه درباره‌ی اون جوون با من این‌طوری حرف نزنین. پسرم، اعتقادم اینه که خطارفتگان رو هدایت و تربیت کنیم، تا عاقل‌تر و خدمتگزار ملت بشن.

اردشیر با خشم پاسخ داد:

-مثلا شما یه قاتل رو تربیت کردین و می‌خواین وارد اجتماع کنین؟

بهادری سرش رو به‌سوی اردشیر گرداند و پرسید:

-راستی، مدت‌هاست می‌خوام ازت درباره‌ی قوانین سوئد بپرسم، اون‌جا با قاتل چه می‌کنن؟ چرا اعدام اون‌جا بده ولی این‌جا برای مردم خودت خوبه؟!

اردشیر سکوت کرد و با چشمان حیرت زده به پدرش نگاه کرد.

بهادری ادامه داد:

-تعجب می‌کنم پسر، از دولتی که تلاش می‌کنه قانون را از دین دور نگه داره و همان دولت، قانونی انسان‌دوستانه وضع می‌کنه، در عوض دولت‌های مذهبی قانونی می‌ذارن که خداوند شرم از داشتن چنین بندگانی داره.

اردشیر سکوت کرده بود و جوابی نداشت. بهادری دوباره از اردشیر

پرسید:

-تو اون‌جا زندگی می‌کنی و سئوال من از تو اینه، چرا جای زندگیت رو عوض کردی ولی اعتقادات رو عوض نکردی و مثل اون‌ها انسانی فکر نمی‌کنی؟

اردشیر به فکر فرو رفت. گویا در درونش کسی به در می‌کوبید و او را برای بیداری صدا می‌کرد. با خود می‌اندیشید:

-اگه برگردم سوئد، به همکارای خودم چی بگم؟ بگم من رفتم ایران قتل کردم. دستم رو قانونی به خون آلوده کردم. انسانی رو قانونی به طناب دار کشیدم و حالا برگشتم تا با قانون شما زندگی رو راحت ادامه بدم.

بهادری افکار اردشیر را از هم گسست و گفت:

-عزیزان، ما از درک عمق اضطراب و رنجی که بر جان محکوم به اعدام نشسته، ناتوانیم. باید تلاش کرد تا این فجایع انسانی متوقف بشه. پسرم، وسیع باش، قوی باش، صبور باش، عاشق باش، بی‌دلیل مهربان باش. به شایعه‌پراکن‌ها گوش نکن. اون‌ها آدم‌های وقیحی هستن. با اون‌ها جدل هم نکن، چون چیزی برای از دست دادن ندارن و روح تو رو تباه می‌کنن. شایعه مثل برفه، هر چه اون رو می‌غلتونی بزرگ‌تر می‌شن. به‌زودی آفتاب حقیقت طلوع می‌کنه و برف‌هاش رو آب می‌کنه و شایع‌پراکن‌ها رو غرق می‌کنه. شما فرزندان من هستین و من رو می‌شناسین، پس با منطق و درایت واقعیت رو برای خودتون تحلیل کنین تا اذهان‌تون روشن بشه.

ملت گرسنه هستن و با فقر دست به گریبانن، فقر مردان رو به جنایت

و زنان رو به فحشا سوق می‌ده. به‌طور حتم عیبی در پیکر اجتماع وجود داره و جامعه بیماره. برای هر بیماری باید اول تشخیص داد و سپس به معالجه پرداخت.

در این هنگام زنگ خانه به صدا درآمد. اردشیر به‌سوی در رفت و از طریق آیفون باز کرد. بهادری بی‌حرکت مانده و چشم به ورودی هال دوخته بود. در باز شد و مهتاب در چند قدمی او ایستاد و منتظر بود پدرش چیزی بگوید. بهادری شاد و حیرت زده شد. نفسش به شماره افتاد. نزدیک بود از حال برود، بی‌رمق گفت:

–بیا بشین دخترم.

«شما خوب هستی بابا؟ به فکر سلامتی شما بودم.»

–بله، وضع و حال من اینه . شما آفتاب آینده رو پیش روی خودتون دارین و من حتی یک شعاع نور رو در مقابل خودم نمی‌بینم. روز به روز بیش‌تر در ظلمت سرازیری عمر فرو می‌رم. حتماً تو هم می‌خوای بدونی که من راجع به قاتل چی فکر می کنم؟

مهتاب همچنان با حیرت به پدر نگاه می کرد.

– دخترم، مأموریت من تمام شد. در این مدت کشف کردم که یک نخ قاتل به خدا وصله. قاتل هم از سوی خدا به زمین فرستاده شده و برای زندگی او برنامه‌ریزی شده و مشخص نیست برای چه مأموریتی به زمین فرستاده شده. روی سخنم به آن‌هایی است که به کار خدا اعتقاد و ایمان دارند که بی‌نقص هست، ولی قصاص رو امری ضروری می‌دونن و جای او تصمیم می گیرن.

عزیزان من، انسانیت و مردانگی فقط در قصه و افسانه‌ها نیست. نداریم

این صفات ارزنده از میان بره. راجع به من چی فکر می کنین؟ حتی اگه اون رو ببخشم باز دلم زخمیه. کینه نیست، نفرت نیست، امّا یه جای زخم توی دلم هست که خوب نمی‌شه. هر چقدر تلاش می کنم با نام خدا مرهم بسازم و روی زخمم بزنم، بی‌فایده‌ست.

بهادری ناگهان در جای خود راست نشست. وقتی از زن و فرزندش حرف می‌زد حالش دگرگون می‌شد. مثل جنازه‌ای بود که ناگهان از خواب مرگ رهایی یافته باشد. به فکر فرو رفت. شاید در ملکوت خدا سیر می کرد. مهرداد رشته‌ی افکار او را پاره کرد و گفت:

- شما گمان می کنین پند و اندرز در روشن کردن ذهن اون کارساز باشه؟

«زندگی قانون برد و باخت نیست. تنها رفت‌وآمد نیست! قانون زندگی یادگیری و تکامل هست. باید بیاموزی. باید بیاموزی...» پس از کمی تأمل گفت «به شما قول می‌دم که نتیجه‌ی خوبی بگیریم. شاید این خواسته‌ی پسرم هم باشه. من احساس می کنم اُوستای من راضی به مرگ کسی نبود. من توی دلم ندای اون رو می‌شنوم. اگرچه ما در اعمال خود آزاد هستیم، امّا با رفتگان، در کنار هم هستیم. یک پیوند ناگسستنی در روابط ماست. این پیوندها هرچند نامرئی هستند، ولی ما آن‌ها را احساس می کنیم.»

***

بهادری، چند روز بعد، نزد وکیل رفت و گفت:

-جناب عادلی، اعلام کن من اون رو بخشیدم و به فرزندانم بگو با عطش شیطانی به‌سوی سراب نرید. به اون‌ها بگین اصولاً بدون داشتن قلبی

خالی از احساسات بشری و محبت، بدون حق‌شناسی در برابر خداوندی که شیوه‌ی او بر عفو و بخشایش پی‌ریزی شده و نسبت به تمام موجودات زنده منصف و محبت داره، محاله کسی با خشم و نفرت به سعادت و نیک بختی برسه. به اون‌ها بگین جوانک از تاریکی رهیده و به روشنایی رسیده و این روشنایی از تابندگی دانش و بینش اگاهی صورت گرفته.

عادلی با تردید پرسید:

-آقای بهادری، شما مطمئن هستین که سپهر رو بخشیدین؟!آیا تضمین می‌کنین اصلاح شده باشه؟

«آقای عادلی، ضمانت در این گونه ماجراها پاسخ‌گوی نیازهای جامعه نیست، بلکه باید با آموزش، فرهنگ‌سازی و سایر مؤلفه‌های یه تمدن، تلاش کرد تا از بروز جرایم پیشگیری کرد، اون‌وقت خواهید دید که چگونه میزان جرایم در کشور کاهش پیدا می‌کنه و حتی ممکنه برخی از زندان‌های عمومی بسته بشن.»

بهادری بیرونِ دفتر وکیل به آسمان نگاه کرد و در یک دم، سینه‌اش را پر از هوا کرد. کمی مکث کرد و آرام از بازدم خارج کرد و گفت «چه زیباست صبح وقتی روی لب‌های‌مان ذکر مهربانی به شکوفه می‌نشیند.» بعد به‌سوی خانه به راه افتاد.

وکیل تسخیری سپهر، نزد او رفت و به سپهر اطلاع داد که «پدر اوستا تو رو بخشیده» ولی در دادگاه طبق قانون باید آخرین دفاعیه برگزار شود. آخرین شاکیان هم باید نظرشان را ارائه دهند.

اردشیـر صبـح زود از خـواب بیـدار شـد. عبـوس بـود. در خانـه چیـزی نخـورد. لبـاس پوشیـد و از خانـه بیـرون رفـت. هـوا روشـن بـود، امّـا هنـوز خیلـی بـه بر آمـدن آفتـاب مانـده بـود. شـهر در خـواب بـود. در خنکـی خاکسـتری سپیـده دم و بـاد تنـدی کـه می‌وزیـد، غوطـه می‌خـورد. بـا نفیـر بـاد در گـوش او گـویی کسـی در گوشـش زمزمـه می‌کـرد «بـه همنـوع خـودت عشـق بـورز.» ایـن جملـه چنـان وحشیانـه در گـوش او سیلـی می‌زد کـه تقریبـاً بـاور کـرد کسـی آن را در گوشـش می‌خوانـد. گوش‌هایـش را تیـز کـرد تـا تکـرار ایـن جملـه را بـرای بـار چندم بشنـود. بـا هیجـان و نـاآرام بـه دیـوار خانـه‌ای تکیـه داد. بـا خـودش زمزمـه کـرد:

-مـن چطـور می‌تونـم ببخشـم؟ ایـن همـه رنـج و مصیبـت را چه‌جـوری فرامـوش کنـم؟ امـکان نـداره، خدایـا چطـور ایـن رو از مـن می‌خـوای؟ بـه خانـه‌ی مهتـاب رسیـد و بـه در کوبیـد و د کمـه‌ی زنـگ را فشـار داد. در را بـاز کردنـد. مهتـاب بـا لبـاس خـواب از اتـاق بیـرون پریـد و پرسیـد «کی بـود؟ چی شـده؟» اردشیـر بـا حالـت بغـض کـرده گفـت «مـن هسـتم، ببخشیـن کـه ایـن وقـت صبـح مزاحـم شـدم.» بـا هـم بـه آشپزخانـه رفتنـد و دور میـز نشسـتند. مهتـاب بـا اضطـراب پرسیـد:

-تـو رو خدا اردشیـر چی شـده؟ بابا خـوبه؟

اردشیـر سـرش را تکـان داد و گفـت:

-نمی‌دونـم چـه حالـی دارم. فقـط می‌خـوام سـرم رو بـه دیـوار بزنـم و بیـدار بشـم. نمی‌دونـم اصلاً از حـال بابا خبـر نـدارم. نمی دونـم کجـاست. دیشـب عادلـی بـا مـن تمـاس گرفـت و گفـت:

-بابـات رضایـت داده، فقـط مونـده تو و خواهـرت رضایـت بدیـن.

نگاه مهتاب با حیرت به او افتاد و پرسید:

-حالا چطور می‌شه؟

-نمی‌دونم، ولی رضایت پدر شرط اول هست.

مهرداد یک سینی چای جلو آن‌ها گذاشت و کنارشان نشست و چون حرف‌های‌شان را شنیده بود، رو به اردشیر و مهتاب کرد و گفت:

-حتی شما هم ببخشین قانون نمی‌بخشه. پسره جنایت‌کاره، حتماً چند سالی باید تو زندون بمونه.

سرانجام راضی شدند رضایت بدهند. چند دقیقه قبل از آغاز دادگاه مهتاب و اردشیر نزد وکیل رفتند و با او صحبت کردند. اردشیر گفت:

-آقای عادلی، هر بار که صحنه‌ی مرگ این مرد را در برابرم مجسم می‌کنم، جان دادنش مثل افیونی هست که شهد اون زهر، درون رگ‌گه‌هام جاری می‌شه. من او رو می‌بخشم و به خدا می‌سپارمش. این‌جوری پدرم هم از بدنامی و عذاب وجدان رها می‌شه.

به‌دنبال اردشیر، مهتاب هم با صدای غمگینی گفت:

-در دنیایی که بسیاری از افراد دیوصفت در شکل و قیافه‌ی انسان‌ها وجود دارن... اصلا کاش بهتر بود که انسان‌های بد، شکل و قیافه‌ی گرگ‌ها رو داشتن تا به‌وضوح می‌شد اون‌ها را تشخیص داد و پدرم می‌تونست او را به‌خوبی بشناسه. پدرم مهربان و رئوفه، نمی‌شه باهاش جنگید. می‌ترسیم اون رو هم از دست بدیم. به‌خاطر همین من هم اون مرد رو می‌بخشم.

اردشیر و مهتاب دفاتر را امضا کردند و در سکوت وکیل را ترک کردند.

قبل از دادگاه وکیل به بهادری گفت:

-مژده‌ای براتون دارم. بالاخره بچه‌های شما رضایت دادن.

بهادری با خوشحالی گفت:

-پس از این همه فشار، برای نخستین بار گمان می کنم که در زندگی من یه شعاع آفتاب درخشان می‌درخشه که از درخشش اون؛ نور، هوا، عشق، ایمان، جلال و شکوه حق، متجلی می‌شه.

***

آخرین جلسه‌ی دادگاه تشکیل شد. پس از اظهارات وکلا، رییس دادگاه به سپهر گفت «تو از طرف خانواده‌ی مقتول بخشیده شدی و از حکم اعدام رهیدی، ولی برای جرایم دیگر، در دادگاه دیگری محاکمه می‌شی.» سپهر از رییس دادگاه خواست که آخرین سخنان خود را باز گو کند. وکیل سپهر به او گفت:

-خانواده‌ی مقتول تو رو بخشیدن. لازم به دفاعیه نیست.

ولی سپهر می‌خواست چند کلمه‌ای بگوید. وکیل از رییس دادگاه تقاضا کرد که سپهر چند کلمه‌ای سخن بگوید. رییس دادگاه این موضوع را بلامانع اعلام کرد. سپهر بلند شد و در جایگاه قرار گرفت و نوشته‌ای را روبه‌روی خودش گرفت و گفت «آقای قاضی و حضار محترمی که این‌جا حضور دارید، مخصوصا خانواده‌ای که من جان جوان نازنین‌شان را گرفتم. من پشیمانم. نه برای این که از اعدام می‌ترسم، نه. من... من به خاک پای هر کس که از کنارم رد شود، بوسه خواهم زد. من تا به‌حال با علت خلقت بیگانه بودم. من غافل از این بودم که ما فقط برای نیکی آفریده شده‌ایم. من عشق را حس نمی کردم. من ندای درون را نمی‌شنیدم.» هر گز کسی از عشق به همنوع با سپهر سخن نگفته بود. سپهر که شعله‌ای از حیات و نشاط در چشمانش هویدا بود،

ادامه داد:

-نمی‌دانستم روحی که به آرامی و نرمی در انسان دمیده شده و از پاکی و زیبایی پخته و با نجابت و مهربانی آمیخته شده، به زمین فرستاده می‌شود. حال به‌جای باصفا، دلیر و شجاع و با شهامت و با ایمان و بی‌تکبر و ساده و بی‌آلایش و عفیف‌بودن و چنگ انداختن به ریسمان الهی، دست‌بوس شیطان شده بودم و ددمنشی، بی‌رحمی، شقاوت، بزدلی و پستی را چون زنجیر به گردن بسته بودم، و عشق ابلیس را در جان و روح خود پرورانده بودم. من آرزو می‌کنم که خداوند شما را برای همه مهربانی که در حق من کردید و به‌خاطر روح بزرگ‌تان که به من این همه خوشحالی ارزانی داشتید، پاداش بدهد و باقی زندگی‌تون را سرشار از خوشبختی کند .

پس از کمی مکث ادامه داد:

-واقعاً کلمات برای بیان آن‌چه که احساس می‌کنم توانایی لازم را ندارند. امّا امروز وجود شهامتی که پدر اوستا در من سبب شده که با تمام نیرو به‌سوی زندگی بر گردم و برای آینده‌ی خود و جامعه طرح و نقشه مفید بریزم. آقای بهادری پرده از برابر چشمانم کنار زد و ابرهایی را که افکار مرا در خود پنهان می‌کردند، محو ساخت. این بهادری بود که ابزار فهمیدن و یاد گرفتن را برای من آماده کرد. درست مثل جوجه گنجشکی که تازه پرهایش روییده‌اند و با مادر خود تمرین پریدن می‌کند. می‌خواهم مثل آقای بهادری پرواز کنم، برتری معنویات را بر مادیات درک کنم. قسم می‌خورم که رسیدن به این حقایق را مدیون او هستم. دیگر هیچ وقت آن خیالات و رفتارهای منزجر کننده در من پیدا

نخواهد شد. زمانی غرور و نخوت مرا فرا گرفته بود و دنیا در نظرم با پرده‌ی سیاهی پوشیده، و مثل شب تاری بود که به وسیله‌ی آدم‌های مثل خودم و از من شرورتر بنا شده بود.

برایم بسیار سخت است که غم از دست دادن این جوان را از دل پاک کنم، یا آسیبی که به این خانواده زده‌ام را به‌راحتی در قلبم نرم کنم، چون هر لحظه این احساس‌ها مرا محاصره و بر من فشار می‌آورند.

وقتی آب دهنش را قورت داد و مکث کرد، قاضی از او پرسید:

-می‌تونیم حرف‌هات رو باور کنیم؟

دوباره از سپهر که عمیقاً در فکر فرو رفته بود و خاموش بود، پرسید:

-واقعاً حرفت رو باور کنیم؟

نفس در سینه‌ی حضار حبس شده بود. سپهر سکوت را شکست و پاسخ داد:

- بله، باور کنید. برای آدم عاقل، اشاره‌ای تلنگر هست. تا امروز زندگی پر پیچ و خمی داشتم، بیابانی خشک و ظالم. امّا امروز قطب‌نمایی دارم که ایمان و شرف و اخلاق رهنمود من هست. او به مرگ من راضی نشد و من رو از چنگال مرگی فضاحت‌آمیز خلاصی بخشید. به شما قول می‌دهم، اگر در هر محله‌ای یا منطقه‌ای انسان‌هایی صاحب‌دل و با تقوا و آزاده‌ای مثل آقای بهادری باشه، امکان بهبودی آدم‌هایی مثل من در آن جامعه بیش‌تر می‌شه. این مرد شریف باعث شد که من ساعات فراغت را به مطالعه بپردازم و آفریده‌ی ذهن و تصورات خودم را به‌سوی عشق و محبت سوق بدهم.

سپهر بغضش را قورت داد و گفت:

-من نمی‌توانم، یعنی قدرتش رو ندارم که آدمی را بکشم. اصلاً نمی‌تونم چنین کاری بکنم، امّا اون لحظه، عصبانیت و خشم بی‌جا به سراغم اومد. دست خودم نبود. هر بار که به رفتار و اعمالم فکر می‌کنم، بر غم و اندوه من اضافه می‌شه.

برای بار چندم، بغض گلوگیرش را قورت داد و سرش را به زیر انداخت و ادامه داد:

-هر لحظه در عذابم. شرمگین از مقتول، از خانواده‌ش، از مادرم، از شما مردم، چیزی از من باقی نمونده، هر چه از جانم مونده با احترام و اعتقاد فدای شما می‌کنم.

پس از این در سکوت دادگاه، صدایی مانند ارتعاش چوبی خشک در برکه‌ی آب، که باعث موج و بر هم خوردن آب می‌شود، همهمه‌ای به‌وجود آمد و سکوت دادگاه را برهم زد. قاضی از مردم خواست سکوت را رعایت کنند و سپس شانه بالا انداخت و رو به وکلای حاضر پرسید «کسی مایل هست، نکته‌ای اضافه کنه یا مدرک باارزشی را تحویل دادگاه بده؟» و بعد که جوابی دریافت نکرد، ختم دادگاه را اعلام کرد.

سپهر بخشیده شد، ولی به‌خاطر اقدام اخلال در نظم و بر هم زدن آرامش شهر و ایراد ضرب و فحاشی و ایجاد ناامنی و ایجاد وحشت در نظم عمومی، در محکمه‌ی تأدیبی به شش سال حبس محکوم شد.

بهادری خوشحال بود که جوانی را از مرگ نجات داده است و چهره‌ی شاد سپهر و خانواده‌اش از جلوی چشمش دور نمی‌شد.

***

بهادری از دادگاه پیاده به راه افتاد. می‌خواست تنها باشد. راهی طولانی را پیمود، تا آنجا که طاقتش را کاملاً از دست داد. به‌نظر پیرتر می‌رسید و این تنها علامتی بود که اضطراب درونی‌اش را فاش می‌کرد. خط برجسته‌ی آرواره‌اش کمی فرو نشست، چین‌های راز پیری برملاکن، زیر گوشش مرئی شد و به جای موهای سیاه براقش، رگه‌های موهای خاکستری روی شقیقه‌هایش نمایان بود.

ساعت‌ها قدم زد. به‌سوی پارک رفت. احساس کرد که وزنه‌ی سنگینی از روی قلبش برداشته شده است. پیش از این، خود را بیمار و تنها و مصیبت‌زده می‌دید و تحت فشار روحی بود و احساس خفگی می‌کرد. حالا خود را جزئی از طبیعت و در ارتباط با کائنات سرحال‌تر می‌دید. سرش را برگرداند و پیرمردی را دید که به‌سوی او می‌آمد. پیرمرد چهره‌ی موقری داشت. با خودش حرف می‌زد و عصای چوبینی که روی دسته‌اش کنده یک مرغابی منبت کاری شده بود، در دست راست داشت. نزدیک بهادری، پیرمرد پایش به ریشه‌ی درختی گیر کرد و به زمین خورد. از بهادری کمک خواست تا برخیزد. بهادری مرد پیر را از زمین بلند کرد و نگه‌اش داشت تا تعادلش را به‌دست آورد. پیرمرد لبخند دوستانه‌ای نثارش کرد و به راهش ادامه داد.

کمی آن‌طرف‌تر زنی محو تماشای بازی کودکان بود. روسری مشکی با نقش گل رُز قرمز و مانتوی مشکی به تن داشت. خوش‌پوش و جوان و جذاب به‌نظر می‌آمد. کودکش از سرسره افتاد و پیشانیش زخمی شد و خون در صورتش روان شد.

کمی دورتر کنار خیابان شاخه‌ی درختی شکست و نزدیک دختر

نوجوانی افتاد. صدای مهیب ترمز ماشینی به‌گوش رسید. دخترک با فریاد به پارک دوید. صدای هق هق دخترک فال‌فروش می‌آمد. بهادری به‌سوی دخترک رفت و پرسید «دخترجان، حالت خوبه؟» دخترک با گریه گفت:

-آره، خیلی ترسیدم.

سپس نگاه فرّاری به بهادری انداخت. دختر سفید و گلگون بود. مژه‌های سیاهش هنوز به‌خاطر اشکی که از روی ترس ریخته بود، می‌درخشیدند، یا شاید برق اندوهی دیگر بود. بهادری با خود اندیشید:

-خدای من هر حرکتی می‌تونه حادثه‌آفرین باشه، ولی ما از راز و رمز هستی و آفرینش بی‌خبریم.

وقتی به خانه بازگشت، به اطرافش نگاه کرد. گویی مدتی طولانی از این خانه دور بود. گرد و غبار بر در و دیوارش نشسته بود، و او به نظافت خانه اهمیت نداده بود. در دل حس زیبایی داشت. احساس می‌کرد مانند پَر سبک شده است و کوچک‌ترین نسیم او را به‌حرکت در می‌آورد. کت را از تن درآورد و آویزان کرد و شلوارش را با پیژامه عوض کرد. می‌دانست امشب بعد از مدت‌ها بهترین و طولانی‌ترین خواب را خواهد داشت.

کمی به اطراف نگاه کرد. دل‌تنگ اوستا و همسرش شد. خانه برایش خالی و غم‌انگیز می‌آمد. کمی که گذشت، در خیالاتش به همسرش گفت:

-حالا که به تو احتیاج داشتم من رو ترک کردی، ولی اشکال نداره، با اوستا بمون، شاید اون به تو بیش‌تر نیاز داره. ولی خودمونیم، هر دوی

شما بی‌وفا بودید. امیدوارم به‌خاطر آزادی قاتل، من رو ببخشین.

حرفش که تمام شد، از دل‌تنگی گریست. از جا برخاست کمی آب نوشید. به‌سوی تخت رفت و دراز کشید و با خود از غم هجران زمزمه کرد:

چه مهربان/ با طبیعت/ هم آغوش شدید/ از کنار ابر بی‌باران/ پر زدید/ محو شدید/ حال از بلندای آسمان/ گوشه چشمی نظر کنید/ نظر بر مبتلای طبیب کنید/ درمانم شوید/ با ندای عشق/ در دل/ شکوفه دهید/ افسوس/ کاش عمر عشق/ کوتاه‌تر/ از عمر شکوفه نبود.

سپس با خودش کلنجار رفت و گفت:

-وای بر من، وای بر من... حالا باقی عمرم را با این مصیبت چگونه بمانم؟ با روح پریشان و حسرت و غم درآمیخته چگونه زندگی کنم؟ آن‌قدر آه و ناله کرد و پهلو به پهلو خوابید تا به خواب عمیقی فرو رفت. در خواب اوستا نزدش آمد و گفت:

-پدرجان، من خیلی خوشحالم که سپهر رو بخشیدین. خداوند هم راضی باشه از شما. شما زندگی انسانی را نجات دادین که هنوز وقت اومدنش نبود. شما در برنامه‌ریزی خداوند دخالت نکردین. اگه اون رو می‌کشتین، سپهر خیلی زود باز به زمین باز می‌گشت، زیرا تکامل ما در رفت و بازگشت ماست.

بهادری با دل‌شکستگی به اوستا گفت:

-پسرجان، چرا حالا می‌گی؟ چرا دیر اومدی؟ بعد از اون‌همه جان کندن من، حالا اومدی؟! اون‌همه فشار روحی و روانی که داشتم. الان می‌گی که خوب شد بخشیدی! نمی‌تونستی زودتر پیام بدی تا من تکلیفم رو

بدونم.

اوستا لبخند زد و گفت:

- به مـن تکلیـف شـده بـود از شـما دوری کنـم، چون تصمیـم و امتحان شما بـود. اثبـات عشـق شـما بـه حـق بـود. الحـق کـه پیروز شـدین.

بهادری گفت:

- خیلی خسته هستم، دلم میخواد به ملاقات خدا بشتابم.

اوستا با لبخند شوق گفت:

- دسـت افتـادهای رو گرفتیـن، انسـانی رو از مـرگ نجـات دادیـن، در چنیـن مواقعـی خداونـد خـود بـه ملاقـات بنـدهش میآد.

روح بهـادری بـه پـرواز در آمـد. دیگـر سـقف آسـمان برایـش کوتـاه بـود. وقتی اوج میگرفت، آنسـوی مـرز زمیـن و آسـمان و کائنـات بـود. مَلَک او را صـدا کـرد و گفت:

- بهـادری خداونـد منشـأ زیبایـی و مهربانیسـت. اکنـون پنجـرهای بهسـوی تـو بـاز شـده. قلـب و روحـت را بـاز کـن تـا وسـعت بیشتـری بیابـی، تـا زیباییهـای بیشتـری را در خـودت جـای بـدی.

بهـادری در عالـم عشـق بـا حـق محشـور و از خـود بیخـود شـد. مَلَک بـا سـخنانش روح بهـادری را مطهـر میکـرد و میگفت:

- بهادری، تـو بـا بخشـش، غوغایـی در عـرش خـدا برپا کـردهای. تـو صفات و سـنت مقربیـن درگاه خـدا رو زنده کـردهای.

بهادری با شادی و شعف به ابلیس که با خشم به او نگریسته بود، گفت:

- ابلیـس بیچـاره، خواسـتی از مـن انتقـام بگیـری، در حالـی کـه مـن یـک فرشـته، از شـاگردان تـو سـاختم. بـه او آموختـم کـه از تـو بترسـد و طناب

تو رو پاره کنه و به ریسمان خالق چنگ بندازه، دیدی که شکست خوردی.

از خواب بیدار شد و نشست. به فکر فرو رفت. هنوز در عالم روحانی سیر می‌کرد. مدتی تفکر کرد. از رضایت حق شاد بود. بهادری دوباره سرش را روی بالش گذاشت. احساس کرد دست‌های مهربانی بالش او را نرم و مرتب می‌کند و فرشته‌ی محبت و تقوا در حال خواب بر بالینش از او مراقبت می‌کند. خود را آرام و شاد احساس می‌کرد و می‌توانست بدون شکایت و گله‌ای جان بسپارد. او بزرگ‌مردی بود که از میان مردم برخاسته و قیام اخلاقی کرده بود. بارها آماج تهمت‌های ناروا و حملات شدید قرار گرفته بود و در بسیاری محافل مورد تکفیر و تحریم قرار گرفته؛ امّا هرگز نلغزیده بود.

از زندگی آموخته بود که هر اشتباهی تاوانی دارد، و هر کار خیری، پاداشی و بهایی...

پایان- هفتم جولای ۲۰۲۳

I0601778

www.ingramcontent.com/pod-product-compliance
Lightning Source LLC
Chambersburg PA
CBHW071446110726
47908CB00003B/532

* 9 7 8 1 5 9 5 8 4 8 7 5 8 *